KB123309

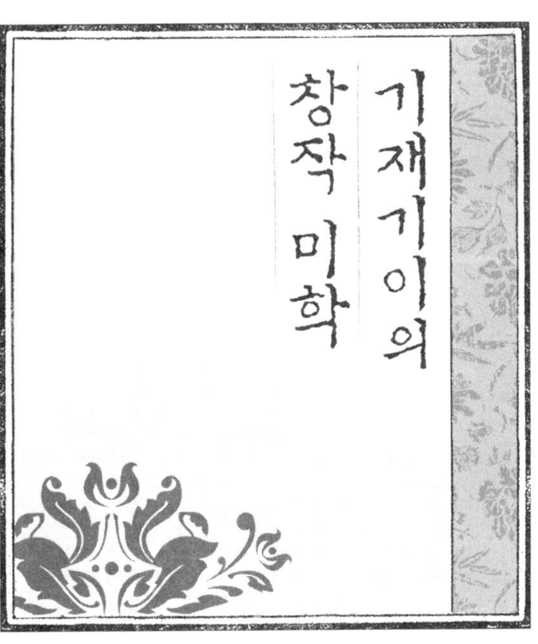

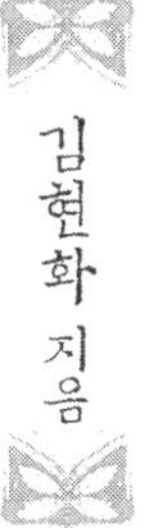

보고사

머리말

한 편의 소설 작품은 작가의 재기 넘치는 영감과 세심한 집중력에서 탄생한다. 어떤 이야기를 쓸 것인가에 대한 고심은 작가가 인식하고 있는 세계의 모든 대상으로 투사되는데, 때로 무의식 안에 저장한 기억과도 만나며 그 향방을 찾는다. 작가의 재기 넘치는 영감은 자신의 내면과 외면에 투사된 그 총체적 경험 안에서 마땅한 이야깃거리를 찾았다 싶은 순간 발동한다. 이거다 싶은 마땅한 이야깃거리, 그것이 바로 한 소설 작품의 근간인 소재라고 할 것이다. 그런데 이 소재란 것이 누대에 걸쳐 창작 요소로 반복해 등장한다는 점이 또한 작가의 고심이다. 엄밀한 의미에서 이 사소한 이야깃거리를 어떻게 하면 새롭게 풀어 쓸 것인가에 대한 집중력에서 소설 창작은 시작점을 찍는다.

사소한 이야깃거리에 대한 새로운 접근은, 작가가 의도한 창작 기법은 물론 그만의 독창적 해석을 담은 창작 의식과도 긴밀한 관계를 맺는다. 즉, 인물과 사건, 배경 등의 소설 구성 요소를 어떻게 배열하고 표현하느냐에 따른 구조적 측면, 그리고 그 작가만의 고유한 창작 기법을 통해 구현하고자 하는 주제·사상적 측면이 어우러져 한 편의 소설 작품이 출현한다. 고전소설 『기재기이』는 이러한 창작 기법과 창작 의식의 미학이 잘 드러난 작품이다. 선대의 문학 작품에서부터 향유되고 전래해 오던 화국(花國)이나 정령, 용궁, 무덤 등의 소재를 활용해 당대인의 삶과 이상적 가치를 구현하였다. 그런 가운데 전기소설사의 선후대 가교작으로서 위상을 세울 만한 문학성을 확보하였다. 이와 같은 논점은 『기재기이』의 창작 미학에 대한 호의적이고 긍정적인 연구의 발판을 마련해 준다.

『기재기이』의 창작 미학은 구성 방식, 분위기 구현, 배경 묘사, 등장인물의 성격 전환 등의 특질을 통해 주목해 볼 수 있다. 〈안빙몽유록〉은 색감의 고조와 대비, 다중 인물의 순차적 등장, 문의 중층 활용 등을 통해 특이한 구성 방식을 취하고, 이것이 주제 의식의 충돌과 해체, 특정 장면 지연과 서사의 확장에 기여하는 소설적 기능을 한다. 〈서재야회록〉은 환상적 분위기와 사변적 분위기를 동시에 구현하기 위해 감정 표출의 극적 대립, 엿듣기와 엿보기 동선의 대칭 구조, 천문(天文) 개입의 변화 등을 꾀하고 있으며, 이를 통해 다중 나레이터의 실험적 모색, 지적 탐색 소설의 문형을 추구한다. 〈최생우진기〉는 소설의 배경에 대한 중요성을 언급할 만한 작품으로, 원거리 조망형, 특정 후면장면 부각형, 미로 찾기형 등의 배경 묘사 양상을 통해, 서사의 이중 전환, 인물의 초인 의식 강화라는 측면에서 소설적 기능을 찾을 수 있다. 〈하생기우전〉은 등장인물의 성격 변화가 두드러지는데, 특히 여귀인물의 동태적 행보와 다중 목격자의 출현, 동일시 세계의 구축이라는 측면에서 성격 전환 양상을 살필 수 있다. 이를 통해 계층 간의 소통 실현, 관습적 문학 공간 탈피라는 문학적 의미를 찾을 수 있다. 이처럼 『기재기이』의 소설들은 각각의 고유한 창작 기법을 선사하며 선후대의 가교 역할을 하는 작품으로 자리 잡았다.

『기재기이』의 주제·사상적 미학은 불교문학적 성격의 재발견이라는 측면에서 찾을 수 있다. 그 동안 이 작품을 연구하는 데 있어 유가나 도가적 견지에서 주제와 사상적 배경이 중첩되어 왔고, 문학 양식을 연구함에 있어서도 당 전기문학의 영향 하에 창작된 작품이라는 사실에 논의가 편중되어 있었음을 지적하였다. 그래서 『기재기이』가 내포하고 있는 불가적 사유 체계의 발현을 살피고, 불교문학적 특징을 다루었다. 기재의 불교적 성향은 1500여 수의 한시를 담은 『기재집』을 통해 우선 살피 수 있다. 그가 자주 사찰에 유숙하였다는 점, 그런 가운데 많은 불승과 교유하며 자연스럽게 불가적 인식론을 수용한 사실을 유추해 낼 수 있다. 『기재기이』의 중도적 사유, 선적(禪的) 구도 구현, 연기 등의 불교적 덕목들의 발화가 『기재기이』에서 드러나는 것은 바로 그와 같은 이유 때문이다.

기재가 『기재기이』의 각 작품마다 외적 조건으로는 유가와 도가의 사유 체계를 표출하고 내적으로는 불가의 사유 체계를 은밀히 심어 놓은 이유는, 기묘사화의 피화자라는 개인적 여건, 억불 정책이 단행되었던 시대적 상황, 그리고 당시 세간을 떠들썩하게 했던 채수의 필화 사건 때문이었다. 그래서 〈안빙몽유록〉은 조광조를 비롯한 기묘사림의 신원의식을 치르는 산화의 장으로, 〈서재야회록〉은 연극적 전개를 따라 공사상을 펼친 언로적 시각물로, 〈최생우진기〉는 『벽암록』의 '문수전삼삼' 화두의 기술 방식과 동궤인 선문학 작품으로, 〈하생기우전〉은 불가의 천도 의례에 따라 사건이 펼쳐지는 재(齋)의 장으로 창작하는 가운데 불가적 사유 체계를 다루었다. 『기재기이』의 불교문학적 면모와 가치에 대한 탐문은 기재 신광한의 부분적인 불교적 성향에 의탁한 소론에 불과하고, 또 기재의 불가적 사유를 통한 작품의 내적 고찰도 가설적 단계에 그치고 있음을 부인할 수 없다. 그러나 전기소설사의 노정에서 벗어나 작가와 작품을 새롭게 조명해 보는 데 의미가 있다고 본다.

이 책은 총 2부로 구성되어 있다. 앞서 언급한 대로 1부는 『기재기이』의 창작 기법적 미학을 다루고, 2부는 이 작품의 주제·사상적 미학을 다루었다. 1부의 글은 그 동안 학회지에 발표했던 논문들을 모아 다듬고 일별한 것이고, 2부의 글은 석사 학위 논문을 수정하고 보완한 것이다. 『기재기이』에 대한 논의와 연구는 현재도 부단히 진행 중이다. 이 책의 글들 또한 그러한 노정의 일부로, 작은 의견이나마 『기재기이』의 창작 미학을 밝히는

데 기여할 수 있기를 바라는 마음이 크다. 석사 과정을 밟으며 신광한의 『기재기이』와 깊은 사랑에 빠졌다. 그의 소설들을 읽으면 읽을수록 놀라운 해석의 세계와 마주했다. 총 2부에 걸친 논의들은, 관료이면서 문학가였고, 훈구 가문의 일원이면서 사림의 일원이었고, 유학자이면서 불가적 성향을 배제하지 않았던, 머리와 가슴과 영혼이 뜨거웠던 한 인간, 기재 신광한에 대한 흠모에서 비롯한 것이다. 그의 영감과 문덕을 배우며 성장하는 학자를 꿈꾼다.

학자의 길로 들어서고 두 번째 준비하는 학술 서적이다. 보다 노련하고 겸손하고 청렴한 학자로 설 때까지 든든한 힘이 되어 주실 경일남 지도교수님께 삼가 고개 숙인다. 또한 충남대학교에서 학문의 길로 들어서고 좋은 선생님이 될 수 있도록 은혜를 베풀어 주신 여러 교수님과 동학들을 향해서도 고마운 마음을 숙인다. 세상의 어떤 바람 앞에서도 내 가족을 생각하면 든든한 가슴으로 맞으며 걸어갈 만하다. 부모님과 형제들을 향해서도 깊이 고개를 숙인다. 마지막으로 이 책의 소중한 의미를 헤아려보고 출간해 주신 보고사 대표님께도 고마운 마음을 올린다.

2014년 가을 황금빛 저물기 전

김현화, 후련하게 웃으며

차례

〈최생우진기〉의 배경 묘사 양상과 기능

〈하생기우전〉 여귀인물의 성격 전환 양상과 의미

제2부 · 『기재기이』의 주제·사상적 연구

『기재기이』의 불교문학적 연구

제1부

『기재기이』의 창작 기법적 연구

〈안빙몽유록〉 구성 방식의 특질과 소설적 기능*

1. 서론

소설은 복합적 상념의 구성물이다. 상념 속에서 주조해 낸 인물과 배경, 사건을 다시 언어로 가시화함으로써 작품의 실체를 보여준다. 무정(無情)의 인물에 생기를 불어 넣고, 무형의 세계에 시공간을 건설하고, 무의미한 사건 단락에 유기적 짜임새를 갖추는 과정, 그래서 주제의식을 발화하는 창작 과정을 살필 때 비로소 그 작품의 가치 탐색이 제대로 이루어진다고 할 것이다. 창작 요소의 구성 방식을 살핌으로써 그 작품만의 창작 기법을 엿볼 수 있다.

〈안빙몽유록〉은 이러한 구성 방식에 주목해 볼 만한 작품이다. '꿈'과 '꽃'이라는 소재만을 가지고도 만화경 같은 세상을 만들어 낸 작가의 진가를 확인하게 되는 소설이다. 일찍이 전해 오던 몽유 모티프와 일상 속에서 흔히 접할 수 있는 화초를 연결해 전혀 새로운 이야기로 거듭나

* 김현화, 「안빙몽유록 구성 방식의 특질과 소설적 기능」, 『어문연구』79, 어문연구학회, 2014, 141~167면.

고 있기 때문이다. 곧 〈안빙몽유록〉만의 미감은 익숙한 것을 낯설게, 진부한 것을 새롭게 유도한 구성 방식에서 기인한다는 것이다.

〈안빙몽유록〉에 대한 집중적 연구는 설총의 〈화왕계〉와 임제의 〈화사〉를 잇는 작품으로, 화원 등장인물의 개성적 의인화가 치밀하게 성격화된 반면 몽중세계의 행위가 연희와 작시에만 그치고 있어 현실에 대한 풍자성이나 이념 제시가 없다[1]는 논의에서 찾을 수 있다. 학문 정진과 진리 추구의 교훈적 주제라는 측면에서 재도적 문학관을 주장한 논의[2]는 문학사적 위치를 더욱 굳건히 하는 발판이 되었다. 이후로도 활발히 이루어진 심도 깊은 주제 논의는 이 작품의 몽환적 상징성에 대한 해석의 다양성을 구축했다.[3]

〈안빙몽유록〉의 창작 배경[4]과 기법적 측면[5]의 논의는 앞서 언급한

---

1) 소재영, 『기재기이 연구』, 고려대 민족문화연구소, 1990, 27~31면 축약.

2) 유기옥, 「안빙몽유록의 형성배경과 문학사적 위치」, 『국어문학』27, 전북국어문학회, 1989, 110면.

3) 유가적 실천 이념에 따라 현실 정치에 적극 참여할 것인가 아니면 자유자재한 소유의 삶을 다를 것인가 하는 가치관적 대립에서 주제의식을 찾는가 하면(문범두, 「안빙몽유록 주제고」, 『어문학』80, 한국어문학회, 2003, 253면), 『대학』의 '격물치지'에 따라 유자의 정심(正心) 과정을 형상화 한 것이라는 논점(유정일, 「안빙몽유록 연구–서사구조의 특징과 주제를 중심으로」, 『청주대학술논집』2, 청주대학교학술연구소, 2004, 206면), 정원의 여러 꽃과 나무들이 상징하는 여성적 의미와 남성적 의미를 대비해 소요유의 궁극적 지점인 무(無)와 연결(신범순, 「은자의 정원에 나타난 상징과 꿈의 의미–안빙몽유록을 중심으로」, 『한국문화』26, 서울대학교한국문화연구소, 2000, 77면)하는 등 다기한 방면에서 주제 연구가 이루어졌다.

4) 주인공 안빙과 도당씨 여왕의 교유를 내용으로, '신광한 자신의 어머니 정씨와의 교유'를 소재로 한 이야기라고 밝힌 견해(정상균, 「신광한 기재기이 연구」, 『국어교육』105, 한국국어교육연구회, 2001, 294면)와 정치적 우의 작용을 회피하는 과정에서 그 의미가 해명되지 않는 미스터리 수사학을 선사한다고 본 견해(윤채근, 「기재기이의 창작배경과 그 소설적 의미–수사적 만연성을 중심으로」, 『고전문학연구』29, 월인, 2006, 369면), 그리고 등장인물을 여왕군과 처사군으로 나누어 두 인물군에 두루 작가의식을 투영하는 이중적 장치를 보여주었다는 견해(최재우, 『기재기이의 특성과 의미』, 박이

대로 보편적 문학 기법(꿈이라든지 전고典故의 활용이라든지)과 일상적 소재(정원이라든지 꽃이라든지) 안에서도 독창적 작품을 만들고자 했던 창작 의식에 집중한 논문이다. 이러한 논의 과정은 〈안빙몽유록〉의 전기소설적 특징과 소설사적 의의에 대한 집중적 연구[6)]와 함께 이루어진 성과이다. 전기소설적 특성을 충분히 살린 한편 그 장르의 속성을 벗어나고자 했던 〈안빙몽유록〉의 문예적 시도에 관심을 기울인 논의들이어서 주목할 만하다.

본 논문은 '새로운 문예적 시도'라는 측면에서 〈안빙몽유록〉의 가치를 재고해 보고자 한다. 현대의 문예적 관점에서도 부각될 만한 창작 기법의 독창성에 관심을 기울여 볼 것이다. 그 동안 〈안빙몽유록〉은 불분명한 주제 의식 때문에 부정적 평가도 적지 않게 이루어졌다. 곧 몽유 양식과 의인 기법이 결합되는 과정에 가전의 인정 기술과 행적 기술 방식이 개입해 서술 목적이 혼재된 결과[7)]로 나타났다는 지적을 피할 수 없었다. 그러나 오히려 작가의 의도가 '명쾌하지 않은 주제 표

정, 2008, 192면)는 창작의식을 보다 현실성 있게 조명한 논의이다.

5) 신태수, 「기재기이의 환상성 교환 가능성의 수용 방향」, 『고소설연구』17, 한국고소설학회, 2004.
엄기영, 「기재기이의 창작방법 연구」, 고려대학교 박사학위논문, 2007.

6) 유기옥, 「기재기이의 소설사적 의의」, 『논문집』(인문사회과학편), 전주우석대학, 1992.
권도경, 「16세기 기재기이의 전기소설사적 의의 연구-현실성의 확대와 주체의 의지 강화 양상을 중심으로」, 『한국고전연구』6, 한국고전연구학회, 2000.
유정일, 「기재기이의 전기소설적 특징에 관한 연구」, 동국대학교 박사학위논문, 2002.
신상필, 「기재기이의 성격과 위상」, 『민족문학사연구』24, 민족문학사학회 민족문화연구소, 2004.
엄기영, 「기재기이의 창작방법 연구」, 고려대학교 박사학위논문, 2007.

7) 문범두, 앞의 논문, 246면.

출에 목적이 있었던' 것이라면, 그래서 이중적이거나 더 다의적 주제 표출에 목적이 있었던 것이라면, 다른 작품과 차별되는 창작 기법을 살핌으로써 그에 대한 긍정적 반론의 장을 마련해 볼 수 있으리라 생각한다.

우선 2장에서는 〈안빙몽유록〉 구성 방식의 특질을 살피고자 한다. 몽유자의 동선이 몽유 세계의 정점에 이를수록 흥미로운 소재들이 점층적으로 배열된 구성 방식에 대해 색감의 고조와 대비, 다중(多衆) 인물의 순차적 등장, 문(門)의 중층 활용이란 측면에서 짚어 볼 것이다. 3장에서는 세 가지 구성 방식의 특질이 의도하는 소설적 기능에 대해 주제의식의 충돌과 해체, 장면 지연과 서사의 확장이란 측면에서 접근해 볼 것이다. 이를 통해 보다 새로운 창작 기법에 고심했던 〈안빙몽유록〉만의 독창적 면모를 밝혀 보는 계기가 되리라 기대한다.[8)]

2. 구성 방식의 특질

〈안빙몽유록〉은 작품을 이루는 각각의 요소(소재)를 점층적 구성 방식으로 꾸며 드러낸다. 사건이 진행될수록 특징이 될 만한 흥미로운 요소들이 등장해 작품의 완성도를 높이는 구성 방식을 취한다. 작품의 흥미를 돋우는 요소로 우선 색감이 등장한다. 다중 인물이 등장하고, 중층의 문이 등장한다. 색감의 등장은 이 작품의 환상적 분위기 전환

8) 본 논문에서 활용할 자료는 고려대 만송문고본을 영인한 소재영의 책이다.(소재영, 『기재기이연구』, 고려대학교민족문화연구소, 1990) 이후 면 수만 기록하기로 한다. 아울러 박헌순의 번역을 참고하기로 한다.(박헌순, 『기재기이』, 범우사, 1990)

에 기여한다. 다중 인물의 등장은 연쇄적 시간 구축에 기여한다. 마지막으로 중층 문의 등장은 공간 확장의 지표로 기능한다. 이러한 구성 방식은 사건의 개연적 진행에 도움을 준다. 아울러 의인화된 인물들의 행동 반경이 정원에 머물고 있기 때문에 다소 정적으로 흐를 수 있는 작품의 성격에 긴장감을 형성한다.

1) 색감의 고조와 대비

〈안빙몽유록〉은 유난히 밝은 색감을 강조하는 작품이다. 등장인물과 배경의 색감을 고조시키거나 대비해 환상적 분위기로 유도하는 점은 『기재기이』의 다른 작품에서 볼 수 없는 이색적인 면이다. 색감의 등장은 화계(花界)의 인물과 환경을 묘사하는 가운데 중점적으로 나타난다. 특히 화계의 주변부에서 중심부로 들어갈수록 그 색감이 다채롭고 화려하다. 모든 인물이 모여 연회를 펼치는 순간에는 만화경 같은 총천연색 색감을 보여준다. 이러한 구성 방식의 색감 발현은 이 작품에 대해 "유달리 스토리 과잉의 문체를 보여주는, 곧 의미 진행과 무관한 곁가지 이야기가 너무 많다."[9]고 지적된 평가에서 벗어날 수 있는 긍정적 단서를 제공한다.

안빙이 현실과 꿈의 경계에서 맨 먼저 마주한 것은 호랑나비이다. 호랑나비는 안빙을 화계로 이끄는 역할을 한다. 그 뒤에는 청의동자가 안빙을 화계의 동구(洞口)까지 안내한다. 이때 호랑나비는 말 그대로 호랑나비 하면 떠오르는 대상으로 남겨둔다. 그런데 파랑새를 의인화한 청의동자는 '푸른 옷(靑衣)'이란 표현을 써서 호랑나비보다 선명한

---

9) 윤채근, 앞의 논문, 362면.

색감을 얹고 있다. 화계의 첫 번째 건물이 나오고 마중 나온 여시(女侍)에 대해서는, "붉은 입술 푸른 소매에 자태가 매우 아름다웠다."[10]고 표현한다. 적작약의 '붉은 꽃잎'과 '푸른 잎'을 살려 의인화 한 인물이다. 호랑나비, 청의동자, 여시에 이르기까지 색감이 고조되어 나타난다.

이렇게 고조된 색감은 화계의 여왕과 주빈(主賓)의 의인화에 이르면 보다 다채롭게 나타난다. 여왕은 "붉은 비단으로 지은 곤룡포, 봉황 모양의 금관, 살진 얼굴에 홍조"[11] 띤 형상으로, "이부인은 옥구슬처럼 맑은 얼굴로, 반희는 토실토실한 용모에 발그레한 모습과 짙푸른 눈썹, 붉은 비단결 같은 바탕"[12]으로 색감을 강조한다. 이에 반해 소나무와 대나무, 국화를 의인화 한 인물은 그 나무와 꽃이 주는 전통적 인상(군자상)에 기대어 의인화 한다. "푸른 수염에 키가 크고 기개가 드높고, 곧바르고 준엄하며 절조가 쇄락했고, 황관을 쓰고 수수한 복장에 향기로운 덕성이 얼굴에 가득한"[13] 형상이다.

여성형 인물인 여왕과 이부인, 반희 등이 선명한 색감으로 표현된 데 비해 남성형 인물인 조래선생, 수양처사, 동리은일[14] 등은 색감의

10) 絳脣翠袖 綽約多姿, 『기재기이』, 4면.

11) 御紅錦袞龍袍 戴金精舞鳳冠 豊肌紅頰, 『기재기이』, 7면.

12) 李夫人至 靚粧淡飾 邈若玉姸珠瑩 復報班姬至 豊容微酡 翠眉蹙山 纖穠麗質 遠勝紅錦, 『기재기이』, 8면.

13) 其一人蒼髥長身 氣槩落落 一人梗直峭峻 節操蕭洒 一人黃冠野服 馨德粹面, 『기재기이』, 9면.

14) 문범두는, 〈안빙몽유록〉의 인물군을 여성형 인물과 남성형 인물로 나누고 그들의 성격에 집중했다. 여왕과 이부인, 반희와 옥비, 부용성주 주씨 등의 여성형 인물은 한결같이 님으로부터 단절된 고통이나 외로움을 달래며 재회를 간절히 소망하고 있다고 보았으며, 조래선생, 수양처사, 동리은일 등의 남성형 인물은 어떠한 화합도 기대하지 않고 오히려 격절 그 자체를 최상의 가치로 두고 고고함과 자유분방함을 즐기는 형색이라고 보았다.(문범두, 앞의 논문, 248~249면 참조)

농도를 낮추고 성품을 드러내는 데 집중했다. 농도의 대비 덕분에 점층적으로 고조되어 온 작품 전체의 색감이 더욱 강조되는 효과가 일어난다. 옥비가, "담백한 화장에 흰옷을 입고 흰말을 탄"15) 형상으로, 부용성주 주씨가, "광채가 사람들을 놀라게 할 정도로"16) 휘황한 형상으로 등장하는 대목에서도 농도의 대비를 통해 색감을 살린다.

화계의 주빈뿐만 아니라 연회를 꾸미는 악기(樂妓) 수십 명 또한 색감을 살려 등장한다. "악기(樂妓) 수십 명이 화관을 쓰고 악기(樂器)를 들고 각각 한 가지씩 색깔이 다른 옷을 입었는데, 청색, 황색, 적색, 백색이었다. 오색 광채가 눈이 어지러울 지경이었다."17) 또 왕의 시아(侍兒) 역시 "황색 옷을 입은 허리 가는 기생이 오현금을 가지고"18) 있다고 하여 색감을 넣는다. 이처럼 화계의 인물들은 방문자인 안빙을 제외하곤 농도의 차이는 있지만 색감을 살린 형상이다.

〈안빙몽유록〉은 등장인물뿐만 아니라 배경 역시 색감을 넣어 고조시킨다. 안빙의 현실계 배경은 진기한 화초를 가꾸며 살아가는 공간이긴 하나 무색감의 분위기를 자아낸다. 그는 여러 차례 진사시험에서 낙방하고 산속의 오두막집에서 시나 읊조리며 세월을 보내는 인물이다. 세속에서 벗어나 호젓한 삶을 사는 인물처럼 보이기도 하지만, 등용의 기회를 잡지 못하고 제도권 밖에서 떠도는 처지라는 사실을 부인할 수 없다. 이런 처지에서 세상에 전하는 괴안국(槐安國) 이야기에나 관심을 기울이다가(그 얘기가 터무니없다고 부정하면서도) 초월계로 진입

15) 淡粧素服 乘白馬, 『기재기이』, 10면.
16) 光彩動人 顧眄燁然, 『기재기이』, 11면.
17) 有樂妓數十輩 戴花冠 執樂器 各着一色衣裳 青黃赤白 五彩眩恍, 『기재기이』, 12면.
18) 卽有黃裳細腰妓 持五絃琴, 『기재기이』, 14면.

하는 안빙의 환경은 적막하고 고립된 분위기이다.

이런 분위기를 전환시키는 것이 초월계의 화계 풍경이다. 초입부터 화려한 색감으로 표현되는데, 안빙이 처음 들어서자마자 보게 된 채색한 담장, 붉고 푸른 기와지붕, 광채가 산골짝을 비추고, 화려하게 채색된 중문[19] 등이 그것이다. 여왕의 처소인 조원전은 황금 편액이 붙어 있고, 금가루를 붙여 꾸민 의자에 흰 옥으로 쌓은 섬돌, 푸른 유리로 깔아 놓은 뜰, 푸른 누각, 붉은 누각이 늘어선 곳으로 화려한 색감을 선사한다.

안빙처럼 초월계를 찾아가는 인물이 등장하는 〈최생우진기〉와 대비해 보면 이러한 색감의 특징은 더욱 두드러진다. 〈최생우진기〉안에서는 초월계 배경은 물론 등장인물에 색감을 입혀 강조하는 부분은 나타나지 않는다. 연회장 풍경만 하더라도 그들의 생김새 특징이나 노래하고 춤추는 동작에 주안점을 두었을 뿐 그처럼 화려한 색감을 입히지 않았다. 물론 용왕의 처소인 조종전에 황금 기둥, 벽옥 주춧돌, 백옥 의자, 진주 주렴 등의 간략한 색감이 드러나긴 하나 작품 전체의 분위기를 주도하는 기능은 하지 않는다.

〈안빙몽유록〉 안에서 점층적으로 고조되던 인물과 배경의 색감은 작품 후미에 이르러 상반된 분위기로 전환한다. 한껏 고조되던 화계의 색감이 부슬비 내리는 무색감의 풍경으로 바뀌는 것이다. 화계에서는 붉고 노란 색감으로 등장했던 정령들이, "모란 한 떨기가 비바람에 시달려 꽃잎이 땅에 다 떨어진 채 서 있었고, 그 뒤에는 복숭아와 오얏이 나란히 서 있었는데"[20], "울타리 밑에는 국화가 이제 막 싹이 돋았고

---

19) 繚以粉墻 朱甍碧瓦 輝映山谷 殆非人間制度 稍進外戶 彩闥齊開, 『기재기이』, 4면.
20) 牧丹一叢 爲風雨所擺 委紅墮地 其後 桃李竝立, 『기재기이』, 26면.

"[21], "담장 안에는 수양버들이 늘어져 땅을 쓸고 있었고, 담 밖에는 늙은 소나무가 담을 내리덮고 있었다."[22] 는 식으로 나타난다. 배경 역시 화려하고 난만한 분위기에서, "부슬비가 회화나무에 촉촉이 내리고 있었고 천둥의 여운이 은은한"[23] 적적하고 허망한 분위기로 남는다.

이처럼 〈안빙몽유록〉은 외피에 현실계를 짜 놓고 그 안에서 점층적으로 변모해 가는 초월계를 안치함으로써 환상적 분위기를 자아낸다. 등장인물과 배경의 색감 변모를 통해 작품의 분위기 전환이 이루어지는 가운데, "논리적 플롯으로 말하는 게 아니라 평면으로 타고 나가는 이야기의 밋밋하면서도 무언가 비밀이 유예되는 듯한 진행 과정 자체, 그것이 초래하는 분위기로 말하는 소설"[24]로서의 특징을 선사한다. 이는 새로운 창작 기법에 골몰했던 창작 의식을 살필 수 있는 단서라는 측면에서 긍정적 관심을 촉발한다.

2) 다중 인물의 순차적 등장

〈안빙몽유록〉에는 『기재기이』의 다른 작품과 달리 월등히 많은 수의 인물이 등장한다. 정원이라는 집약된 공간 안에 등장하는 "그 수가 모두 13명에 이르고, 시작(詩作)을 통해 갈등을 드러내는 '핵심인물군'과 시작에 참여하지만 몽중의 갈등에 참여하지 않는 '보조인물군', 시작에 참여하지 않는 '주변인물군'으로 분류"[25]할 수 있을 만큼 다양한

21) 籬下有菊抽茁, 『기재기이』, 26면.
22) 墻內垂楊拂地 墻外老松偃盖矣, 『기재기이』, 26면.
23) 則微雨洒槐 餘雷殷殷, 『기재기이』, 26면.
24) 윤채근, 앞의 논문, 362면.
25) 유정일, 앞의 논문(2004), 200면.

인물군을 확보한다. 다수의 인물에 빗대어 도가적 이상향 표지로서의 꽃, 유가적 선비 기풍으로서의 꽃, 부귀와 풍류를 뜻하는 꽃 등 각각의 꽃이 지닌 상징성 도출[26]도 가능하지만, 과거 회상적 이상에 대한 지향 의식이나 현실 생활에 대한 불만족, 은사로서의 절의 등에 대한 상징적 존재[27] 등으로도 접근해 볼 수 있다. 그만큼 다중 인물의 등장을 통한 다각도의 의미 소통이 활달하다는 뜻이다.

이러한 측면에서 〈안빙몽유록〉에 구상된 다중 인물의 순차적 등장은 중요한 의미를 띤다. 인물의 등장에 맞추어 단일한 공간 안에서의 시간 변화를 처리하고 있기 때문이다. 『기재기이』의 다른 작품을 보면, 현실계 인물이 초월계를 여행하는 경우 그 세계의 등장인물은 운집한 형태로 등장한다. 〈서재야회록〉이나 〈최생우진기〉의 초월계 인물들이 그러하다. 현실계의 방문자가 도착한 순간 그들은 이미 동시에 등장해 있다. 선비가 만난 문방사우의 정령이 그렇고, 최생이 만난 용왕과 세 명의 신선이 그러하다. 그들은 현실계의 방문자와 마주앉아 우주와 인간, 역사와 철학, 이상과 현실 등의 사유세계를 나누는 인물이다 보니 불필요한 동선이 제거되어 있다. 그래서 이 작품들의 초월계 시간은 미세한 변화를 보이거나 진공 상태로 머물러 있다.

물론 〈서재야회록〉이나 〈최생우진기〉안에도 큰 폭의 시간 변화는 존재한다. 무명 선비가 물괴를 만나고 현실계로 돌아온 시간은 '하룻밤'이고, 최생이 용왕과 신선을 만나고 돌아온 시간은 '70여 일'이다. 이러한 공통점은 〈안빙몽유록〉에도 나타난다. 풋잠에 들었다 깨어 보니 하룻밤이 지나 있는 시간으로 나타난다. 그런데 이것은 초월계에서

26) 신범순, 앞의 논문, 96면.
27) 유기옥, 앞의 논문, 105면.

그려진 시간이 아니라 주인공이 현실계로 돌아와 깨달은 시간의 변화이다. 〈안빙몽유록〉은 이와 달리 초월계 안에서도 시간이 연쇄적으로 구축되며 감지된다. 시간의 연쇄적 변화는 다중 인물이 순차적으로 등장하는 가운데 일어난다.

안빙의 여행을 통해 맨 처음 시간의 변화를 예측케 하는 인물은 초월계의 여시(女侍)이다. "먼 길 오느라 수고했다(遠來良苦)"는 여시의 말은 안빙이 초월계로 접어든 지 '오랜 시간(먼 길)'이 흐른 뒤란 사실을 가리킨다. 적작약을 의인화 한 이 여시 뒤에 이어 또 다른 여시가 등장해서는 또 한 번 시간 변화의 지표를 보여준다. "삼가 임금의 명을 전하는 것이라 이러고 있을 겨를이 없습니다. 어서 들어가 과군을 뵙기 바랍니다.(猥傳主命 未暇從容 願促入見寡君)" 이 말 속에는 두 층위의 시간이 흐른다. 안빙이 첫 번째 여시와 문답하며 흐른 시간, 자기소개를 하며 흐른 또 하나의 시간, 그래서 촉박한 시간이 노출된다.

초월계 중심부의 시간 변화 역시 여왕과 주빈의 등장이 순차적으로 이루어지는 가운데 일어난다. 화계의 주요 인물은 앞서 언급했듯 동시에 입장하지 않는다. 여왕이 등장한 후에 이부인과 반희를 불러오라고 지시하면서 시간이 흐른다. 그마저도 이부인이 먼저 등장하고, 반희가 뒤늦게 등장한다. 그런 뒤에도, "이부인은 반희에게 사양하고, 반희는 이부인에게 사양하여 오래도록 자리가 정해지지 않았다.(李夫人揖班姬 班姬讓李夫人 久未定)"고 하여 두 인물이 서로 상석을 양보하는 사이 흐르는 시간의 변화가 나타난다. 그 뒤로 조래선생과 수양처사, 동리은일이 동시에 등장하지만 안빙과 상석을 양보하며 또 시간이 흐르는 양상을 보여준다.

옥비가 등장할 때는 보다 많은 시간의 변화가 일어난다. 그녀는 현재 여왕의 처소에 있는 것이 아니다. “얼마간 시간이 흐른 뒤 옥비가 이르렀는데(可一炊頃 妃至)”라고 표현함으로써 옥비의 등장과 함께 흐른 시간이 나타난다. 옥비는 부용성주 주씨를 대동하고 등장하는데, “두 사람이 늦게 왔는지라 자리의 차례를 정하기 어려웠다.(二人後至 難於坐次)”라는 언급 속에서 다시금 먼저 온 주빈이 이들을 기다리느라 흐른 시간을 드러내고 있어 상당한 시간의 변화가 드러난다. 뿐만 아니라 옥비와 주씨 역시 먼저 자리하고 있던 주빈들과 상석을 양보하며 시간을 지체하느라 연회가 벌어지기까지 상당한 시간이 흐른다. 이후 악기(樂妓)들의 연주와 무희들의 춤이 펼쳐지는 연회 시간은 〈최생우진기〉나 〈용궁부연록〉 등의 시간과 동일하다.

초월계 여행이 마무리될 때 다른 작품에서는 시간의 압력이 발생하지 않는다. 곧 현실계의 방문자가 초월계를 나선 순간(〈최생우진기〉, 〈하생기우전〉), 혹은 초월계의 존재가 먼저 자리를 뜨는 경우(〈서재야회록〉) 바로 하룻밤, 내지는 70여 일이 흐른 시간을 깨닫게 된다. 그런데 〈안빙몽유록〉은 방문자가 현실로 돌아오는 순간에도 거듭 새로운 시간의 압력을 받는다. 흥겨운 노래와 춤, 시 짓기, 술잔 돌리기가 끝나고 안빙이 일어나 작별을 고하니[28] 여왕이 만류하며 주저앉힌다. 그런 뒤 반희와 이부인이 월궁소아의 춤을 추며 여흥을 잇는다. 안빙이 작별을 고하며 일차적으로 연회를 파했던 시간에서 상당한 시간이 흐른다.

그런 뒤 다시 연회를 파한 인물은 조래선생이다. 그가 취한 것을 빌

28) 유정일은, 안빙이 시연이 끝나지도 않았는데 자리에서 일어나 작별을 고하는 등 어딘가 불편한 기색으로 주변 인물과 어울리지 못한다는 느낌을 갖게 한다면서, 이것은 곧 화왕국이 별천지나 낙원으로서의 모습이 아니라 내면적 실체에 있어서는 무언가 부조화된 세계라는 해석을 내놓았다.(유정일, 앞의 논문(2004), 200면)

미로 먼저 자리를 뜨자 여왕이 섭섭하여 그런 모습을 조롱한다. 이에 수양과 동리도 잇달아 자리를 떠난다. 다른 작품에서 이미 파했을 연회 시간이 거듭 연장되며 연쇄적 시간이 구축되고 있다. 세 번째 연회를 파한 인물은 다시 안빙이다. 그러나 이번에도 그는 곧바로 현실계의 시간으로 넘어오지 않는다. 문 밖에 홀로 서 있던 미인이 눈물을 흘리며 연회에 초대받지 못한 서러움을 토로하는 장면에서도 시간의 변화는 다시 구축된다. 그런 뒤에야 비로소 천둥소리가 나더니 하룻밤 꿈에서 깨어나 현실계 시간으로 넘어온다.

현실계로 돌아온 뒤의 시간은 한순간 정지한다. 빗속에 떨어진 꽃잎과 새롭게 피어난 꽃잎, 파랑새, 연못 물 위로 펼쳐 오른 잎사귀, 담장 안팎의 수초와 벌과 나비 풍경이 하나의 진공 상태로 그려진다. 지금까지 낱낱이 쪼개어져 변화하던 시간이 밀집되어 정지 상태로 들어간 것이다. 이와 같은 시간의 정지 상태는 그 이전의 시간의 압력을 받았던 상태와 대비된다.

이처럼 〈안빙몽유록〉은 등장인물이 순차적으로 등장하는 가운데 일어나는 시간의 변화에 주목한다. 시간이란 구성 요소가 작품 안에서 띠는 중요성을 인식한 결과이다. 시간의 변화가 초월계 중심부로 향할수록 급격한 변화를 일으키고, 후미에 이르러서는 진공의 정지 상태를 보여줌으로써 그 변화 양상을 두드러지게 한다. 이러한 구성 방식을 통해 관념적이거나 정적 이미지에서 탈피하고자 했던 단서를 유추해 볼 수 있다.

3) 문의 중층 활용

〈안빙몽유록〉의 안빙이 여행하는 곳은 화계이다. 그 화계는 정원이 초월계 공간으로 변모한 세계이다. 이미 정원이라는 물리적 공간 외에 다양한 공간의 확장이 막힌 세계이다. 천상계 여행이었다면 이야기가 달라졌을 법하다. 천상계는 도가, 유가, 불가, 무속 등의 사유체계가 얽혀 있으므로 여행자가 지향하는 대로 공간의 확장을 꾀해 볼 수 있기 때문이다. 그에 비하면 정원 위에 지은 화계라는 세계는 고립적이고 단층적이다. 그래서 〈안빙몽유록〉은 문(門)을 통한 공간 확장으로 협소한 배경의 너비를 넓혀 나간다.

〈안빙몽유록〉보다 더 협소한 공간의 한계를 보이는 작품은 〈서재야회록〉이다. 무명선비의 오두막 방이 그 이야기 공간의 전부이다. 상하좌우로 더 분할하고 나눌 공간이 보이지 않자 문방사우의 정령이 직접 찾아왔다가 사라지는 이야기 구성을 취함으로써 단일 공간의 한계를 벗어난다. 반면 〈최생우진기〉는 현실계에서 최대한 공간 확장을 꾀함으로써 보다 역동적 작품 성격을 갖춘다. 두타산이라든지, 무주암 공간 같은 현실계 공간을 충분히 분할해 놓고 그 위에서 진경이라는 초월계 공간을 구축한다. 그런 뒤 〈안빙몽유록〉처럼 중층의 문을 활용해 공간을 넓혀 나가는 독창성을 발휘한다.

〈안빙몽유록〉이 문을 활용해 공간을 확장해 나간 것은 서사의 단편성을 극복하기 위한 방편이기도 하다. 안빙이 어쩌다 들어선 화계는 원거리 밖의 공간이 아니다. 눈만 돌리면 바로 보이는 정원 위의 상상세계이다. 그러니 영웅의 일대기를 담은 서사처럼 산으로 바다로 장쾌한 모험을 떠나는 기동성을 모색하기 어렵다. 꿈에 들었다 깨면 바로 그곳이 현실계이므로 작품의 길이 자체도 짧다. ①안빙은 화창한 봄날 회화나무에 기대어 잠들다, ②꿈속에 화계로 가서 꽃들의 정령을 만나다, ③천둥소리에 놀라 꿈에서 깨다. 이것이 「안빙몽유록」 이야기의 전부이다. 이 짧은 이야기에 개연성 있게 살을 붙이고 길이가 늘어날 수 있도록 한 것이 바로 중층의 문을 통한 공간 확장이다.

첫 번째 공간 확장의 지표는 안빙이 호랑나비를 따라 들어가다 만나는 동구(洞口)이다. "호랑나비는 멀어졌다 가까워졌다 하면서 안빙을 이끌고 몇 리쯤 가다 동구 앞에 이르는데"29), 꿈결에 넘어선 초월계 경계부터 이 동구 문까지 벌써 몇 리에 걸친 공간 확장이 나타난다. 여기서 청의동자를 만나 이동하는 동안 공간은 더 확장된다. "복숭아꽃, 오얏꽃이 흐드러지게 피었고 그 아래로 작은 샛길이 하나 나 있었다."30) 동구에서 화계의 주변부에 닿기까지 복숭아꽃과 오얏꽃 핀 샛길 공간이 들어선 것이다.

이후 채색 담장에 붉고 푸른 기와로 지붕을 얹은 집의 바깥문 앞에 이르는데, 거기서 조금 들어가니 대문 안에 세운 중문(重門)들이 열리고 여시(女侍)가 영접을 나온다. "채색 문이 일제히 열렸다."는 것은 안빙이 지금까지 지나온 공간보다 단조로울 수 있는 건축물 안의 공간 확장을 상징적으로 의도한 것이다. 건축물 안의 문들이 일제히 열렸다는 표현을 통해 그 내부가 상당히 번화하고 복잡한 구도를 지닌 곳이란 인상을 준다. 굳이 분할해 낼 수 없는 부분의 공간을 그런 식으로 처리함으로써 서사의 골격에 풍만함을 갖춘다.

문의 중층 활용은 여왕의 처소에 이르는 공간 확장에서도 드러난다. 그곳까지는 다시 수십 개의 중문(重門)을 지나야 들어갈 수 있다. 수십 개의 중문을 지나는 동안 확장된 공간에 대한 자세한 묘사는 배제된다. 대신 수십 개의 중문을 지나서야 마침내 당도하게 된 여왕의 처소

---

29) 蝶或近或遠 若導而行 行數里許 抵一洞口, 『기재기이』, 4면.

30) 桃李爛開 其下有蹊, 『기재기이』, 4면.

를 자세히 묘사하는 것으로 구성 방식의 묘미를 살린다. 황금과 금가루, 흰옥, 벽옥으로 만든 여왕의 처소, 푸른 누각과 붉은 누각이 어우러진 환상적 공간을 선보인다. 동구를 상징하는 문에서 출발한 공간 확장은 초월계 중심부에 이르러 더는 극대화할 수 없는 공간을 선사한다. 바로 그 공간에서 화계의 여왕과 주빈이 연회를 펼치기 때문이다.

중층 문의 활용은 이미 언급한 것처럼 〈최생우진기〉에서도 볼 수 있다. 최생은 진경으로 통하는 동굴 속을 수십 리쯤 걷다가 푸른 시내를 거슬러 오르고 가파르게 솟은 산 속에 들어가서야 용왕의 성문 앞에 이른다. 성문은 진경의 공간을 확장시키는 첫 번째 지표이다. 그 다음 만화문을 거쳐 다섯 개의 중문을 거치고서야 용왕의 처소인 조종전에 들어선다. 여기서 공간은 다시 조종전 동쪽의 편문을 통과하며 확장되고, 마침내 청령각이란 곳에 이르러 진인들과 마주한다. 두타산 외곽에서부터 탐색해 온 공간의 확장은 진경의 중심부에 이르러 멈춘다. 최생이 초월계 여행을 떠난 궁극적 문제를 푸는 공간이다. 안빙이 찾아간 초월계처럼 중층의 문을 통해 공간을 확장해 나간 점이 유사하다.

안빙이 화계에서 돌아오는 순간에는 단 하나의 문을 제시하는 것으로 양 세계의 거리를 좁혀 놓는다. 연회에 초대 받지 못해 울고 있던 미인의 하소연을 듣다가 천둥소리에 놀라 꿈에서 깨어나는 장면 안에 등장하는 문이 그것이다. 화계의 중심부인 여왕의 처소로 가기까지 중층의 문을 활용해서 확장해 놓았던 공간 너비를 일시에 소거해 놓는다. 꽃들의 향연이 펼쳐지는 가장 화려한 공간, 그 공간을 가장 깊숙한 곳에 마련해 두고, 중층의 문을 세워 나갔던 구성 방식의 묘미를 실감하는 부분이다.

이처럼 〈안빙몽유록〉은 중층의 문을 활용하는 구성 방식을 취함으로써 비밀스럽고 신비한 초월계 공간을 강조하는 기법을 선사한다. 다시 말해 중층의 문은 현실계의 방문자가 충분히 운신할 수 있는 초월계 공간을 확보하고 작품의 환상성을 높이는 기능을 한다. 이는 공간의 중요성을 분명하게 인식하고 있었던 창작 의식의 결과로, 작품의 완성도를 의도한 구성 방식이란 점에서 주목할 만하다.

3. 구성 방식 특질의 소설적 기능

〈안빙몽유록〉은 화려한 색감과 다중 인물, 그리고 중층의 문이라는 소재를 점층적 형태의 구성 방식으로 취함으로써 『기재기이』의 다른 작품과 대별되는 특징을 선사한다. 이러한 구성 방식의 특질은 우선 주제의식을 선명하게 드러내는 한편 오히려 모호한 충돌을 일으켜 다의적 의미 생성을 유도한다. 둘째, 특정한 장면을 의도적으로 지연시키는 가운데 서사의 확장을 꾀한다. 주제의식의 충돌과 해체는 작품 의미의 다의적 구조라는 측면에서, 특정 장면의 지연과 서사의 확장은 장편 문체의 실험적 모색이라는 측면에서 소설적 기능을 담당한다.

1) 주제의식의 충돌과 해체

〈안빙몽유록〉은 '현실계의 소외된 선비가 화계로 가서 꽃의 정령을 만나고 돌아오다', 이 한 문장으로 완결되는 이야기 구조이다. 여기에 보다 큰 기대를 해 본다면, '그는 화계의 여왕과 결혼하여 행복하게 살다 돌아오다.', 또는 '화계를 침략한 괴수(말벌이든 괴질이든)를 물리쳐

주고 화왕이 되어 살다가 돌아오다' 정도의 상상까지는 가능해 보인다. 좀 더 현실계 삶에 무게를 둔다면, '화계의 여왕을 인간계로 데려와 행복하게 살다.' 정도로 완결될 것이다. 왜냐하면 '그 후 오랫동안 오두막은 빈 집으로 남았다.'란 결말이 아니라, '그 후 오랫동안 안빙은 오두막을 지키며 살았다.'란 결말로 이야기가 마무리되는 작품이기 때문이다.

단일 유형의 이야기다 보니 주제의 평면성을 염려하지 않을 수 없다. 그래서 〈안빙몽유록〉은 '입장의 불일치'를 통해 충돌하는 갖가지 의미 속에서 다중의 주제의식을 표출한다. 입장의 불일치는 하나의 현상에 대한 각기 다른 관점의 충돌을 의미한다. 곧 등장인물 간의 의사표시와 관련된 차이를 의미한다. 이는 현실계와 초월계의 인물 사이에서 벌어지거나, 혹은 초월계 인물들 사이에서 벌어진다. 현실계에서 초월계로 들어갈수록 입장의 불일치는 더욱 강렬한 대비로 일어난다. 그래서 그에 따른 갈등 상황도 다발적으로 일어난다.

우선 안빙의 화계 방문 목적이 드러나는 부분에서 입장의 불일치를 발견한다. 안빙은 세상에 떠도는 괴안국 설화를 떠올리다 무심코 초월계로 진입한다. 그런데 안빙이 화계에서 첫 번째 만난 여시(女侍)가, "과군(寡君)께서 공의 우활한 도를 듣고 매우 기뻐하여 장차 공을 공경히 맞이하여 만나고자 하시니……."[31]라고 전하는 말 속에서 그의 방문이 이미 예정되어 있던 사실임이 드러난다. 정작 방문자인 안빙만 모르고 있었으니 다소 어리둥절한 상황이 빚어진다. 서로 간의 입장 차이가 불일치한 장면이다.

『기재기이』의 다른 작품은 이 과정을 보다 개연성 있게 장치한다.

---

31) 寡君 問公迂道 甚喜 將欲分庭設拜……, 『기재기이』, 5면.

〈서재야회록〉의 경우 무명선비와 물괴의 조우는 이미 서로의 입장이 일치한 결과이다. 물괴의 정체가 그 주인이 오래전부터 사용했던 문방사우의 정령이라는 점에서 서로의 세계를 방문하는 계기로 작용한다. 곧 오랫동안 함께 해 온 입장이기 때문에 서로가 서로를 알아보고 깨닫는 과정이 당혹스럽지 않다. 〈최생우진기〉의 경우 최생이 자기 자손의 항렬이고 또 쓸 만한 자질이 있는지라 편말에 언급한다는 동선의 말을 통해 서로의 세계를 향한 입장의 일치점을 유추해 볼 수 있다. 곧 그의 초월계 방문은 진경의 진인들로부터 초대장을 받은 상태에서 이루어진 것이라는 의미이다. 그런데 이것만으로는 미진한 감이 있다. 그래서 최생은 이보다 앞서 진경으로 입성하는 길목에서 자신이 왕의 초대를 받고 찾아온 손님이라고 문지기와 겁 없는 실랑이를 벌인다. 배포 있는 실랑이가 오히려 인간이 진경의 연회장에 불쑥 들어선 어리둥절한 상황을 희석시킨다. 〈하생기우전〉의 경우 하생은 분명한 의도를 갖고 초월계로 입성한다. 자신의 불행한 운수를 극복하기 위해 도성 남문 밖으로 출행한 것이고, 거기서 만난 여귀는 사흘이라는 환생 날짜를 초조하게 기다리던 인물이다. 양 세계의 입장이 분명하게 일치해 있었던 것이다.

입장의 불일치는, 그렇게 안빙의 우활한 도를 흠모해 초대했다고 하면서도 정작 여왕의 연회장에서는 모든 인물들이 자리 배치와 착석을 두고 오랜 시간을 지체하는 장면에서도 드러난다. 방문자인 최생의 존재를 주변으로 밀어 놓은 듯한 인상을 준다. 또한 남성형 인물들이 연희를 도중에 파하고 제 각각 돌아가는 장면에서도 입장의 불일치는 여전하다.[32] 이러한 입장의 불일치는 방문자인 안빙과 화계 여왕의

32) 신범순은, 화왕이 갈등을 조장한 핵심 인물이라고 하면서 시연에서 자리를 박차고

관계에서도 드러난다. 안빙은 시 짓기가 파하고 술잔 돌리기도 끝나자 작별을 고한다. 그러나 여왕은 안빙의 뜻을 받아 주지 않고 연회를 연장해서 더 즐기기를 명한다. 안빙의 작별 인사는 여왕의 명으로 취소되고 이부인과 반희의 창과 안무로 연회가 길어진다.

여왕의 처소에서 열린 연회에 참석하지 못한 문 밖의 미인을 통해서도 입장의 불일치는 드러난다. 그녀는 여왕의 사랑을 얻지 못해 당에 오르지도 못하고 소외된 자신을 한탄하지만 정작 여왕은 그녀에 대한 한 마디 언급조차 보이지 않는다. 화계를 진입하기 이전의 안빙과 현실계로 돌아온 안빙의 입장 역시 불일치를 이룬다. 화계를 방문하기 전의 안빙은 화초 키우기를 즐거움으로 삼던 인물이다. 그러나 화계에서 돌아온 뒤 그 모든 것이 정원의 화초가 변신하여 일어난 변괴임을 깨닫고 다시는 정원으로 눈을 돌리지 않는다.

왕성하게 생성되는 입장의 불일치는 〈안빙몽유록〉 서사 자체의 평면성을 극복하는 한편 주제의식을 표방하는 중요한 단서로 기능한다. 외진 오두막이나 지키며 세월을 낚던 인물이 화려한 꽃의 세계로 진입한 것은 분명 자신의 삶에 대한 부정보다는 한 단계 성장할 수 있는 이상적 삶에 대한 염원 때문이다. 문학 속에서 자신과 현실에 대한 부정은 상반되게도 건강한 긍정을 표방한다. 안빙의 화계 방문은 이러한 연장선에서 이루어진 것이며, 도처에서 발생하는 입장의 불일치는 현실계에서 그를 에워싸고 있던 문제들을 상징한 것으로 다가온다. '미인'(군왕)을 사모하고 꿈꾸지만 출사하지 못한 채 정원의 화초나 지키

나간 조래선생, 수양처사, 동일은일 등과는 직접적인 갈등을 보이고 있으며, 시연에 참석하지 못한 채 문 밖에서 울고 있던 미인에게는 간접적으로나마 원한의 대상이 된다고 보았다.(신범순, 앞의 논문, 201면)

며 지내는 안빙 자신(혹은 작가 자신)의 부조리한 현실이 그처럼 다양한 스펙트럼으로 노출된다.

서사 전편에 걸친 입장의 불일치는 다층적 주제의식의 충돌과 함께 어느 한 측면으로 주제가 해체되어도(선택되어도) 무방한 경지로 나아간다. 『금오신화』에서 확립된 '욕망충족공간'으로서의 이계 기능을 궁극적으로 실현하지 못하고 있다는 비판[33] 속에서도, 여성형 인물들과 남성형 인물들의 시연과 토론에 방관자적 입장을 취한 안빙을 통해 두 가지 대립적 가치의 중심에 서서 이를 객관적으로 바라보고자 했던 관점[34]을 수긍케 하고, 안빙의 은사적 이념이 꽃들의 여성적 힘 속에서 무기력하고 비활력적으로 나타난 사실을 통해 고정된 남성성의 해체[35]를 읽어내도 무방할 만큼 이 작품의 주제적 진실은 충돌과 해체를 반복한다.

결국 이 작품의 어떤 본질 또는 주제적 진실은 이 작품 자체임을 우선 인정해야 한다는 결론에 이른다. 무언가를 은폐하는 것처럼 스스로 계속 혐의를 드러내지만 고의적으로 숨겨야 할 것은 애초에 없었다는 사실, 그것이 마치 암시나 은폐처럼 보이는 것은 작가가 사용한 언어가 미로의 언어였기 때문[36]이란 결론이 그것이다. 화계로 진입할수록 집약된 주제의식이 나올 법도 하지만 매번 등장하는 것이라곤 등장인물의 일치하지 않는 입장뿐이다. 그리고 그들의 일치하지 않는 입장은 작품 말미에 이르러서도 문제의 해결점을 찾지 못한 채 해체되듯 사라

33) 권도경, 앞의 논문, 42면.
34) 문범두, 앞의 논문, 253면.
35) 신범순, 앞의 논문, 102면.
36) 윤채근, 앞의 논문, 366면.

진다. 그럼에도 불구하고 이 입장의 불일치는 빤한 이야기 구조를 탄력 있게 만들며 상호 간의 의미를 충돌시키지만, 이것도 가능하고 저것도 가능한 의미가 되도록 고정된 주제의식을 해체하는 유기적 기능을 한다.

이처럼 〈안빙몽유록〉은 입장의 불일치란 서사 구조를 통해 다양한 주제의식의 충돌과 해체를 표방한 작품이다. 이것이 가능했던 것은 입장의 불일치 과정이 점층적으로 확대되거나 강조되는 구성 방식에 힘입은 결과이다. 다양한 주제의식의 충돌과 해체는 작품의 내적 깊이를 드러낸다. 평면적 이야기를 따라가지만 다양하게 해석될 수 있는 개방성을 보여주기 때문이다. 〈안빙몽유록〉의 구성 방식 특질은 문예적 완성도를 입증하는 창작 기법을 보여준다.

2) 특정 장면 지연과 서사의 확장

"작품의 복합성은 작품의 물리적 분량과 무관하지 않고, 단편보다 장편이 복합성을 위한 더 넓은 공간을 가지고 있는 것."[37]은 자명한 사실이다. 〈안빙몽유록〉은 단편이라는 속성과 정원이라는 한정된 공간을 극복해 내기 위해(혹은 그 장점을 살리기 위해) 특이한 구성 방식을 선사한다. 주목할 점은 특정한 장면을 지연하며 서사가 확장된다는 사실이다. 현실계에서 화계로, 화계 주변부에서 중심부로 들어갈수록 지연되는 특정 장면이 자주 등장한다. "사건 진행을 묘사함에 있어서 요약하지 않고 되도록 자세하게 모든 것을 서술하는 것을 장면 묘사"[38]라 하는데, 〈안빙몽유록〉은 이 서술 방식을 살려 물리적 분량의

37) 이상섭, 『문학연구의 방법』, 탐구당, 1972, 87면.
38) 김천혜, 『소설 구조의 이론』, 문학과지성사, 1990, 131면.

확보를 꾀한다.

특정 장면의 지연은 우선 안빙이 첫 번째 여시(女侍)를 만나는 곳에서 볼 수 있다. 사실 여시의 역할은 그를 안내하는 기능에서 그친다. 그런데 굳이 자신의 집안 내력을 장설하며 안빙과 오랜 시간 동안 통성명을 한다. 여시의 안내를 받고 곧바로 여왕의 처소로 향하면 이 소설의 길이는 그리 넉넉지 않을 것이다. 화계 안에서의 역동적 모험을 그려 놓지 않는 이상 이처럼 등장인물이 마주서서 오랜 시간을 할애하지 않는다면 더 확장될 이야기는 보이지 않는다. 이러한 의중은 또 다른 여시가 시간차를 두고 따로 등장해 또 다시 자신의 집안 내력을 밝히며 통성명하는 지연 장면에서도 엿보인다.

이러한 지연 양상은 화계의 여왕이 연회 중에 자신의 혼인 생활과 관련한 내력을 소상하게 밝히는 장면에서도 보인다. 여왕의 장광설이 아니라면, '안빙과 화계의 정령들은 흥겹게 연회를 즐기다 마쳤다.'는 정도로 요약될 수 있는 이야기이다. 어떻게 하면 연회 장면을 풍성하게 살려 낼 것인가, 그리고 어떻게 하면 단일한 연회 공간의 한계를 극복해 낼 것인가, 하는 고민에서 나온 지연 장면일 것이다. 여왕의 행복과 서러움, 그리움과 한탄스러움, 눈물과 웃음이 절절하게 녹아 있는 내력이 이어지며 서사의 확장이 이루어진다.

특정 장면이 가장 장시간에 걸쳐 지연되는 곳은 화계의 주빈으로 참석한 인물들이 각자 앉을 좌석 배치를 두고 사양하고 경쟁하는 부분이다. 맨 처음 연회장에 도착한 안빙과 여왕부터 맨 마지막으로 등장한 부용성주 주씨까지 하나같이 자리 배치를 두고 시간을 할애한다. '여왕이 자리에 앉자 안빙도 자리를 찾아 앉았다.'라든지, '여왕이 청한 자리에 안빙은 황송해 하며 앉았다.', 내지는 '옥비는 조래가 이르는 대로 수양의 다음 자리에 앉았다.' 정도로 요약한다면 이 연회장 부분의 길이 또한 넉넉지 않다. 안빙과 여왕이 서로 상석을 사양하며 답배하고 읍양한 뒤 전으로 올라가는 장면이나 옥비가 남녀칠세부동석을 내세워 수양과 나란히 앉는 것을 거부하며 언쟁을 벌이다 굳이 여왕이 개입해 좌석 배치를 정하는 부분 등은 모두 보다 장형의 서사를 확보하기 위한 이유에서 나타난 결과이다.

화계의 잔치가 파하고 돌아가는 모습에서도 이와 같은 지연 장면은 계속된다. '안빙은 화계의 정령들과 흥겨운 연회를 마치고 돌아왔다.' 정도로 요약할 수 있는 장면이지만, 각각의 인물이 서로 주장하는 바가 달라 이 장면은 장형화 된다. 먼저 안빙이 잔치를 파하려고 하지만 여왕이 막는다. 이부인과 반희의 창과 안무로 연회는 지속된다. 그 뒤를 이어 세 명의 남성형 인물들이 잔치를 파하겠다는 의중을 전한다. 그들의 기분이 상해 먼저 작별을 고하고 떠나는 모습을 자세히 그리며 지연시킨다. 화계는 〈안빙몽유록〉의 중요한 배경인 만큼 다양한 인물을 통한 특정 장면의 지연이 자주 일어난다.

이제 화계의 연회는 모두 끝나고, '안빙은 천둥 소리와 함께 현실계로 돌아왔다.' 정도로 요약될 말미 장면에서도 한 번 더 지연 상황이 벌어진다. 연회장 문 밖에서 홀로 눈물짓고 서 있던 미인이 안빙에게 자신의 집안 내력을 장설하며 흐느끼는 대목이다. 화계에서 현실계로 난 문을 나서기 전에 중문 형태의 공간 하나를 더 세움으로써 평면적 공간을 극복하고, 미인의 하소연이 담긴 장면을 삽입함으로써 환상계에서 현실계로 순식간에 귀환하는 단순한 서사를 한 단계 복잡하게 구상해 확장시킨 부분이다.

『기재기이』의 다른 작품에서는 이러한 구성 방식을 통해 서사를 확장하는 모습은 보이지 않는다. 〈최생우진기〉와 〈하생기우전〉의 경우 주인공의 활동 범위가 현실계와 초월계에 두루 펼쳐져 균등한 비중을 차지한다. 최생은 두타산과 무주암 등지를 진경에 비교되는 영역으로 지니고 있고, 하생은 조실부모한 채 살던 고향과 국학에 다니던 서울, 낙타교 등지를 초월계에 비교되는 영역으로 지니고 있다. 서사의 길이 면에서도 현실계와 초월계 분량이 비슷하다. 〈서재야회록〉의 경우 〈안빙몽유록〉처럼 단일한 공간 안에서 이루어지는 서사인데, 안빙이 떠난 화계처럼 점층적 구성 방식을 택하지 않는다. 무명선비의 뜰에서 오두막 서재로 이동하는 단순한 동선만을 보여준다. 동선보다는 등장인물의 내적인 사유세계가 대화체로 진행되는 서사이다. 이와 달리 점층적으로 강조되는 초월계를 확보하고 있고, 초월계 서사의 분량 비중이 현실계보다 높은 점 또한 〈안빙몽유록〉의 두드러진 창작 기법이다.

이처럼 〈안빙몽유록〉은 특정한 장면을 지연시키는 가운데 한정된 공간을 극복하고 서사의 편폭을 확장한 작품이다. 이는 물리적 분량의 한계를 극복하고자 했던 창작 의식에서 비롯된 것으로, 단편 분량의 서사 안에 장편 서사의 문체를 담아 본 실험적 모색으로 다가온다. 특정한 장면을 지연시키는 가운데 장형의 서사체로 발전하는 장편소설의 기본적 특성과 연계해 본다면 〈안빙몽유록〉의 서사 확장 방식은 매우 독창적이다. 이는 서사의 극점으로 들어가며 더욱 흥미로운 장면 지연을 꾀하도록 한 구성 방식에서 기인한 것이다.

4. 결론

이 글에서는 〈안빙몽유록〉 구성 방식의 특질과 소설적 기능에 대해 살펴보았다. 우선 2장에서는 작품의 흥미를 높이는 소재로 색감과, 다중 인물, 중층의 문 등이 특이한 구성 방식으로 나타난 양상을 살폈다.

색감은 화계의 인물을 묘사하는 가운데 중점적으로 나타난다. 특히 화계 공간의 주변부에서 중심부로 들어갈수록 그 색감이 다채롭고 화려하다. 화계의 중심부 공간에 모든 인물이 한 자리에 모인 순간에는 총천연색 색감을 보여준다. 또한 배경 역시 색감을 넣어 표현한다. 산속 오두막의 무색감(無色感)과 화계 공간의 화려한 색감, 다시 작품 후미의 부슬비 내리는 무색감 풍경의 대비가 눈에 띈다. 환상적 분위기를 형성하고 전환하기 위한 창작 기법이다.

〈안빙몽유록〉은 또한 다중(多衆) 인물의 순차적 등장에 맞추어 단일한 공간 안에서의 시간 변화를 처리하는 구성 방식을 보여준다. 초월계 중심부로 들어갈수록 더욱 많은 수의 인물이 등장하는 점층적 구성 방식이다. 방문자인 안빙이 초월계의 중심부로 들어갈수록 연쇄적으로 발생하는 시간의 간격이 짧아진다. 시간이란 구성 요소의 중요성을 인식한 결과이다.

〈안빙몽유록〉은 또한 중층의 문을 활용해 공간을 확장해 나가는 구성 방식을 취한다. 서사의 단편성을 극복하기 위한 방법이다. 여러 겹의 문은 현실계의 방문자가 운신할 수 있는 초월계 공간을 확보하고, 작품의 환상성을 높인다. 공간의 중요성을 분명하게 인식하고 있었던 창작 의식의 결과이다.

3장에서는 이러한 구성 방식의 특질이 끼친 소설적 기능에 대해 살폈다. 우선 주제의식의 충돌과 해체라는 측면을 다루었다. 〈안빙몽유록〉은 '입장의 불일치'라는 서사 구조를 통해 다의적 주제의식을 표출한다. '입장의 불일치'는 현실계와 초월계의 인물 사이, 혹은 초월계 인물들 사이에서 일어난다. 현실계에서 초월계로 들어갈수록 입장의 불일치가 빈번하게 일어난다.

또 하나의 소설적 기능은 특정한 장면을 지연시키는 가운데 한정된 공간을 극복하고 서사의 편폭을 확장한다는 점이다. 단편 분량의 서사 안에 장편 서사의 문체를 담아 본 실험적 모색이다. 특정 장면을 지연시키는 가운데 장형의 서사체로 발전하는 장편소설의 기본적 특성을 갖춘 독창적 실험이다.

이처럼 〈안빙몽유록〉은 특이한 구성 방식을 취해 단일한 유형의 서사 구조가 지닌 한계를 긴장감 있게 극복해 낸다. 이러한 구성 방식이 〈안빙몽유록〉만의 독창적 기법이라는 결론에 이르기 위해서는 선후 작품들 간의 대별이 필요하다. 특히 같은 몽유록계 소설과의 연계를 통한 후속 논의를 거쳐 그 독창성을 되새겨야 할 것이다. 단편 분량의 서사 안에서 장형의 서사체로 발전할 만한 문체를 실험한 측면은 조선 후기 장편 고전소설과 연결해 논의할 필요가 있다.

〈서재야회록〉의 분위기 구현 양상과 문예적 특질*

1. 서론

한 편의 작품을 완독하고 나면 대개는 그 '작품의 전반적 분위기'에 대해 음미해 보는 시간을 갖는다. 웅장한 서사였다든지 기이하고도 아름다운 이야기였다든지 혹은 평범하거나 지루한 글이었다든지 하는 식으로 자신이 읽은 작품에 대한 분위기를 수용하게 된다. 그러므로 '분위기'란 그 작품이 전달하는 첫 번째 인상이라고 할 수 있다. 분위기는 "톤, 어조, 성조 등으로 번역되는 개념"[1]으로 작가의 '말하기 방식'과 깊은 관련이 있다.

〈서재야회록〉은 『기재기이』의 전반적 분위기인 환상적 성격을 수용하면서도 〈서재야회록〉만의 지적(知的) 분위기를 구현해 낸다. 선비의 필수품인 지필묵연을 의인화하고, 선비의 공간(서재)을 중심으로 이

---

* 김현화, 「서재야회록의 분위기 구현 양상과 문예적 특질」, 『반교어문연구』36, 반교어문학회, 2014, 267면~291면.

1) 조남현, 『소설원론』, 고려원, 1982, 237면.

야기를 펼치는 가운데, 전기소설로서의 기이함을 살리는 한편 사변적(思辨的) 분위기를 형상화함으로써 이 작품만의 특수한 분위기를 구현하는 것이다.

그간 〈서재야회록〉에 대해서는 고려말엽의 문방사우 의인화 가전 기법을 전승해 몽환적 액자를 삽입함으로써 한층 완결된 작품으로 거듭났다는 논의[2]가 중점이 되어, 의인화한 문방사우의 네 가지 약전에 기재 자신의 자서전적 내용을 가탁한 데서 이 작품의 유형적 특성을 찾은 논의[3]로 확장되었다. 소설 발달사 측면에서 이 작품이 수용한 몽유록과 가전의 변모 발전 과정을 확인한 논의들이었다. 전기소설적 특징과 의미에 대한 지속적 접근[4]과 아울러 구조적 특질[5], 환상성에 대한 새로운 타진[6] 등 다기한 접근이 이루어졌다.

문방사우가 그 소유자를 보호하고 돕는다는 주물주의적 관점에서 탐색되는가 하면[7], 이 문방사우가 작가의 자아를 담아 낸 여러 정신적 요소들의 재구성이라는 분석심리학적 접근[8]도 이루어졌다. 작가

---

2) 소재영, 『기재기이연구』, 고려대학교 민족문화연구소, 1990, 54~55면.

3) 유기옥, 「기재기이의 소설사적 의의」, 『논문집』(인문사회과학편), 전주 우석대학교, 1992, 367~368면.

4) 유정일, 「기재기이의 전기소설적 특징에 관한 연구」, 동국대학교 박사학위논문, 2002.
신상필, 「기재기이의 성격과 위상」, 『민족문학사연구』24, 민족문학사학회 민족문화연구소, 2004, 188~215면.
최재우, 「기재기이의 장르적 특성과 형상화 의미」, 연세대학교 박사학위논문, 2007.

5) 유정일, 「서재야회록의 구조와 의미」, 『국어국문학』133, 국어국문학회, 2003, 225~252면.

6) 신태수, 「기재기이의 환상성과 교환 가능성의 수용 방향」, 『고소설연구』17, 한국고소설학회, 2004, 133~164면.

7) 정상균, 「신광한 기재기이 연구」, 『국어교육』105, 한국국어교육연구회, 2001, 293~315면.

의 정치적 처지와 연결해 '방외인' 혹은 '고립된 개인'이라는 작가의식과 연결한 접근[9]은 창작의식 측면을 강조한 논의였다. 이처럼 〈서재야회록〉과 관련한 연구 성과가 적지 않은 것이 사실이지만, 창작 기법적 측면의 논의는 미진한 듯하다. 특히 이 작품만의 독창적 분위기 구현 방식에 초점을 맞춘 논의는 보이지 않는다.

이 글은 〈서재야회록〉의 분위기 구현 양상을 살피고 그 안에 포진된 창작 의식을 밝혀 보고자 한다. 우선 2장에서는 작품 분위기 구현 방식이 감정 노출의 대비, 엿듣기·엿보기의 대칭 동선, 천문(天文) 변화의 개입 등 세 가지 양상으로 나타나는 점에 주목할 것이다. 이를 토대로 3장에서는 다중 나레이터의 실험적 모색, 지적 탐색 소설의 문형(文型)이란 측면에서, 환상적 분위기와 사변적 분위기를 동시에 추구하고자 했던 〈서재야회록〉만의 창작 의식을 타진해 볼 것이다. 다각도의 문체 변주를 통해 작품의 완성도를 꾀했던 독창적 창작 미학에 접근해 볼 수 있으리라 기대한다.[10]

---

8) 이태화, 〈서재야회록〉에 대한 분석심리학적 접근」, 『한국고전연구』통권13, 한국고전연구학회, 2006, 197~220면.

9) 김창룡, 「기재 신광한과 문학적 소통-기재기이의 서재야회록을 중심으로」, 『소통과 인문학』14, 한성대학교 인문과학연구원, 2012, 57~90면.
엄기영, 「기재기이와 작자 신광한의 자기인식-안빙몽유록과 서재야회록을 대상으로」, 『고소설연구』32, 월인, 2011, 97~122면.

10) 본 논문에서 활용할 자료는 고려대 만송문고본을 영인한 소재영의 책이다.(소재영, 『기재기이연구』, 고려대 민족문화연구소, 1990) 이후 면 수만 기록하기로 한다. 아울러 박헌순의 번역을 참고하기로 한다.(박헌순, 『기재기이』, 범우사, 1990)

2. 분위기 구현 양상

1) 감정 노출의 대비

분위기는 "같은 소재라 하더라도 작가의 기질이나 지적 정도, 그리고 작가가 생각하는 예술적 의도에 따라"[11] 작품 안에서 사뭇 달리 나타난다. 〈서재야회록〉은 등장인물의 감정을 대비해 색다른 분위기를 구현한다. 세상과 등진 남성주인공, 거기에다 주인에게 잊힌 존재가 되었다고 하소연하러 찾아온 네 명의 정령마저 남성인물이다 보니 표면에 드러나는 인물들의 관계는 무료하기만 하다.[12] 이 건조한 인물 관계를 흥미로운 분위기로 유도하는 것이 상반된 감정 노출이다.

작품의 초반 분위기는 주인공의 성격과 환경 때문에 상당히 폐쇄적이다. 이름조차 알 수 없는 무명선비[13]는 세상과 단절한 인물이다. "사람들로부터 따돌림을 받았고(爲世所擯)", "문 밖 출입을 끊은 채 지내며(杜門斷往還)", "오직 책 읽는 데에만 재미를 붙이고 살아서(唯以書史自娛)", "이웃조차도 그의 얼굴을 못 본 지가 여러 해(隣比亦不得見其面

11) 조남현, 앞의 책, 239면.

12) 물론 의인화된 문방사우가 다 낡고 초라한 모습으로 희화되어 절로 웃음을 유발하며 독자에게 지속적인 재미를 주는(신상필, 「서재야회록의 구조와 의미」, 『국어국문학』 133, 국어국문학회, 2003, 206면)인물로도 볼 수 있다. 그런데 무명선비와 정령들의 조우가 인간관계 혹은 세상으로부터 잊힌 존재들에 대한 경건하고 숙연한 예우의식을 바탕으로 이루어진 것을 되짚어보면, 그들의 인물상은 해학적이라기보다는 엄숙하고 무거운 관계로 접근하는 것이 타당할 듯싶다.

13) 주인공인 선비의 이름을 일부러 생략했다는 것은 작가 스스로 훼손되었다고 판단하는 자아이며, 이후 이어질 자기 발견의 과정은 그 훼손된 자아의 회복을 위한 노력이라는 관점(이태화, 앞의 논문, 207면)이 긍정적으로 다가오는 이유는 주인공의 폐쇄적 상황 때문이다. 일견 세상의 인습에 부합한 채 살지 않으려는 호탕한 기개로도 보이지만, 그의 현재 상황은 심리적으로도 위축될 만큼 고립되어 있어 자아의 회복을 위한 시간이 절대적으로 필요한 인물이다.

者數年矣)" 되었을 만큼 고립된 상황의 인물이다. 그래서 곧 그가 만나게 될 지필묵연의 정령이 "자아를 타자화시킬 수밖에 없을 정도로 주인공의 고독감과 결핍감이 강렬했다는"[14] 것을 상징한다는 사실이 주목된다.

세상과 철저히 고립된 분위기의 주인공은 『기재기이』의 다른 작품에서는 찾아볼 수 없다. 〈최생우진기〉의 경우 "좋은 경치 찾아다니기를 좋아하고"[15], "일찍이 선(仙) 공부를 하는 증공이라는 스님과 더불어 두타산 무주암에서 오래 지낸 적이 있었다"[16]고 소개되는 인물이다. 처음부터 호방한 성격이 두드러지며 타인과 감정을 교감하는 인물이다. 〈하생기우전〉의 주인공은, "고을의 수령이 그 명성을 듣고 태학에 뽑아 보낼"[17] 만큼 세상과 소통하는 인물이다. 그래서 그는 자신의 불운을 타개하기 위해 성문 밖 여귀의 처소로 향할 수 있었다. 〈안빙몽유록〉의 경우 주인공이 남산 오두막에 칩거하는 양상을 보이지만, "여러 차례 진사시험에 응시하기도 하고"[18], "세상에 전하는 괴안국 이야기에 관심"[19]을 두고 있어 폐쇄적이지는 않다.

이와 달리 〈서재야회록〉의 무명선비는 세상과 철저히 단절한 채 살아가는 인물이다. 그래서 이 작품은 등장인물의 고립된 분위기에 잠식된 채 흘러가는 양상을 띤다. 홀로 뜰을 거닐다 짓는 시를 통해서도

---

14) 권도경, 「16세기 기재기이의 전기소설사적 의의 연구-현실성의 확대와 주체의 의지 강화 양상을 중심으로」, 『한국고전연구』통권6, 한국고전연구학회, 2000, 46면.

15) 倜儻 外榮利 好遊覽山水, 『기재기이』, 51면.

16) 嘗與學禪者證空 久寓頭陁之無住庵, 『기재기이』, 51면.

17) 然而風儀瑩秀 才思穎拔 鄉曲多稱賢者 州宰聞其名 選補大學, 『기재기이』, 77면.

18) 累擧進仕不第, 『기재기이』, 3면.

19) 世傳槐安之說 甚誕 吁亦怪哉, 『기재기이』, 3면.

그러한 분위기는 살아난다. "산속에 덩그러니 솟은 서재는 홀로 이웃도 없고, 술잔 들고 달세계를 이야기할 대상도 없고, 이슬조차 떨어지지 않을 만큼 적막한 사립"[20)]을 내다보며 토하는 탄식이다. 이 적막한 분위기는 정령들이 등장하며 생동하는 분위기로 전환한다. 그들은 세 번에 걸쳐 왁자한 감정을 노출하며 긴장감을 조성한다.

첫 번째는 세상 이치의 진가(眞假)에 대해 대화를 나누는 부분에서이다. 네 명의 정령은 생과 사, 동과 정, 흑과 백의 참 이치에 대해 말하고 "서로 쳐다보며 웃고 말하는[21)]" 모습으로 등장한다. 이들의 감정은 곧 정반대의 것으로 치닫는다. 저마다 주인에게 잊힌 사실을 거론하며 탈모자가 먼저, "수차례 오열하자, 좌중이 모두 얼굴을 가리고 흐느끼며 눈물을 흘리는"[22)] 장면으로 전환한다. 일시에 웃음을 터트리고, 일시에 오열하는 소란함 속에서 적막한 서재는 활력을 찾는다.

두 번째는 네 명의 정령이 서로의 우정에 대해 성찰하는 대화 가운데서 분탕한 감정을 노출한다. 백의자가 탈모자에게, "머리가 검으면서도 흰머리라 하고, 속이 텅 비어 마음이 없으면서도 붉은 마음이 있다고"[23)] 하는 것이냐고 농담을 한다. 이에 탈모자는 당나라 때의 시인인 원진의 시를 알아듣지 못한 백의자를 책망한다. 흑의자와 치의자가 나서서 좋은 친구들과 학문을 닦아 비로소 함께 시를 이야기하게 되는 절차탁마의 예를 들며 두 인물의 감정을 조절한다. 덧붙여 자기의 허물을 바로잡아 주는 친구의 비유로 타산지석을 예로 삼아 서로의 기분

---

20) 丁丁伐木澗之濱 岑寂書齋少有隣 搗藥只應憐玉兎 停盃誰與問永輪 楓林滴瀝時聞露門巷淸深不見塵,『기재기이』, 28면.

21) 四人相視而笑,『기재기이』, 30면.

22) 嗚咽數聲 座中皆掩泣或揮或拭,『기재기이』, 31면.

23) 子黑首而云白首 無心而謂有丹心,『기재기이』, 31면.

을 푼 뒤에, "드디어 서로들 손을 함께 잡고 웃."[24]는 것으로 감정 상황을 정리한다. 서재 벽 너머에서 여전히 정적인 분위기로 일관하는 무명선비와 달리 조소하고 화내고 화통하게 웃음을 터트리며 무료한 인물 관계에 흥미를 준다.

세 번째는 벗의 도가 사라진 세상의 정리(情理)에 대해 회고하는 부분이다. 정령들은 차례로 시를 짓는데, 치의자의 시에 백의자가, "부인네들의 생각처럼 뜻이 중후하지 못함을 탓하며 그의 늙음을 한탄"[25]하였다. 뒤이어 흑의자가 지은 시에 다시 백의자가, "자기 이야기만 늘어놓았지 광경(光景)에 대한 언급은 한 마디도 없어 고루하다"[26]고 타박한다. 그러자 탈모자가 백의자를 비난하며, 그럼 과연 백의자 자신의 시는 얼마나 대단하냐고 반문한다. 이때 치의자가 나서서, "오늘날은 벗의 도가 없어진 지 오래"[27]라며 절차탁마를 꺼리는 친구 관계를 탄식한다. 탈모자는 즉시 머리를 숙이고 자신의 비난을 사과하였다. 그런 뒤 "모두들 크게 웃는."[28] 것으로 한탄과 비난, 사죄와 호탕한 웃음 등이 어우러진 감정 상황을 연출한다.

정령들은 세 차례에 걸친 분탕한 감정 노출 후에 무명선비와 대면하게 되는데 그때부터는 엄숙한 분위기로 일관한다. 자신들의 집안에 얽힌 역사를 장설로 펼치며 진중한 자세를 취한다. 무명선비와 시를 나누고 떠나는 순간까지 예를 잃지 않는다. 만약 네 명의 정령이 선비와 대비되는 분탕한 감정 노출 과정을 거치지 않고 엄숙한 자기 내력으로

---

24) 遂相與一握爲笑, 『기재기이』, 32면.

25) 頗類婦人 意不重厚 子其衰乎, 『기재기이』, 32~33면.

26) 但能自敍 曾無一語及光景 不及固陋乎, 『기재기이』, 34면.

27) 於今朋友道喪久矣 旣謂莫逆 又憚切磋, 『기재기이』, 34면.

28) 脫帽者卽頓首謝 左右讙笑, 『기재기이』, 34면.

바로 들어가는 소설이었다면, 한층 더 무겁고 정적인 작품이 되었을 법하다. 이를 막기 위해 분탕한 감정 노출을 유도해 등장인물의 관계에 생동함을 더하고 작품의 흥미를 높였다고 할 것이다.

이처럼 〈서재야회록〉은 등장인물의 대비된 감정을 연출하는 가운데 충만하고 분탕한 감정을 노출함으로써 작품의 기대감을 높인다. 무명선비가 만들어 놓은 초반의 폐쇄적이고 고립된 분위기를 분쇄시키는 장치이면서 아울러 사물의 정령이 지닌 차갑고 정적된 분위기를 인간적 감정으로 연결해 재미를 더한 창작 기법이다.

2) 엿듣기·엿보기의 대칭 동선

〈서재야회록〉은 등장인물 간의 대칭된 동선을 통해서도 독특한 분위기를 구현한다. 바로 엿듣기와 엿보기 행위를 통해서이다. 이러한 동선 구축을 통해 서재 공간에 마주 앉아 대화체로 진행되는 서사의 정적인 면을 탈피한다. 문방사우가 선비의 필수품이란 사실에서 이들의 관계는 애초 협소한 공간에서 시작되었다. 이를 탈피하고자 한 것이 엿듣기와 엿보기 행위이고, 이러한 동선을 통해 서사에 활력을 불어 넣는다.

무명선비는 밤공기 속에서 해묵은 오동나무에 기대어 앉았다가 문득 소곤거리는 소리를 듣는다. "선비는 두근거리는 가슴으로 숨을 죽이고 가만히 귀를 기울여 들어보았(士心動回徨 屏氣凝聽)"는데, 과연 서재에서 나는 소리였다. 살그머니 다가가서, "창틈으로 가만히 엿보자(從窓罅密伺)" 방 안에 네 명의 정령이 둘러앉아 있는 것이 보였다. 이들의 조우가 청각적 작용으로 먼저 이루어진 것이 인상적이다. 선비와 정령들은, 선비만 깨닫지 못하고 있었을 뿐 이미 오래 전부터 교감해

온 주인과 소유물의 관계이다. 서로의 생김새야 훤히 꿰뚫고 있는 관계이기 때문에 내면에 감추어져 있던 소리를 드러내는 청각적 관계로 시작한 것이다.

선비는 서재 안의 대화를 엿들으며, "처음에 도둑인 줄로 생각했다가 도둑이 아니라 물괴라는 것을 알고는 마음에 두려움이 없어졌고 호기심이 생겨 그들이 하는 짓을 자세히 보려고"29)까지 시도한다. '도둑이 아니라 두려움이 사라졌다'란 표현은 무명선비가 세상 사람과 단절한 채 살아온 성격을 강조한다. 선비가 헛기침 소리를 내며 자신의 존재를 드러내는 동시에 엿보기 행위는 중단된다. 정령들은 놀라 즉시 몸을 숨기는데, 이때부터는 보이지 않는 곳에서 그들이 선비를 엿보는 행위로 전환한다. 선비가 간곡히 그들을 청하는 축문을 지어 읽는 것을 지켜본다. 선비가 먼저 서재 밖에서 그들의 소리를 듣고 엿보기 행위로 들어간 것처럼, 그들 역시 선비의 기척(헛기침소리)에 놀라 사라지고, 축문 읽는 소리를 듣고 다시 모습을 드러낸다는 점에서 엿듣기와 엿보기 행위가 대칭적으로 연결된 사실이 드러난다.

선비의 엿듣기와 엿보기 행위가 가능했던 것은 정령들의 엿듣기와 엿보기 행위가 이미 대칭적 동선으로 마련되어 있었기 때문이다. 정령들은 선비의 지필묵연으로 오랜 세월 함께 지내 왔으며, 언젠가는 주인과 세상의 정리(情理)에 대해 허심탄회한 시간을 보낼 순간을 기대해 온 존재이다. "주인께서 세상을 등지고 외진 곳에 살면서 함께 지내는 자라곤 우리들뿐이었다.(主人離羣索居 所與處者吾輩)"라는 탈모자의 말을 통해 주인을 향한 엿듣기와 엿보기 과정이 있었다는 사실이 나타난다.

이처럼 〈서재야회록〉은 엿듣기와 엿보기 행위를 서로 대칭적 동선

---

29) 士初擬盜竊 旣知物怪 心亦無恐 欲熟觀其所爲, 『기재기이』, 34면.

으로 마련해 놓음으로써 장설의 대화체가 주요한 역할을 하는 작품 성격에 긴장감과 기대감을 형성한다. 달리 말하면 등장인물이 마주 앉아 대화로 진행하는 서사의 단편성을 극복해 내고 있다는 의미이다. 주인과 사물의 빤한 관계, 서로의 내력에 대해 대화체로 풀어가는 방식이 지니는 작품의 한계를 탈피하는 것이다. 주제의 전달 과정에 있어 교시적 관점과 흥미 유발 관점을 고려했던 창작 기법이라고 할 것이다.

3) 천문 변화의 개입

〈서재야회록〉의 공간은 오로지 '서재' 한 곳으로 집약되어 있다. 소설 작품의 배경으로서는 취약점을 가진 대목이다.[30] 그만큼 상상력의 너비를 축소시키고 물리적 분량 면에서도 단편 길이를 넘지 못한다. 그럼에도 '서재'라는 공간을 택한 이유는 이 작품이 지니는 주제가 사변적 성찰에 닿아 있기 때문이다. 세상과 동떨어져 살아가는 주인공, 그런 그의 곁을 오랜 시간 지켜온 지필묵연의 정령들, 그리고 그들이 기거하는 서재라는 협소한 환경, 이러한 고립적 조건들이 유착한 관계 안에서 풀어낼 만한 이야기는 넉넉지 않아 보인다. 그래서 천착한 것이 서로의 존재 가치를 탐문하고 인정하는 사변적 성격의 서사였을 법하다.

작품 공간의 너비 면에서 대비해 볼 만한 작품이 〈안빙몽유록〉이다. 〈서재야회록〉과 〈안빙몽유록〉은 『기재기이』의 작품 가운데 '집'이라

30) 그러나 이전의 전기소설과 다르게 '방'이라는 일상화된 공간을 전기적 만남의 공간으로 활용하는 점이 이색적이다. 즉 '귀(鬼)'의 공간이나 초월적 공간으로 전기적 주인공이 초대되거나 진입하는 것이 아니라 주인공의 일상적 공간인 '서재'에서 일상적으로 만났던 물건들이 '물괴(도깨비)'로 화해서 나타나는 양상을 보여준다.(유정일, 앞의 논문(2003), 234면)

는 공간을 안팎으로 활용하고 있는 작품이다. 〈안빙몽유록〉은 정원을 공간 배경으로 하고, 〈서재야회록〉은 서재를 공간 배경으로 한다는 점에서 일상적 배경을 특징으로 한다. 〈안빙몽유록〉은 정원을 공간 배경으로 하고 있지만, 그 안에 상상된 화계(花界)를 찾아가는 길은 상당한 너비로 확장되어 있다. 주인공이 화계의 주변부에 닿기 위해서는 수십 리 길을 걸어야 하고, 화계의 중심부까지는 다시 숱한 문들을 거쳐야 한다. 이와 달리 〈서재야회록〉은 뜰에서 바로 서재로 들어감과 동시에 초월계 인물과 조우한다. 단일 공간의 특징이 그대로 드러나는 대목이다.

단일 공간의 특징은 보다 풍성한 상상의 폭을 제한하는 한계로 다가오기도 한다. 〈서재야회록〉은 이를 극복하기 위해 그날의 일기 상황이나 천체의 흐름에 따른 천문의 변화를 서사 마디마디에 개입시킴으로써 협소한 공간 이미지를 극복해 낸다. 또한 천문의 변화 속에서 선비와 정령이 조우한 순간부터 작별하는 순간까지 시간의 경과를 알린다. 특히 천문의 변화 때마다 정령들이 등장하며 환상적 분위기를 형성한다.

천문 변화의 개입은 작품 초반에 이루어진다. 산중에서 고립된 생활을 하는 선비를 소개하며, “산속 서재에 비가 막 개어 밤기운이 맑고 서늘하였다. 맑은 하늘엔 은하가 흐르고 밝은 달빛 아래 이슬이 내렸다.”[31]라는 천문의 변화가 나타난다. 중추(中秋) 보름께의 천문 상황인데, 비가 막 개었다는 표현을 보아 온종일 내리던 비가 그친 뒤의 일기를 표현한 것이다. 우천(雨天)에서 달이 뜨고 멀리 은하마저 한눈에 들어오는 기상 상태로 변화한 시점이다. 이러한 천문의 변화는 주

31) 山雨新霽 夜氣淸悄 長空淡而銀河流 朗月飛而玉露凋, 『기재기이』, 28면.

인공의 감흥을 불러 일으켜 시를 짓게 하는 한편[32], 예상치 못한 상황 사건이 진행될 것이라는 기대감을 높인다.

"이때 밤은 이미 삼경을 넘었고(時夜已三更)"란 시간 배경 역시 고요한 일기 분위기를 강조하는데, 뒤이어 등장하는 정령들을 통해 천문 상황과 기묘한 환상이 연결되어 있다는 사실을 알 수 있다. 정령들이 '소곤거리는 소리와 함께' 등장하며 이목을 끈 것은 그보다 앞서 적막하도록 고요하고 깨끗한 밤 배경이 전제되어 있기 때문이다. 선비는 궁금한 소리에 귀를 기울이다 살며시 창틈을 엿보게 된다. 이때, "달빛이 창문으로 흘러들어 방안은 낮처럼 환했다.(時月入虛窓 室中如晝)"라고 해서 천문 상황이 실내로 연결된다. '달빛이 흘러들어 낮처럼 환한 방'은 현실계 안에 초월계를 축조하는 일종의 환상적 분위기 조성이다.

그 안에서 목격되는 정령들은 주인이 없는 방을 찾아올 수밖에 없었던 처지를 토로하며 선비의 시선을 붙잡는다. 선비는 자신을 보고 황급히 모습을 감춘 정령들을 위해 축문을 지어 읽는다. 이에 감응한 정령들이 서재로 돌아오는데 이때, "서산에 달이 지고 있었고, 달그림자가 청에 올랐다.(時山月欲低 斜影在廳)"라고 하여 다시 천문의 변화를 드러낸다. 실내 공간에서 실외의 천공으로 잠시 시선을 유도한 것이다. 그리고 그 속에서 초월계 존재가 등장하도록 한다. 마치 그들이 천문의 틈을 벌리고 등장하는 듯한 기묘한 분위기를 자아낸다.

서재 안에 등장해 있던 정령들이 모습을 감추었다가 재등장하는 모

32) 주인공 선비는 전기적인 경험에 앞서 시를 읊조리는 등의 정서적 허탈감에 빠져든다. 이런 절제되지 않은 감정의 고조 상태는 전기적 경험을 하게 되는 일종의 신호이면서 주인공 스스로 비현실적인 경험을 받아들이도록 하는 촉매 역할을 한다.(유정일, 앞의 논문(2003), 236면)

습은 매우 작의적이다. 오랜 세월 함께 했던 주인을 몰라본 것도 아니고, 아무 목적 없이 방문한 길도 아니기 때문이다. 정령들은 자신의 존재 가치를 주인에게 확인받고자 방문한 길이다. 단순히 잊힌 사물이 아니라 인정을 나누고 도리를 다한 대상으로서 존재한다는 사실을 알리기 위해 찾아온 것이다. 충분한 교감을 나누고 있던 선비이건만 굳이 모습을 숨겼다가 재등장하는 것은 '서재'라는 단일 공간의 한계를 탈피하기 위한 장치이다. 한 공간 안에서만 진행되는 이야기라면 아무리 초월계의 존재가 등장하는 이야기라고 해도 무료하다. 이러한 단일 공간의 단점을 탈피하기 위해 천문의 변화로 시선을 돌림으로써 새로운 긴장감을 형성하고 환상적 분위기 또한 유지한다.

선비가 하룻밤의 만남을 아쉬워하며, "별자리도 북두성도 많이 회전하였고 새벽달은 장차 서산에 떨어지려 하니(星回斗轉 曉月將落)"라는 말로 남은 회포를 다 펴지 못할까 근심한다. 별자리와 북두성이 많이 회전하였다는 천문의 변화를 통해 선비와 정령들이 함께 한 시간이 이미 상당히 흘렀고, 작별할 시간이 도래할 것이라는 사실을 드러낸다. 초월계 존재와 교감을 나누었던 무명선비의 아쉬움과 안타까움을 표출하면서, 독자에게는 결미를 향해 가는 서사의 마지막 단계를 암시한다. 아울러 서재 공간 안에서 동일화되었던 현실계와 초월계가 다시 분리될 것임을 암시한다. 단일한 공간의 분할을 재차 시도하며 작품을 마무리한다.

선비는 아침잠에서 깨어 간밤의 일을 곰곰이 떠올려 본다. 그 순간에 "햇빛이 이미 창을 비추고 있었고(日已照窓矣)", 시중을 드는 아이의 문안 인사가 울린다. 달밤 아래서의 만남에서 아침으로 이동한 시간의 경과가 드러나는 대목이다. 햇빛이 창을 비추는 변화는 달빛이 흘러넘쳐 방안이 낮처럼 환했다는 작품 초반의 표현과 상반된다. 비록 서재라는 제한된 공간에서 이루어진 이야기지만 천문의 변화를 통해 기이하고 환상적인 분위기를 통일성 있게 유지한다.

이처럼 〈서재야회록〉은 천기(天氣)의 상황이나 천체의 흐름을 사건 마디마다 끌어들임으로써 단일 공간의 한계를 극복한다. 서재라는 주요 무대 너머에 분할된 배경 하나를 더 띄워 놓고 이야기를 진행해 나간다. 그 보조 무대는 작품의 환상적 분위기를 형성하는 데 일조한다. 초월계 인물만으로도 환상적 분위기를 자아낼 수 있지만, 천문의 변화를 통해 기묘한 상황을 유도한 점은 〈서재야회록〉만의 독특한 창작 기법이다.

3. 분위기 구현 양상의 창작 의식

1) 다중 나레이터의 실험적 모색

〈서재야회록〉은 등장인물의 동선을 최소화한 상태에서 이야기를 진행시켜 나간다. 인물의 동작보다는 그들의 대화에 더 큰 비중을 두고 사건이 진행된다. 작품의 배경이 '서재'라는 단일 공간으로 국한되고, 그 안에 다섯 명이나 되는 인물이 모여 앉아 이야기를 펼치는 것도 그 때문이다. 단일 공간은 인물들의 대화 내용이 산만하게 흩어지는 것을 막는 방음 장치 역할을 한다. 아울러 대화 내용의 요지를 부각시키는 역할도 한다. 그런 가운데 다중(多衆)의 나레이터의 등장이 가능하도록 한다.

나레이터[33]는 작품 전반을 이끌고 가는 목소리이다. "작가와 일치하면서 어떤 작중인물로도 변용되지 않는 목소리를 '함축된 작가', 이와 반대로 작중의 한 인물로 나타난 목소리를 '극화된 화자'라고"[34] 칭할 때, 〈서재야회록〉의 나레이터는 함축된 작가라고 할 것이다. 그의 목소리로 무명선비와 정령들의 이야기가 진행되기 때문이다. 흥미로운 사실은 함축된 작가의 목소리를 낮추고 등장인물의 목소리를 강조하는 문체가 엿보인다는 점이다. 고전소설은 함축된 작가의 목소리와 주인공의 목소리 높이가 비례한다. 그만큼 주인공을 중심으로 서사가 진행된다는 뜻인데, 〈서재야회록〉은 여러 인물의 목소리에 고루 집중한다.

"한 작가가 창조하는 마스크와 목소리의 다양성이야말로 가장 흥미있는 문제"[35]라는 명제는 나레이터의 중요성을 드러낸다. 〈서재야회록〉은 '마스크의 다양성'은 물론 '목소리의 다양성'에 주목한다. 등장인물 저편에서 이들을 좌지우지하는 숨은 목소리(함축된 작가)뿐만 아니라, 능동적으로 자신을 드러내기 위해 노력하는 인물들의 목소리를 입체적으로 드러내는 데 공력을 기울인다.

이러한 단서는 작품 초반부터 청자를 의식한 대화체로 시작한다는 사실에서 우선 드러난다. 대화의 주체는 무명선비와 네 명의 정령이다. 주인공인 무명선비의 성격과 거주지 공간이 폐쇄성을 띠는 것은 그의 목소리를 낮추고 정령들의 목소리를 부각시키기 위한 것이다. 정령과 정령의 대화를 엿듣다가 그들의 관계 속으로 무명선비가 참여하는 것은, 정령들에게도 나레이터로서의 비중을 싣겠다는 의도로 다가온다.

---

33) 내레이터는 우리말로 화자, 발화자라고 번역한다. 작품 속에서 실제로 이야기를 이끌어 가는 목소리를 뜻하는 개념이다.(조남현, 앞의 책, 216면)

34) 조남현, 위의 책, 216~217면.

35) 이상섭, 『문학 연구의 방법』, 탐구당, 1972, 84면.

『기재기이』의 다른 작품은 함축된 작가와 주인공의 목소리가 동일시된다. 함축된 작가의 목소리가 이들의 목소리와 일치하다 보니 다른 인물의 목소리는 주인공의 희구 사항을 펼치는(혹은 충족시키는) 조건적 대상으로 등장하는 성격이 강하다. 안빙의 대화자인 화신(花神)들은 가상의 세계에서 만난 변괴로 치부되며, 최생의 대화자인 진인(眞人)들은 그의 도가적 이상세계를 확인시켜 준 대상으로 남고, 하생의 대화자인 여귀는 그의 입신양명을 이루어 준 현실적 욕망의 대상으로서 성격이 강하다. 그러다 보니 다중의 나레이터를 구현하기보다는 주인공의 꿈과 뜻을 펼치는 단수의 나레이터(함축된 작가) 역할에 비중을 둔다.

이와 달리 〈서재야회록〉의 주인공과 정령들은[36] 처음부터 대등한 대화의 조건을 갖추고 출발한다. 정령들은 세상 이치의 진가(眞假)에 대한 대화를 나누며 중심 나레이터로서 등장한다. 눈에 보이지만 실제로는 허상인 것들, 생과 사, 동과 정, 흑과 백 등과 같은 진리에 대해 그들의 목소리로 이야기를 전개한다. 나아가 서로의 우정에 대해 성찰하는 대화의 시간을 갖는다. 절차탁마와 타산지석에 대한 예로써 우정을 논하는 대화이다. 다음에는 벗의 도가 사라진 세상의 각박한 상황을 회고하는 대화로 넘어간다. 이 대목에서 무명선비는 그들의 정체를 알아채고 비로소 나레이터로 참여한다.

새벽이 넘도록 이어진 대화에서는 다섯 명의 인물들이 저마다 집안

36) 무명선비와 정령들의 관계에 대해서는, 선비의 무의식 속에서 나타나 자기 발견의 조력자 역할을 하는 대상이 정령들이라거나(이태화, 앞의 논문, 208면), 지필묵연이 신광한에게 하나의 '주물(呪物)'로서 작용한다는(정상균, 앞의 논문, 303~304면) 측면에서 접근되었다. 이들의 인물 관계는 단순히 주인과 사물의 수직 관계가 아닌 정령들이 독립적 화자(話者) 기능을 하며 무명선비와 대등한 관계로 서사를 진행한다는 점에서 주목된다.

에 얽힌 내력을 말하고 자신들의 존재 가치에 대해 역설한다. 다섯 명의 인물들이 저마다 균등한 대화 분량을 분담하고 있다는 사실에서 역시 다중 나레이터의 등장을 모색하고 있다는 점을 확인한다. 먼저 무명선비가 자신은 고양씨의 후손으로 오로지 학문을 실천하며 살았지만 아홉 번 죽을 횡액을 당하고 산중으로 쫓겨 들어와 사는 처지임을 밝힌다. 그런 끝에 정령들이 아니라면 누구와 대화 상대를 찾겠느냐며 가르침을 달라고 한다. 다시 자신의 목소리를 낮추고 대화 상대자인 정령들을 중심 나레이터로 청하는 것이다.

그러자 치의자가 일어나 자신은 감배씨의 후손으로, 순임금 때 도씨 성을 삼고 무왕이 주를 칠 때 공을 세운 뒤 당나라 때 명성을 날린 조상이 있으며, 실제적 조상인 견이 태어날 때 손바닥에 '지(地)'라는 글자를 새긴 채 태어났다고 장설한다. 이어 흑의자는 자신이 수인씨의 후손으로, 창힐과 더불어 글자를 만든 선조는 물론, 주나라 때 문명을 날린 자가 있는가 하면, 이십 대 조는 공자와 더불어 명성을 날렸고, 자신은 갈고 닦으면 쓸 만한 자질이 있다는 '옥'자를 이름으로 얻어 살고 있다고 밝혔다.

백의자는 구망씨의 후손으로, 대개의 선조들이 무위자연의 삶을 살았는데, 한나라 때 가문이 번성해서 한무제가 황실도서관을 세우고 서적을 보전하는 데 공을 세웠고, 진나라 때 왕희지와 교유하며 명성을 날린 선조가 있으며, 자신의 이름은 '고'라고 밝혔다. 탈모자는 포희씨의 후손으로, 천지의 신에게 제사 올릴 때마다 털을 뽑아 제물을 바친 공으로 모씨 성을 얻었으며, 대대로 역사 기록을 담당하는 관리 집안으로 성장해 마침내 시경을 저술하는 데도 참여했으며, 자신의 이름은 '예'라고 밝혔다.

가계의 내력 통해 자신의 탄생을 장설로 풀어내는 분량이 모두에게 균등하게 배분되어 있다는 점이 눈에 띤다. 이 균등한 소개 전후로 무명선비와 정령들의 시 짓기 역시 균등한 분량으로 연결된다. 정령들의 내력이 소개될 때마다 무명선비는 단순하게 "예, 예."라고 답할 뿐인데[37], 이는 정령들을 중심 나레이터로 부각시키는 장치이다. 정령들의 목소리를 높이고 자신의 소리를 낮춤으로써 다중 나레이터의 등장을 모색한 것이다. 그래서 마지막까지 등장인물 모두가 중심 화자로 나서게 된다.

이처럼 〈서재야회록〉은 다중 나레이터의 구현을 실현하는 데 집중한 작품이다. 나레이터의 등장은 "작중 사건과 인물에 대한 작가의 직접적인 간섭 행위를 막는 데 있는데"[38], 다수의 나레이터 모색은 이와 같은 작가의 불필요한 개입을 막고, 보다 다양한 인물과 다양한 관점을 담아낼 수 있어 긍정적이다. 대화 상대를 잃은 채 고독하게 살아가는 주인공, 적막하도록 고요한 서재 공간, 천문의 변화만 감지되는 한 밤의 시간이 표출하는 독특한 분위기는 정령들의 목소리를 두드러지게 함으로써 다중의 나레이터 등장을 실현시킨다. 작품에 보다 다양한 목소리던 담고자 했던 창작 의식의 결과이다.

2) 지적 탐색 소설의 문형 추구

분위기는 "소설의 정신면과 관련"[39]되어 있으며 주제 발화에 긴밀

---

37) 엄기영은, 서생이 이처럼 정령들의 진술 말미에 이르도록 그 의미도 모른 채 "예, 예."라고 답한 것은 결과적으로 만남이 끝날 때까지 정체를 알아차리지 못한다는 것을 암시한다고 보았으며, 이것은 결국 서생이 '아무 것도 할 수 없거나 혹은 지극히 제한적인 것만 할 수 있는 나'를 표상하기 때문이라고 보았다.(엄기영, 앞의 논문, 105면)

38) 조남현, 앞의 책, 216면.

하게 참여하는 요소이다. 곧 "소재나 독자에 대한 작가 태도의 반영"[40]이란 의미이다. 〈서재야회록〉은 환상적 분위기와 지적인 성찰 과정을 표출하는 사변적 분위기를 동시에 추구한다는 점에서 독특하다. 이 작품의 등장인물은 모두 남성이다.[41] 그리고 이 소설의 전기적 경험은 몽체험이 아닌 일상적인 의식 상태에서[42] 이루어진다. 남성 위주의 인물 구도와 서재라는 단일한 공간을 중점으로 서사를 진행한 것은 여타의 감정을 배제하기 위한 장치이다. 다섯 명의 남성인물이 무릎을 맞대고 앉아 대화를 나누는 장면을 설정하기 위해서는 이성 간의 호기심이나 연정으로 불거지는 감정, 그리고 낯설고 신비한 환경 때문에 할애되는 감정을 차단할 필요가 있다.

중요한 것은 이들의 대화 내용이 존재론적 사유세계를 지적으로 탐색하는 문형을 보여준다는 점이다. 인물끼리의 대화를 통한 작품 내적 커뮤니케이션이, 작가와 독자 사이의 작품 외적 커뮤니케이션[43]으로 발전하는 것을 목격한다. 이러한 사변적 커뮤니케이션은 동일한 주제로 진행하는 질의 응답 구조 속에서 형성된다. 처음 지적 화두를 던진 쪽은 네 명의 정령들이다. 그들은 무명선비의 서재를 차지하고 앉아 서로 한 마음으로, "누가 무(無)로 몸을 삼고, 생(生)을 임시로 가탁한

39) 박철희, 『문학개론』, 형설출판사, 1985, 272면.

40) 윤명구 외, 『문학개론』, 현대문학, 1988, 232면.

41) 남성으로 표현되었지만 이들은 사물의 정령을 의인화한 인물들이다. 의인문학에는 인간은 전혀 등장하지 않는 '완전의인'과 비인간과 인간이 함께 등장하는 '반의인'이 있는데, 〈서재야회록〉은 종이와 붓, 먹과 벼루를 의인화했을 뿐만 아니라 이들과 대화하는 주인공 선비가 등장하므로 '반의인'의 한 가지 사례가 된다.(김광순, 앞의 논문, 79면)

42) 유정일, 『기재기이 연구』, 경인문화사, 2005, 152면.

43) 김천혜, 『소설 구조의 이론』, 문학과지성사, 1990, 197면.

것으로 보고, 사(死)를 본래의 참모습으로 여길 수 있을까? 누가 동(動)과 정(靜), 흑(黑)과 백(白)이 같은 이치라는 것을 알까?"[44]라고 말하며 그런 자가 있다면 그와 친구가 되리라고 웃는다.

주인의 기척에 놀라 사라진 정령들을 다시 부르기 위해 무명선비는 축문을 지어 읽는다. 이때 그는 매우 사변적 언급으로 정령들이 던져 놓은 존재론적 사유에 대한 응답 구조를 취한다. 축문 초두에 "그대들의 숫자는 셋도 아니고, 여섯도 아니고, 둘이라 하면 둘이 더 있고, 다섯이라 하면 하나를 빼야지."[45]라고 응수함으로써, 무와 유, 생과 사, 동과 정, 흑과 백의 이치에 통달한 자가 있겠느냐고 물었던 정령들의 질의에 부응하는 사변적 세계를 보여준다. 그때껏 정령들을 지켜보았으니 그들의 숫자가 넷이라는 사실은 자명하게 알고 있던 터이다. 그러니 셋이니 여섯이니 둘이니 한 것은 말장난이 아니다. 애초 그들이 던진 물음은 세상 이치의 진가(眞假), 그러니까 세상 사람이 알고 있는 진리란 것이 과연 진리 그 자체이겠는가, 이러한 사실을 아는 이가 있겠는가, 하는 것이었다. 그에 대해 무명선비는 정령들의 수를 셋이나 여섯으로 볼 수도 없고, 둘이나 다섯으로도 볼 수 없는 자체가 곧 진리의 본 모습이 아니겠느냐고 응답한 것이다.

그 뒤 이들이 현실적 경험을 들어 진리라고 믿었던 것들의 변화무쌍함에 대해 토로하는 부분이 이어진다. 무명선비는 학문을 실천하며 부끄럽지 않게 사는 것이 진리라고 여겼지만, 세상의 함정에 빠져 벗과 집안 사람을 모두 잃은 처지가 되었다고 말한다. 치의자는, 자신은 지금 기와

44) 孰能以無爲身 以生爲假 以死爲眞 孰知動靜黑白之一理者 吾與之友矣, 『기재기이』, 30면.

45) 子之朋儔 不三不六 謂二竪則多二 謂五鬼則少一, 『기재기이』, 35면.

조각처럼 깨져버렸지만, 선조가 당대의 문장가와 한마음으로 나누었던 옛 정의를 되살리고 싶다고 답변한다. 흑의자는 서적을 탐독하며 해를 넘기느라 이제 늙어서 소갈병이 들었다고 답변한다. 백의자는 채색을 받아들일 바탕이 아니라 경박하다는 참소를 받아 장단지 덮개가 되었다고 답변한다. 탈모자는 늙고 노둔해져 청년의 꿈도 다 꺾였다고 답변한다. 자신들의 내력을 동일한 주제로 삼아 영원하거나 완전하다고 믿었던 믿음 혹은 시간에 대한 낙망을 응답 구조로 담고 있다.

작품 말미에 나타난 정령들의 현재 상황과 무명선비의 축문은 〈서재야회록〉이 추구하는 지적 탐색 소설의 문형을 완결하는 대목이다. 무명선비를 찾아왔던 정령들의 실체가 고스란히 드러나는 장면에서, 벼루는 바람벽 흙덩이를 맞고 깨어져 있고, 붓은 뚜껑도 없이 너무 닳아 글씨를 쓸 수 없었고, 먹은 다 닳아 남은 것이 한 치도 안 되고, 종이는 장단지 덮개로 전락해 있다. 사변적 논리를 전개하던 인물들의 애처로운 전락이 아닐 수 없다. 그런데 이 대목에서 자연스럽게 지적 탐색이 이루어지고 있다는 사실을 알 수 있다. 애초 유와 무, 생과 사, 동과 정, 흑과 백의 관계가 서로 한 몸이란 사실, 곧 상응하고 상통해 존재하는 것이 세상의 이치(혹은 진리)라는 사실을 깨닫는다면 주인이 자신들이 현재 처지를 알아 줄 것이라는 정령들의 속내가 내비친다.

이에 무명선비는 축문을 지어 이렇게 답변한다. 자신을 위해 오랜 세월 애써 준 사실을 치하하고, "형체는 없는 데서 생겼다가 또 다시 없어지고, 시간도 없는 데서 생겼다가 또 다시 없어지네. 백년 벗을 굳게 맺어 세상일을 토론했네."[46]라는 말로 눈에 보이지 않지만 엄연히 세상에 존재하는 진리에 대한 답변을 한다. 정령의 형체가 없는 듯

---

46) 不形之形 形於不形 不際之際 際於不際 百年交契 重以論世, 『기재기이』, 49면.

하지만 그것이 생겨난 지필묵연이 엄연히 존재하고, 그들과 함께 했던 시간 역시 허망한 듯하지만 분명한 기억으로 남아 있어, 세상 이치의 진가(眞假)는 한 마디로 단언할 수 없다는 사변적 논리가 들어 있다. 그날 밤 꿈에 네 명의 정령이 찾아와 40년 연명을 보답하는 장면은 인간과 사물, 현실계와 초월계, 진(眞)과 가(假)의 경계를 허문 진리 그 자체를 형상화 한 것이다.

이처럼 〈서재야회록〉은 세상에서 영원불변하다고 믿는 진리에 대한 탐색을 사변적으로 풀어낸 작품이다. 이러한 지적 탐색이 가능했던 것은 환상적 성격과 사변적 성격을 동시에 가능하도록 유도한 〈서재야회록〉만의 독창적 분위기 구현 양상 때문이다. 등장인물의 감정이 대비되어 나타나며 불거지는 삶의 의문점들, 서로가 서로의 존재를 엿듣고 엿보는 가운데 진행하는 지속적 관찰, 천문의 변화 때마다 강조되는 정령들의 환상성을 통해 그 어떤 작품보다 사변적 주제에 집중할 수 있는 조건을 마련한다. 이를 바탕으로 사변적 소설의 문형을 추구한 창작 의식을 엿본다.

4. 결론

본 논문은 〈서재야회록〉의 분위기 구현 양상을 살피고 그 안에 포진된 창작 의식을 밝혀 보았다. 환상적이고도 사변적 분위기의 구현 양상은 첫째, 등장인물의 감정 노출을 대비시켜 폐쇄적이고 고립된 상황의 인물 관계에 생기를 불어 넣는 것에서 드러난다. 정적인 분위기로 일관하는 무명선비와 달리 정령들은 화통하게 웃음을 터트렸다 울기도 하며 분탕한 감정을 노출한다.

둘째, 엿듣기와 엿보기 행위를 대칭적 동선으로 연결한 가운데 독특한 분위기를 구현한다. 이러한 동선 구축을 통해 서재 공간에 마주 앉아 대화체로 진행되는 서사의 정적인 면을 탈피한다. 장설의 대화체가 주요한 역할을 하는 작품 성격에 긴장감과 기대감을 유도한다. 주제의 전달 과정에 있어 교시적 관점과 흥미 유발 관점을 고려했던 창작 기법이다.

셋째, 천문 변화의 개입을 통해 이 작품만의 분위기를 구현한다. 〈서재야회록〉의 공간은 오로지 '서재' 한 곳으로 집약되어 있다. '서재'라는 단일한 공간을 택한 이유는 이 작품이 지니는 주제가 사변적 성찰에 닿아 있기 때문이다. 단일한 공간 성격을 탈피하기 위해 그날의 일기 상황이나 천체의 흐름에 따른 천문의 변화를 서사 마디마디에 개입시킴으로써 협소한 공간 이미지를 탈피하고, 시간의 경과를 알린다. 특히 천문의 변화 속에서 정령들이 등장하며 환상적 분위기를 형성한다.

〈서재야회록〉은 다음 두 가지 측면에서 독특한 창작 기법을 보여준다. 첫째, 다중 나레이터의 등장을 실험적으로 모색한다는 점이다. 작품 초반부터 청자를 의식한 대화체로 시작한다는 사실, 그리고 다섯 명의 인물들이 저마다 균등한 대화 분량을 분담하고 있다는 사실을 통해 한 작품 안에 보다 다양한 목소리를 담고자 했던 창작 의식을 엿본다. 둘째, 등장인물 간에 동일한 주제의 질의(質疑) 응답 구조를 연결해서 지적인 탐색을 하는 소설이라는 점에서도 독창적 창작 의식이 드러난다. 영원불변하다고 믿는 진리에 대한 탐색을 사변적으로 풀어낸다.

이처럼 〈서재야회록〉은 기이한 체험과 지적 탐색을 동시에 추구하는 독특한 창작 기법을 선사한다. 다양한 문체 실험을 통해 보다 창조적인 작품을 구상했던 작가 의식을 읽을 수 있다.

〈최생우진기〉의 배경 묘사 양상과 기능*

1. 서론

이야기의 원천은 인간의 삶을 다루는 데서 출발했고, 창작자의 욕망은 보다 다양한 그들의 이야기를 찾기 위해 점차 상상의 폭을 넓혔다. 작가를 통해 탄생한 등장인물이 현실계를 벗어나 환상계로 나아갈 수 있었던 것도 다양한 이야기에 대한 관심이 증폭되었기 때문이고, 그 인물의 배경을 사실처럼 가시화해 내는 묘사에 힘입어서이다. 선경이라든지, 용궁이라든지, 어느 동굴 속의 별세계라든지 하는 식의 이상향은 인간의 상상력을 극대화시킨 시공간의 배경 묘사 덕분에 머릿속에 그려지는 그림이다. 무지개를 탄 선녀라든지, 눈부신 황금도포를 걸친 용왕이라든지, 시냇물에 둥둥 떠오는 복숭아라든지 하는 그림 등이 그것이다. 그것은 매우 인상적인 상념으로 남아서 작품을 통해 관습적으로 전해졌다.

이 관습적 상념의 세계는 환상계, 초월계, 이계, 별세계 등으로 회

* 김현화, 「최생우진기의 배경 묘사 양상과 기능」, 『한국언어문학』87, 한국언어문학학회, 2013, 121~148면.

자되며 작품의 주요한 배경으로 등장했다. 이곳을 찾아가는 등장인물의 역할은 당대의 제도권 안에서 수용하기 어려운 문제라거나 사회적 통념이나 인습에 대한 항거 의식을 표방하는 행보로 나아갔다. 그에 따라 등장인물의 성격도 유형화되었다. 곧, '등장인물이 활동하는 공간의 차이에 따라서 인물의 유형은 크게 인간계에 속하는 일상적 인물과 비현실적 세계에 속하는 비현실적 인물, 그리고 일상계와 비현실적 세계를 넘나드는 전기적 인물 등으로'[1] 나누어 볼 수 있을 만큼 관습적 상념의 세계는 작품 구성에 긴요한 요소로 부각했다.

〈최생우진기〉는 이러한 관습적 상념 세계를 배경으로, '최생'이라는 '전기적 인물'을 탄생시키며 주제 발화에 나선 작품이다. 그는 여느 초월계 탐방자보다 충동적이고 역동적이며 모험적 인물이다. 최생의 이러한 성격은 그를 에워싼 배경 묘사의 원근과 명암, 구조에 따라 구성된 것이다. 즉 배경 묘사가 인물의 내면과 행동반경을 보여주는 그림자 같은 역할을 한다는 것이다. "소설의 배경은 인물과 플롯에 리얼리티를 부여함으로써 작품에 기능적인 공헌을 한다."[2]는 말처럼 숱한 시공간 가운데 선택한 '특정한 그 배경'은 의도적이고 목적성을 띤 소재라는 차원에서 중요한 서사적 장치이다. 그래서 배경 묘사에 대한 접근은 보다 참신한 창작 기법을 고심했던 작가의 의중을 살피는 길이 된다.

〈최생우진기〉에 대한 연구는, 『전등신화』와 『금오신화』의 영향을 작품 구조면에서 받은 흔적은 인정되지만, 작자 신광한과 관련된 경험

1) 유정일, 「최생우진기 연구-전기적 인물의 특징과 작가의식을 중심으로」, 『어문학』 83, 한국어문학회, 2004, 340면.

2) 박철희, 『문학개론』, 형설출판사, 1985, 270면.

적 사건을 기술하고 있다는 점, 액자 속의 출입이 신선 사상과 관계있다는 점, 연명 모티프 등의 독창적 기법이 돋보이는 작품[3]으로 섬세하게 선행되었다. 이후 신선사상과 전기적 형식을 수용하여 도선적 주제의식을 갖춘 작품[4]으로 주제적 사상적 측면에서 소설사적 의의를 규명하는 작업이 이루어졌다.[5] 선경탐색담과 〈용궁부연록〉의 우의적 기능을 동시에 포괄하여 소설적 긴장감을 높이고 문제의식의 사실성을 제고시키는 작품[6]이란 논의는 이 작품만의 구조적 특질에 주목하고, 최생이라는 적극적이고 인간적인 성격의 소유자를 통해 작가의식에 접근한 논의[7]는 '전기적 인물' 안에 담고자 했던 작가의식에 주목했다.

'실존 인물의 서사적 이미지 차용'이라는 주인공의 특징에 주목한 논의[8]와 미스터리 수법을 사용한 수사적 만연성[9]에 주목한 논의는 각각 창작 방법과 창작 배경에 중점을 둔 연구였다. 특히 작품 전체의

---

3) 소재영, 「신광한의 최생우진기고」, 『숭실어문』5, 숭실대학교 숭실어문연구회, 1988, 16면.

4) 유기옥, 「기재기이의 소설사적 의의」, 『논문집』(인문사회과학편), 전주우석대학, 1992, 368~369면 축약.

5) 〈최생우진기〉의 전기소설적 특징과 의미 규명에 주목한 논문은 다음과 같다.
권도경, 「16세기 기재기이의 전기소설사적 의의 연구-현실성의 확대와 주체의 의지 강화 양상을 중심으로」, 『한국고전연구』6, 한국고전연구학회, 2000.
유정일, 「기재기이의 전기소설적 특징에 관한 연구」, 동국대학교 박사학위논문, 2002.
최재우, 「기재기이의 장르적 특성과 형상화 의미」, 연세대학교 박사학위논문, 2007.

6) 문범두, 「최생우진기의 구조와 의미」, 『어문학』72, 한국어문학회, 2001, 127면.

7) 유정일, 위의 논문, 345면.

8) 엄기영, 「기재기이의 창작방법 연구」, 고려대학교 박사논문, 2007.

9) 윤채근, 「기재기이의 창작배경과 그 소설적 의미-수사적 만연성을 중심으로」, 『고전문학연구』29, 월인, 2006, 364면.

1/3에 해당하는 도입부 전경, 작품 전개 부분에서 발생하는 주인공의 실종, 증공의 거짓말 등이 독자의 흥미 유발에 의도적으로 초점을 맞춘 창작 기법[10]이라는 논의는 소설의 배경에 대한 중요성을 언급하고 있어 눈길을 끈다. 〈최생우진기〉는 다기한 측면에서 작품의 중요성이 인식되어 상당한 연구 성과를 거두었다. 서두에 언급한 대로 이 작품의 배경 묘사에 대한 집중적 조명 역시 소설적 가치를 찾는 데 일조할 수 있으리라 기대하지만, 이 부분에 대한 연구는 아직 미흡한 듯하다.

본 논문은 〈최생우진기〉의 시공간 배경 묘사가 지닌 양상을 자세히 살피고 그것이 작품에 어떻게 기여하는지 그 기능적인 면모를 살피고자 한다. 우선 2장에서는, 원거리 조망형, 특정 후면장면 부각형, 미로 찾기형이란 측면에서 〈최생우진기〉에 나타난 배경 묘사 양상에 대해 짚어볼 것이다. 이를 바탕으로 3장에서는, 복수(複數)의 서사 전환, 인물의 초인(超人)의식 강화라는 측면에서 배경 묘사의 기능을 찾아보고자 한다. 이러한 과정을 통해 한 편의 작품을 유기적으로 연결하는 배경 구상에 집중했던 작가 의식과 전대와 다른 소설 구상에 몰입했던 창작 기법에도 주목해 볼 수 있으리라 생각한다.[11]

10) 신상필, 「기재기이의 성격과 위상」, 『민족문학사연구』24, 민족문학사학회 민족문화연구소, 2004, 207~209면 축약.

11) 본 논문에서 자료로 삼을 자료는 고려대 만송문고본을 영인한 소재영의 책이다.(소재영, 『기재기이연구』, 고려대 민족문화연구소, 1990) 이후 면 수만 기록하기로 한다. 아울러 박헌순의 번역을 참고하기로 한다.(박헌순, 『기재기이』, 범우사, 1990)

2. 배경 묘사의 양상

문사 출신의 현실계 인물이 용궁이라는 초월계를 찾아간다는 서사의 동질성 때문에 〈최생우진기〉는 〈용궁부연록〉과 대비되어 거론되곤 한다. 서사적 친연성이 깊기는 하지만, 인물의 성격과 초월계 탐방 목적이 다르기 때문에 결국에는 각각의 독립성을 살린 논의로 귀결된다. 특히 배경 묘사에 있어 양 작품은 확연히 다른 구성법을 시도한다. 〈용궁부연록〉이 배경 묘사를 거의 지우고 사건의 연속적 삽화에 중점을 두었다면, 〈최생우진기〉는 인물의 내면과 행위가 부각되는 곳, 사건의 중요 지점에 상징처럼 배경 묘사를 하는 데 중점을 두었다. 배경 묘사의 양상은 원거리 조망형, 특정 후면장면 부각형, 미로 찾기형 등으로 나타나며, 각각 작품의 전체적 성격, 인물이 처한 상황, 인물의 성격 등을 살리고 있다. 이러한 점은 배경 묘사에 관심을 두었던 〈최생우진기〉만의 독특한 창작 기법으로 다가온다.

1) 원거리 조망형

〈최생우진기〉의 도입부는 두타산의 용추동 진경을 원거리에서 조망하듯 시작한다. 즉 이쪽의 화자 시선이 저 멀리 펼쳐진 풍경을 널리 둘러보는 형국이다. 그곳은 앞으로 임영 땅의 최생이란 선비가 찾아가게 될 진인의 처소이다. 두타산이라는 현실계의 공간으로 조망하고 있지만, 신선의 처소라는 비밀스러운 초월계를 품고 있다. 그곳을 사전에 답사하듯 화자의 시선은 원거리에서 조망한다. 비록 원거리 조망과 관련한 묘사가 이 도입부 제시만으로 그치고 있지만, "배경은 소설의 전체 형상에 참여하는 요소"[12] 인만큼 그 분량이 작다 하더라도 의미

있게 살펴볼 필요가 있다.

『기재기이』 작품 가운데 도입부 부분에서 이처럼 등장인물의 부재가 오랫동안 이어진 작품은 〈최생우진기〉뿐이다. 〈안빙몽유록〉의 경우, "성은 안(安)이고 이름이 빙(憑)인 한 서생이 있었다.(有書生 姓安名憑者)", 〈서재야회록〉의 경우, "선비가 한 사람 있었다. 이름은 밝혀 적지 않는다.(有一士夫 略姓名不書)", 〈하생기우전〉의 경우, "하생이라는 사람이 평원 땅에 살았다.(麗朝有何生者 居平原)"라고 주인공을 먼저 거론하며 시작한다. 이와 달리 한 편의 산수화를 펼쳐 놓듯, 그리고 독자가 그것을 원거리에서 조망하듯 배경 묘사로 시작한 점은 〈최생우진기〉만의 특징이다.

도입부의 배경 묘사에 상당한 시간을 들인 뒤, "임영 땅에 최생이라는 사람이 있었다.(臨瀛有崔生者)"라는 소개와 함께 주인공이 등장한다. 중요한 것은 바로 이어, "호탕하고 기개가 높아 영리를 우습게 알며 좋은 경치를 찾아 구경 다니기를 좋아하였다.(戚黨 外榮利 好遊覽山水)"라고 하여 최생의 성격이 세속에 걸림 없이 자유롭게 노니는 인물임을 드러낸다는 점이다. '好遊覽山水'라는 언급에서 도입부 배경 부분이 그처럼 장황했던 이유가 비로소 드러난다. 평소 세상 밖으로 돌아다니기를 좋아하는 최생의 성격과 두타산 진경의 비밀스러움은 절묘한 조화를 이룬다. 첩첩산중의 진경의 문을 열기에는 고고한 선비보다 세상 사람의 비웃음을 사더라도 제 하고 싶은 일을 하고야 마는 최생 같은 인물이 적격이란 뜻이다. 그를 위해 작가가 치밀하게 준비한 두타산 배경 묘사를 정리해 보면 다음과 같다.

12) 이상섭, 『문학 연구의 방법』, 탐구당, 1972, 79면.

① 진주부 서쪽에 두타산이라는 산이 있다
② 북쪽으로는 금강산, 남쪽으로는 태백산, 동쪽은 영동이 자리하다
③ 서산(西山,두타산)의 높이는 (알 수 없다)
④ 산 속에 골짜기가 하나 있다
⑤ 골짜기 속에 못이 있다(얼마나 깊은지 알 수 없다)
⑥ 못 위에 현학이 둥지를 틀고 살다(얼마나 오래 전부터 둥지를 틀고 살았는지 알 수 없다)
⑦ 이곳을 학소동 혹은 용추동이라고 부르다
⑧ 세상에서 그곳을 진경이라고 하다
⑨ 아무도 그 끝까지 가 들어가 본 사람이 없다

이렇게 공간적인 배경을 작품의 서두에 먼저 제시한 것은 "비현실적인 전기적 경험을 공간적으로 그럴 듯하게 현실화시켜 보려는 작자의 의도"[13]로 접근된다. 여백 한 점 없이 화폭을 꽉 채운 전경 묘사는 최생이란 인물이 곧 그곳을 구석구석 탐색하는 행위와 일치한다. 아울러 산맥과 골짜기에 첩첩 가려진 그곳은 얼마나 험난하고 비밀스러운지 '알 수 없다(不知)'란 표현을 강조하고 있다. 두타산의 높이와, 그 안의 못 깊이와, 못 위의 현학에 대한 의구심이 그것이다. 온통 알 수 없는 이 비밀의 성지를 향해 돌진하는 용자(勇者)가 바로 최생이다. 이 즈음해서 〈용궁부연록〉의 초월계 탐방자에게 눈을 돌려 보아야 한다. 한생이라는 인물이 먼저 '사해의 용궁'이 아닌 '산 중의(혹은 산상의) 용궁'으로 가는 길을 개척해 놓은 것이다. 〈용궁부연록〉의 도입부 배경 묘사를 정리해 보면 이와 같다.

13) 유정일, 앞의 논문, 347면.

① 송도의 천마산은 공중에 높이 솟아 험준하므로 천마산이라 하다
② 산 속에 용추가 있는데, 박연이라 하다
③ 그 못의 둘레는 얼마 되지 않으나 깊이가 몇 십 자 되는지 알 수 없다
④ 못물이 넘쳐서 폭포를 이루다
⑤ 폭포의 깊이는 몇 십 길이나 될 것 같다
⑥ 경치가 맑고 아름다워 구경 오는 승려나 손은 반드시 이곳을 관람하다

〈최생우진기〉는 진경의 비밀스러움을 강조하기 위해 두타산이 위치한 산맥의 지형적 소개, 이를테면 북쪽의 금강산, 남쪽의 태백산이 하늘을 가로질러 솟아 있고 그 동쪽이 영동이란 식으로 시작한다. 이와 달리 〈용궁부연록〉은 바로 천마산의 진경 소개로 넘어간다. 진경에 대한 묘사 역시 〈최생우진기〉가 훨씬 세밀한 화법을 구사한다. 〈용궁부연록〉이 진경의 외곽인 못의 둘레와 알 수 없는 폭포 깊이에 대해 표현한 반면 〈최생우진기〉는 먼저 두타산을 제시하고, 그 골짜기를 제시한다. 그 다음 골짜기 속에 있는 진경의 외곽인 못을 소개하고, 그 못 위의 현학 둥지를 소개한다. 그와 함께 그곳을 학소동 혹은 용추동이라고 일컫는다는 말을 덧붙인다. 몇 겹의 투시 과정을 거쳐야 도착하는 진경이다. 특히 못 위에 둥지를 틀고 사는 현학은 차후 최생이 현실계와 초월계를 출입하는 데 함께 동행한다는 점에서 세밀한 묘사의 정점이라고 할 수 있다.

이와 같은 도입부 배경의 차이점은 진경을 찾아가는 주인공의 성격에서 비롯한다. 한생은 '용궁의 초대자'로 등장하고, 최생은 '용궁의 탐색자'로 등장한다. 그래서 도입부의 배경 묘사 말미에 〈용궁부연록〉

은 ⑥과 같은 언급을 붙인다. 경치가 맑고 아름다워 구경 오는 승려나 손은 반드시 이곳을 관람한다는 말은 이미 세상 사람과 근접한 곳의 진경이란 사실을 드러낸다. 그래서 한생의 초월계 내방 과정이 험난하거나 역동적이지 않다. 용왕의 시자들이 찾아와 준마에 태워 순식간에 용궁 문에 이르는 것이다. 조정에서 문사로서 뛰어난 자질을 떨치던 한생의 이름을 용왕이 듣고 상량문을 청한 사실에서도 세속과 진경의 거리감은 멀지 않다.

〈용궁부연록〉에는 도입부 배경 묘사가 간략하게 처리된 대신 한생이 상량문을 지어 주고 잔치를 즐긴 뒤 용궁세계를 구경하는 장면에서 한 번 더 원거리 조망 배경이 나온다. 용왕이 대궐 뜰에 들어찬 구름을 걷게 하고 용궁세계를 보여주는 장면이다. "하늘이 환하게 밝아져서 산과 바위, 벼랑도 없어지고 다만 넓은 세계가 바둑판처럼 된 것이 수십 리나 되었다. 아름다운 꽃과 나무가 그 안에 심겨 있고, 바닥에는 금모래가 깔려 있고, 둘레는 금성으로 쌓았으며, 그 행랑과 뜰에는 모두 푸른 유리벽돌을 펴고 깔아서 광채와 그림자가 서로 비치었다."[14] 라는 배경 묘사가 그것이다. 최생이 그토록 보고자 했던 진경 풍경을, 한생은 동선 없이 원거리에서 조망하는 형태로 취한다. 이 이유 역시 애초 용왕의 초대장을 받고 진경에 입성한 인물이기 때문이다. 그러므로 동선 없이 진경 풍경을 즐기는 것으로 만족한다.

반면에 〈최생우진기〉의 최생은 초대장 없이 말 그대로 세상에 떠도는 말을 좇아 진경을 탐색하는 용자이다. 세상에서 그곳을 진경이라고

14) 天宇晃朗, 無山石巖厓, 但見世界平濶, 如碁局, 可數十里, 瓊花琪樹, 列植其中, 布以金沙, 繚以金墉, 其廊廡庭除, 皆鋪碧琉, 光影相涵. 『금오신화』, 이재호 역주, 솔, 1998, 184면.(이후 면수만 적기로 한다.)

는 하나 ⑨의 표현처럼 결코 쉽지 않은 탐색이 되리란 사실을 알 수 있다. 아무도 그 끝까지 가 들어가 본 사람이 없다는 진경은 충동적이고 모험적이며 결코 포기할 줄 모르는 최생의 성격을 한층 극대화한다. 아무도 들어가 본 세상이 아니므로, 그 세계는 현실계와 두꺼운 벽이 있고, 최생 같은 인물을 굳이 불러들일 일도 없으니, 최생이 자발적으로 나설 수밖에 없는 세계이다. 최생이 그곳을 찾아가는 과정이 도입부 못지않은 세밀한 배경 묘사 속에서 이루어진 것도 이와 같은 이유 때문이다.

이처럼 〈최생우진기〉는 도입부의 배경 묘사에 앞으로 펼쳐질 서사의 중요한 비밀을 숨겨 두었다. 외양으로는 웅장하고 신령한 자연을 펼쳐 놓았지만 내적으로는 거친 도전을 극복해 내고 존재 가치를 실현하는 등장인물의 행보를 숨겨 놓았다. 결국 최생의 마지막 자취가 자신이 극복해 낸 도입부의 그 배경 안으로 사라지는 것만 보아도 알 수 있다. 작가는 그 의중을 원거리 조망이라는 배경 묘사를 통해 표방한다.

2) 특정 후면장면 부각형

"소설은 환경을 세밀하게 묘사함으로써 그 속에 있는 인물의 성격, 상황 같은 것을 암시한다."는[15] 사실에 주목할 만하다. 즉 인물과 함께 그려지는 배경 묘사는 등장인물의 보다 내적인 부분이라거나 그가 처한 상황에 대한 깊이 있는 투사를 해 준다. 주인공 뒤편의 특정한 후면장면을 부각하는 묘사는 독자의 입장에서 등장인물과 상당한 근

15) 박철희, 앞의 책, 271면.

접 거리에 있는 듯한 인상을 준다. 도입부의 배경 묘사가 원거리 조망을 통해 이루어진 것과 비교하면 이해가 쉽다. 〈최생우진기〉는 특정한 후면장면을 부각해 사건의 전후 개연성을 갖춘다.

특정 후면장면은 주인공의 그때그때 상황을 보여준다. 이 소설은 단편소설이기 때문에 짤막하고 집중적인 특정 장면을 부각한다. 그 후면장면 앞에는 늘 주인공이 있어야 한다는 전제가 붙는다. 특정 후면장면은 최생이 현실계에서 진경에 도착하는 과정, 그리고 그가 현실계로 돌아와 초월계 경험을 증공에게 구술하는 과정을 통해 간헐적으로 나타난다. 원거리에서 조망했던 도입부의 진경을 거듭 환기시키는 역할을 하는 셈이다.

〈용궁부연록〉은 도입부 배경 묘사를 통한 원거리 조망의 전범은 보여주지만, 그 이후에는 주인공의 행위와 사건의 연속만으로 진경을 찾아가는 서사로 일관한다. 가장 주요한 원인으로는 한생의 곁에 매 순간 시자들이 붙어 있기 때문이다. 한생은 초월계로 들어가는 순간부터 용왕과 대면하고 상량문을 짓고 용궁을 구경한 뒤 현실계로 돌아와 발을 내리는 순간까지 그림자 같은 그들과 함께 한다. 자의적 노력을 하지 않아도 진경 진입이 가능했던 것도 용왕의 시자들이 동행했기 때문이다. 반면에 최생은 진경의 초대장 없이 자발적으로 탐색하러 가는 길이기 때문에 그의 후면에 자연스럽게 그곳을 상징할 만한 배경 묘사가 환기되어야 했다.

특정 후면장면이 부각되어 처음 나타나는 부분은 최생이 가을 풍광에 젖어 갑자기 떠나고 싶다는 충동을 일으키는 곳이다. "최생이 하루는 『청낭비결』을 읽다가 책을 덮고 일어나 창문을 열치니 가을 하늘이 너무나 맑고 산의 단풍이 너무나 아름다워 문득 아득히 멀리 훌쩍 떠나고 싶은 생각이 났다."[16] 물론 도가서를 읽고 있었다는 사실만으로도 그가 곧 신선이 사는 진경으로 떠날 것을 암시하지만, 초월계 탐색에 대한 충동을 부채질 한 것은 책을 읽다 문득 보게 된 창문 너머의 풍경이다. 푸른 가을 하늘과 붉고 노란 단풍으로 넘치는 가을 산을 보자 평소 산수 유람하기를 즐기던 그의 방랑벽이 터진다. 아울러 가을 풍경 넘치는 두타산 깊은 곳의 진경을 탐색해야겠다는 모험가적 충동이 수반된다.

두타산 가을 풍경이라는 특정한 후면장면이 부각되며 최생이 늘 맘에 품고 있던 진경에 대한 호기심을 촉발시켰고, 이윽고 승려 증공에게 그곳을 탐방하자고 재촉하기에 이른다. 이러한 특정 후면장면은 최생이 진경 탐색을 마치고 무주암 마당에 내려선 순간에도 '현학'이라는 소재로 나타난다. "최생은 웃으며 뒤를 가리켰다. 보니, 현학 한 마리가 빙 돌아서 날아가고 있었다."[17] 최생이 다녀온 곳이 도선적 세계라는 것을 환기시키는 특정 장면이다. "사찰 공간이 한편으로는 선경적 별세계의 모습을 드러내기도 하는"[18] 양면성을 보는 동시에, 도입부 배경의 현학이 특정한 장면으로 부각되어 나타난 사실도 알게 된다.

현학이 후면장면으로 부각되어 나타나는 장면은 작품 말미의 초월계에서도 본다. 최생이 진인들과 인사를 나누고 돌아선 순간, 현학 한 쌍이 너울너울 춤을 추며 기다리는 것이다. 최생이 앞으로 찾아가게

16) 一日讀書靑囊秘訣 罷起而開窓 則秋空晃朗 山木彬班 飄然有遐擧之思. 『기재기이』, 51면.

17) 生笑而背指 則玄鶴一隻回翔而去. 『기재기이』, 54면.

18) 경일남은, 이처럼 고전소설의 사찰 공간이 불교적 공간성과 도교적 공간성을 동시에 지니고 있는 것은 도불습합적(道佛褶合的) 신앙 전통에서 기인한 결과로 보았다.(경일남, 「고전소설에 나타난 사찰 공간의 실상과 활용 양상」, 『고전소설의 창작 기법 연구』, 아세아문화사, 2007, 169면)

될 진경을 강조할 때, 진경에서 막 돌아온 순간을 강조할 때, 진경에서 현실계로 출발하는 순간을 강조할 때, 현학은 일관성 있게 그의 후면에서 특정한 배경으로 살아난다. 현학과 관련한 세계와 주인공 최생의 현재 상황을 분명하게 전달하기 위한 창작 기법이 아닐 수 없다. 아울러 이러한 기법을 통해 〈최생우진기〉의 도선적 분위기를 일정하게 유지하는 기능도 한다.

초월계에 들어서서도 최생의 후면에서 부각되는 특정한 배경이 있다. 알자를 따라 용왕과 대면하러 가는 길에 최생의 후면에 부각된 조종전의 배경이 그것이다. 황금 기둥, 벽옥 주춧돌, 백옥 의자, 진주 주렴이 흔들리고 비단 휘장이 휘날리는 용왕의 처소이다.[19] 인위적 공간 배경이지만 최생이 비로소 진인의 처소에 안착한 사실을 드러내는 묘사이다. 〈용궁부연록〉 안에서도 한생이 용왕과 대면하고 그가 청하는 수정궁 안의 백옥의자에 앉는데, 최생의 후면에 부각된 의자는 그가 더 이상의 동선을 그리지 않고 진경에서의 토론 시간으로 넘어갈 것을 암시한다. 곧 백옥 의자를 비롯한 용왕 처소 배경은 최생이 그토록 찾아 헤매던 진경을 확인해 주는 상징이다.

살펴본 것처럼 특정 후면장면을 부각한 묘사는 최생의 상황에 대한 단서를 제공한다. "한 작품 속의 삽화나 장면의 배경은 그 일이 일어나는 특수한 물리적 위치다. 환경을 설정함으로써 환경은 인물이 생생하게 떠오르도록 리얼리티에 공헌을 한다. 환경이 생생하게 부각되면 거기에 등장하는 인물이 보다 구체적인 윤곽으로 나타나기 때문이다."[20]

---

19) 기둥은 황금으로 되어 있었고, 주춧돌은 푸른 벽옥으로 되어 있었다. 가운데에는 백옥으로 만든 의자가 놓여 있고 좌우에는 진주로 만든 주렴이 주렁주렁 드리워졌고 비단 휘장이 바람에 펄럭이고 있었다. 아득히 황제가 사는 곳 같았다.(柱以黃金 礎以蒼碧 中設白玉榻 左右珠璣瑟瑟 錦繡飄飄 邈若帝所焉) 『기재기이』, 60~61면.

〈최생우진기〉는 이와 같은 리얼리티의 관계, 곧 인물과 배경의 상호 긍정적 관계에 관심을 기울였던 작품이다.

3) 미로 찾기형

소설은 독자와 공감할 수 있는 '가상의 현실'을 작품 안에 펼쳐 놓는다. 분명 그것이 허구의 것이고, 이야기 안의 별세계라는 사실을 알면서도 독자는 등장인물과 동행하며 어느덧 그의 감정과 행위에 대한 동질감으로 완전히 새로운 시공을 경험한다. 특히 등장인물이 새로운 시공간 배경을 탐색하는 이야기로 진행될 때 독자의 몰입은 긴장감 속에서 이루어진다. 자연 속에서 무언가를 탐색하는 과정은 감정의 기복을 요구한다. 탐색 대상은 쉽게 구해지지 않는 곳, 가장 비밀스럽고 험난한 세계에 존재하는 법이고, 그것을 구하기까지 쉽지 않은 역경이 도사린다. 누구도 극복하지 못했던 새로운 시공을 헤쳐 가며 겪는 시련 속에서 독자는 그가 느끼는 흥분과 놀람, 기대와 두려움, 환희와 안도의 감정을 공유한다.

〈최생우진기〉는 등장인물과 독자가 느끼는 감정의 일체감을 미로 찾기 형식의 배경 묘사를 통해 그린다. 시공간 배경이 미로 찾기 구조로 형성된 것은 이 작품이 '선경탐색담을 수용'[21]하고 있기 때문이다. 주인공 최생의 탐색 대상이 신선이 사는 진경이란 점에서 배경 묘사는 자연스럽게 수반된다. 〈용궁부연록〉이 같은 선경탐색담이면서도 인물의 행위에 따른 별다른 배경을 구체화하지 않은 것과 다른 점이다. 〈최생우진기〉는 배경 묘사에 공을 들이고 그에 따른 역동적 인물을 주

20) 박철희, 앞의 책, 270면.

21) 문범두, 앞의 논문, 125면.

조해 냈다.

이와 같은 차이점은 한생과 최생이 진경을 찾아간 목적이 애초 다르기 때문이다. 한생은 상량문을 지어주기 위해서이고, 최생은 두타산에 예전부터 감추어져 있다는 진경의 소문을 확인하기 위해서였다. 용왕의 초대장을 받고 가는 한생은 굳이 진경을 찾기 위한 시공간 탐색이 필요 없었고, 최생은 자발적으로 뛰어든 길이니 두타산의 시공간을 경험할 필요가 있었다. 그와 함께 독자는 최생의 미로 찾기 탐색에 동참한다. 그 미로는 진경으로 들어서는 입구를 찾는 순간까지 복잡하게 펼쳐진다. 그 대목을 정리해 보면 다음과 같다.

① 절벽의 반석 위에서 용추를 향해 몸을 날리다
② 바닥에 닿아서는 정신을 못 차리다가 한참이 지나서야 깨어나다
③ 하늘이 마치 함정 속에서 바라보듯 보이다
④ 한 쪽 다리가 허공에 늘어진 채 나무 위에 걸리다
⑤ 나무는 덩굴져 뻗었고 향기로웠으며 잎이 부드러웠고 가느다란 가지들이 서로 얽혀 요를 펴 놓은 듯 평평하다
⑥ 나뭇잎을 헤치고 아래를 보니 온통 푸른 물이다
⑦ 간들간들 드리워진 덩굴 한 가지를 잡고 몸을 굽혀 기어서 벼랑 쪽으로 나아가다
⑧ 절벽 아래 초목이 빽빽한 곳에서 구름 기운이 뭉게뭉게 나오다
⑨ 혹시 구멍이라도 있을까 하여 덩굴을 붙잡고 살피니 과연 굴이 하나 있다
⑩ 오랜 세월 쌓여 있던 낙엽 위로 올라서다
⑪ 최생은 굴속으로 길을 찾아 들어가다
⑫ 온통 캄캄하여 물색을 분변하지 못하는데 발자국 소리가 울리다

⑬ 수십 리 들어가니 점점 앞이 환해지다
⑭ 푸른 시내가 한줄기 펼쳐져 있어 거슬러 올라가니 하늘을 향해 가파르게 솟은 산이 있다
⑮ 산 아래 안개 속 나무들이 어른거리는 사이로 성문이 보이다
⑯ 시내로 가서 세수를 하고 옷을 다듬고 성문으로 가다
⑰ 온통 푸른 돌로 지어져 마치 옻칠을 한 듯한 성의 만화문 앞에 이르다.
⑱ 문지기는 이무기 머리에 움푹 들어간 눈, 자라와 같은 등짝, 상어와 같은 몸을 가진 자이다
⑲ 최생은 눈이 휘둥그레져 감히 앞으로 나아가지 못하다

배경에 관심을 둔 작품이 아니라면, ①반석 위에서 떨어지는 장면, ④나무 위에 걸려 떨어진 장면, ⑨벼랑 속 동굴을 발견하고 들어서는 장면, ⑰그 속에서 진인의 처소 앞에 이르는 배경만 장치해도 무방한 곳이다. 그럼에도 작가는 그 사이사이에 세밀하고도 정교한 미로를 놓음으로써 최생이 넘어지고 구르고 헛발을 디디고 하염없이 걷는 동작을 넣고 있다. 증공과 함께 서 있던 절벽 위의 반석은 최생의 모험과 용기를 자극하는 배경일 뿐 진경으로 향하는 통로는 매우 복잡한 구조를 띠고 존재한다. 최생이 진경이라고 생각하고 몸을 날린 용추 안에 진경이 있는 것이 아니라, 반석과 용추의 중간 즈음, 절벽 틈에 있는 존재한다. 그 통로는 최생이 떨어져 걸린 나무의 덩굴이 뻗은 곳, 오랜 세월 낙엽이 쌓인 절벽 아래의 동굴이다.

진경의 관문인 동굴로 들어서서도 최생 앞에 펼쳐진 미로는 계속 이어진다. 시내를 건너고, 가파른 산을 향해 걷고, 마침내 진인의 처소인 만화문 앞에 이를 때까지 끊임없이 운신하다. 그리고는 호기롭게

임영 땅의 최아무가 용왕을 만나러 왔으니 보고하라고 문지기에게 소리친다. 그렇기에 "최생은 자신이 소망하는 세계를 향해 기꺼이 찾아나서는 적극적이고 능동적인 전기적 인물상"[22]으로 거듭나고, 진인들이 펼치는 토론에도 참여할 자격을 얻는다. 역경을 이기고 입성한 세계인만큼 용왕은 물론 동선(洞仙)과 도선(島仙), 산선(山仙) 같은 현인과 마주앉아 우주 철리에 대한 사유세계[23]를 경험하고 돌아온다.

살펴본 것처럼 〈최생우진기〉는 최생이란 인물의 모험적 성격을 살리기 위해 작품 안에 미로 찾기형 배경 묘사를 장치했다. 절벽 위에서 떨어진 순간부터 새롭게 구축되는 배경은 거미줄 치듯 정교하다. 반석에서 떨어진 순간부터 짓기 시작한 허공 위의 배경들이다. 허공 어딘가에 진경으로 진입하는 관문을 숨겨 두고 최생이 부단히 몸을 움직여 찾아내도록 한다. 현실계의 눈으로는 보이지 않지만 분명히 존재하는 초월계의 미로. 최생의 진경 탐색을 보다 현실감 있게 제시한 묘사에서 소설작품의 배경 구성에 관심을 기울였던 창작의식을 살필 수 있다.

3. 배경 묘사의 기능

〈최생우진기〉의 배경 묘사는 단순히 배경으로서 구성된 것이 아니라 작품의 전체 흐름에 복선 같은 기능을 한다. 작품의 전체적 성격을 드러내는 곳에서는 원거리 조망 형태를, 인물이 처한 상황을 드러내는

22) 유정일, 앞의 논문, 342면.

23) 이에 대한 부분을 선문학적 사유체계로 접근한 논문이다.(졸고, 「최생우진기의 선소설적 미학」, 『어문연구』57, 어문연구학회, 2008.)

곳에서는 특정 후면장면 부각 형태를, 인물의 성격을 드러내는 곳에서는 미로 찾기 형태의 배경 묘사를 구사한다. 이러한 배경 묘사는 복수의 서사 전환이 가능토록 하고, 인물의 초인(超人)의식을 강화하는 데 개연적 기능을 한다. 이는 〈최생우진기〉가 단순히 전통적 선경탐색담에 머문 것이 아니라 소설의 구성 요소를 살려 완성도 높은 작품을 기대했던 창작의식에서 비롯한 것이다.

1) 복수의 서사 전환

"초월적 공간인 선계와 일상적 공간인 인간계 사이의 시간적 이질성을 드러내는 방법은 초월적 공간에 대한 환상성을 부각시키고 세계관의 차이를 명확히 구분"[24)]해 차이점을 드러내는 것이다. 여기서 환상성을 부각시킨다는 말은 그 세계 인물의 특징, 예컨대 용왕이나 신선이라든지 자라나 거북, 물고기 형상의 인물이라든지, 공중을 날아다니는 말이라든지 하는 현실계에 없는 존재를 드러낸다는 것이다. 그들은 죽음이라는 경계에 걸리지 않는 존재이다. 그들은 인간의 백 년 수명을 수백 곱절은 뛰어넘는 시간 위에서 존재한다. 육체적 유한성으로 현실계에 갇혀 사는 인간과 달리 물리적 시공간의 경계에도 걸리지 않는다. 이미 영육의 한계로부터 벗어난 존재이기 때문이다. 그래서 언제고 현실계로 넘나들 수 있는 능력이 있다. 환상계는 그러한 존재의 출현이 목격될 때 현실계와 구분된다.

이처럼 시공간의 흐름이 현실계처럼 변화무쌍한 곳이 아니다 보니 인간이 그곳에 들어가면 전혀 다른 차원의 시간을 살다 온다. 최생의

---

24) 유정일, 앞의 논문, 350면.

경우 진경에 들어 고작 하루를 보내고 왔을 뿐인데 현실계의 시간은 벌써 칠십 여 일이 지난 상태이다. 〈최생우진기〉는 시간의 변화 역시 배경의 변화로 묘사한다. 최생이 진경을 향해 떠날 때는 이미 짚어본 대로, '가을하늘이 맑고 산이 단풍이 아름다운' 때였다. 그가 다시 무주암으로 돌아왔을 때는, '조금씩 내리던 눈이 개이고 막 솟은 달이 환한 밤(微霰新霽 夜月初明)'이었다. 이와 같은 복수의 시간 흐름 안에 각기 다른 이질적 서사를 구축[25]해 놓는다.

최생이 하루 머물렀을 뿐이라고 믿는 초월계에서의 서사는, 용왕을 비롯한 세 명의 진인과 마주앉아 세상 이치에 대한 시를 수창하고 토론하는 것으로 이어진다. 그런 사이 현실계에서는 칠십 여 일이 흐르는데, 최생이 사라진 이유를 두고 무주암의 승려들이 증공을 의심하는 사건이 벌어진다.[26] 곧 우주적, 역사적 관점의 존재론적 담화가 펼쳐지는 사유 세계와 불신과 의혹의 감정이 교차하는 세속적 세계가 복수로 서사로 이어지다 특정한 순간에 이르러 서로 전환하는 것이다. 그래서 이 작품은 단순한 표피만으로 읽을 수 없는 주제의식을 함의하고 있다.

---

25) 이원적 서사세계로 구성되는 전기소설의 허구적 시간은 크게 '일상적 시간'과 주인공이 초월적 내지 비현실적 경험을 하는 '전기적 시간'으로 나눌 수 있다. 전기적 주인공은 일상적 시간과 전기적 시간을 넘나들면서 이야기를 꾸려 나간다. 일반적으로 일상적 시간과 전기적 시간은 다르게 인식되는데 그 명확한 예가 되는 작품이 바로 〈최생우진기〉이다.(유정일, 『기재기이 연구』, 경인문화사, 2005, 191면)

26) 세월이 흘러 오래도록 절의 스님들은 모두 증공이 최생을 떠밀어 죽였다고 의심했고 최생의 집안에서도 와서 찾지 않은 지가 여러 달이 지났다.(久之 寺之僧皆疑空擠殺生 而生之家亦不來尋者 已數月矣) 『기재기이』, 54면.

> 표면적으로는 작중 주인공이 도가적 신비경을 경험함으로써 도선적 가치를 발견하게 되었다는 문학적 구성에 충실하면서, 한편으로는 유가적 세계의 형상과 그러한 세계의 구현방식을 설정함으로써 주인공의 내적 변모는 바로 이러한 유가적 이상세계를 탐색하게 되었다는 경이로움에서 비롯되었다는 점을 실제적인 주제의식으로 표현하고 있다.[27]

복수의 서사 전환은 앞서 언급한 것처럼 간략한 시간적 배경 묘사 안에서 이루어지기도 하지만, 주인공이 아닌 다른 등장인물의 간접 체험을 통해서도 이루어진다. 최생의 진경 탐색이 이루어지기 전에 증공이 먼저 과거에 경험했던 탐색 과정을 보여주는 대목이 그것이다. 최생이 예전부터 내려오는 용추동 전설이 사실인지 확인하러 가자고 제의하자 증공은 험난했던 탐색 과정을 들려준다. 최생의 탐색 과정처럼 증공의 경험 역시 미로 찾기 형태의 배경 묘사로 살려내고 있다는 점이 특색이다. 그 부분을 정리해 보면 다음과 같다.

① 진경이 있다는 두타산 골짜기로 찾아가다.
② 바위 구멍이나 벼랑 틈이거나 물이 조금이라도 흐르는 곳은 모두 탐색하다.
③ 사면이 깎아지른 듯 가팔라 실낱같은 길 하나 보이지 않다.
④ 다만 그 골짜기 북동쪽 벼랑 사이로 틈이 있어 기어오르다.
⑤ 벼랑 끝머리에 몇 사람이 앉을 만한 반석이 있다.
⑥ 반석 위에 서면 용추동 골짜기를 엿볼 수 있다.
⑦ 반석은 발을 올리기만 해도 기우뚱거려 감히 올라서기조차 어렵다.
⑧ 용기를 내 반석 위에 발을 올리고 골짜기를 내려다보다.

---

27) 문범두, 앞의 논문, 135면.

⑨ 아득히 푸르고 푸른 용추와 학이 나는 모습만 보이다.

⑩ 머리가 아찔하고 간담이 서늘하여 엉금엉금 기어 물러나다.

증공의 경험은 진경의 통로인 동굴을 찾지 못하는 것으로 마무리된다. 이 다음부터의 탐색은 최생이 대신하는 서사로 전환하는 것이다. 즉 최생이 반석 위에서 뛰어내리고, 반석과 용추 사이의 나무에 걸려 떨어지고, 나무 덩굴을 타고 벼랑으로 옮기고, 마침내 낙엽에 쌓인 진경의 입구를 찾아내고, 진경으로 들어가 시내를 건너고, 산을 향해 걷고, 진인의 처소인 성문 앞에 이르는 과정으로 전환한다. 한 인물이 성공하지 못한 탐색을 또 다른 인물이 성공하는 이야기 구조를 통해 서사의 극적 긴장감을 높이고 성취감이나 희열 같은 등장인물의 감정을 독자가 공유하도록 유도한다.

복수의 서사 전환이 시각적으로 와 닿고 재미를 유발하는 것은 배경 묘사의 기능 때문이다. 두 인물이 진경을 향해 헤쳐 나가는 자연 묘사는 눈앞에서 체험하는 듯한 현장감을 준다. 또한 인물의 행동이나 사건만으로 진행되었다면 지루할 법한 작품에 생기를 넣는 역할도 한다. 위기에 봉착한 인물이 느끼는 암담함과 두려움, 선택과 갈등과 같은 감정선이 배경 묘사를 통해 사실적으로 강조되기도 한다. "그는 용기를 내 진경을 찾아 들어갔다."라고 표현하기보다는, "까마득한 벼랑 위의 반석, 거기다 발을 올리기만 해도 기우뚱거리는 아슬아슬한 바위에서 뛰어내려 마침내 진경으로 들어가는 동굴을 찾았다."라고 배경 묘사를 살린 표현이 훨씬 생동하는 서사로 만든다.

〈최생우진기〉는 이처럼 배경 묘사를 통해 복수의 서사를 전환하는 역동성을 보여준다. 이러한 역동성은 작품 말미에서 현실계로 귀환한 최생의 자취가 부지소종의 결말로 끝나도 비극적이거나 애상적이지 않다. 〈최생우진기〉에서 현실계로의 귀환은 "결핍 상태로의 복귀를 의미하는 것이 아니라 십 년 후에 이루어질 충족된 상태를 기다리는 일종의 유예기를 제공하고 있다. 이러한 결말 형태는 현실계에서도 욕망 충족이 이루어질 수 있다는 가능성을 열어 주고 있다."[28] 곧 복수의 서사를 서로 전환하는 가운데 현실계와 초월계의 시공간 확장은 물론 인물의 긍정적 세계관까지 수용해 내는 창작 기법을 선사하는 작품이란 의미이다.

2) 인물의 초인 의식 강화

동일한 선경탐색담이라 하더라도 〈용궁부연록〉의 한생은 현실계의 인물들과 소통하지 않는 고립된 인물이다. 그는 홀로 용왕의 초대장을 받고 진경에 들었으며, 그에 대한 이야기를 들려줄 만한 인물 관계도 보이지 않는다. 용궁에서 받아 온 야광주와 빙초 선물을 상자 속에 깊이 간직하고 남에게는 잘 보이지도 않았다. 종국에는 명산에 들어간 뒤 어디서 세상을 마쳤는지 알 수 없는 인물로 남는다.

반면에 〈최생우진기〉의 주인공은 현실계의 인물들과 소통하는 유화적(類化的) 인물이다. 그는 두타산 진경 탐색에 동행하는 증공이란 인물이 있다. 진경으로 떠난 그를 증공이 음해했다고 오해하는 무주암의 승려들도 있다. 한생처럼 부지소종의 결말을 보이지만, 증공이 오래도록 최생에 대한 이야기를 세상 사람들에게 전함으로써 고립된 인물형에서 벗어난다.

---

28) 권도경, 앞의 논문, 49면.

초월계 진입이란 명제 앞에서 한생과 최생은 인간의 한계를 극복한 이상적 인간이란 의미의 '초인'이다. 보통 인간의 능력으로는 갈 수 없는 선계에 발을 들인 그 자체만으로도 초인으로서의 성격은 그려진다. "선계는 인간이 상상력을 총동원하여 그려낸 가장 완벽한 이상경, 곧 낙원의 모습이다. 어떤 갈등도 존재하지 않는 세계, 모든 것이 조화롭고 충만한 이런 세계에 동참하면서 인간은 티끌세상의 질곡과 갈등에서 통쾌하게 벗어나는 해방의 기쁨을 만끽한다."[29] 이러한 자유자재의 초인을 스스로 꿈꾸고 있는가 하는 문제, 곧 스스로 초인으로서 자각하고 있는가 하는 문제 앞에 서면 한생과 최생의 성격은 또 달라진다.

한생은 현실계에서 문사로 이름난 인물이지만 인간의 한계를 극복하고자 하는 의지는 약하다. 처음 용궁의 시자들이 용왕의 초대장을 내밀었을 때, "신과 인간 사이에는 길이 막혀 있는데 어찌 통할 수 있겠소? 더구나 용궁은 길이 아득하고 물결이 사나우니 어찌 갈 수 있겠소?"[30]라는 말로 초월계의 진입 가능성에 대한 부정적 생각을 드러낸다. 그 세계에 대한 믿음이 조성되어 있지 않으며, 인간이 힘으로 갈 수 없는 곳이라 단정한다.

반면에 최생은 처음부터 두타산에 위치한 진경에 대한 세간의 소문을 소문만으로 넘기지 않는다. 그곳이 분명히 존재하리란 믿음이 커서 거듭 증공을 재촉한다. 증공은 초월계 진입이 인간의 힘으로 불가능하다고 만류한다. 최생은 위태롭게 흔들리는 반석 위에 서서 골짜기 아래 용추를 내려다보다 떨어진다. 그 두려움 없는 행위 안에는 이미 초월계로 반드시 진입할 수 있다는 의지가 담겨 있다.

---

29) 정민, 『초월의 상상』, 휴머니스트, 2002, 194~195면.

30) 神人路隔, 安能相及. 且水府汗漫, 波浪相嚙, 安可利往. 『금오신화』, 188면.

"17세기에 이르러서는 전기적 주인공의 성격도 소극적이고 정적인 문사형을 탈피하여 보다 적극적이고 동적인 인물형을 창출하여 현실을 핍진하게 소설화"31)할 수 있게 되는 단서를 최생이 보여준다. 비록 진경이라는 세계 안에서는 전래의 몽유자들이 보여주는 정적인 동선에서 벗어나지 못하지만, 초월계에 대한 열망과 그곳을 탐색해 가는 역동성에서 후대 전기적 주인공의 동적 인물형을 창출하는 전범이 된다. 그는 작가의 무조건적 개입으로 어떠한 장애도 없이 초월계로 진입하는 인물이 아니다. 말 그대로 자신이 보통 사람의 능력을 뛰어넘는 초인이란 사실을 각인하며 새로운 세계를 개척하는 인물이다. 그의 초인 의식은 진경 탐색 과정이 험난해질수록 강화된다.

> 몽유록에서는 몽유자가 말석에 앉아서 이계 인물들의 시연을 구경하는 위치에 있다. 몽유록에서는 전기소설에서처럼 주체의 욕망 충족을 위한 탐색이라든가, 동일화를 추구하는 과정 자체가 중요한 것이 아니라, 선험적 역사의식 또는 역사적 사실로 재구성한 세계를 구현하고, 이를 통해서 이념을 표출하는 것 자체가 중요한 의미를 지니고 있기 때문이다. 이러한 전기소설과 몽유록의 분리는 이미 『기재기이』 내에서 예비 되었다고 볼 수 있다.32)

짚어본 것처럼 최생의 초인 의식을 강화하는 데 기능하는 것이 배경 묘사라는 점이다. 도입부에 원대하게 펼쳐 놓은 자연 배경을 통해 먼저 초인 의식이 잠재적으로 내비친다. 현실계의 두타산 전경과 초월계의 진경 진입로 풍경이 함께 펼쳐진 그곳은 차후 최생이 초인이 되어

---

31) 유정일, 앞의 논문, 345면.

32) 권도경, 앞의 논문, 55면.

극복해 내는 배경이다. 그런 뒤 최생이 가을 두타산 단풍에 취해 갑자기 진경을 찾아 나서겠다는 대목에서도 그런 전조를 본다. 증공이 과거에 진경 입구를 기웃거렸다 혼비백산한 경험도 실감 나는 배경 묘사 안에서 이루어진다. 그럼에도 그곳에 가 보겠다고 뜻을 굽히지 않는 주인공을 보며, 그의 내면에 잠재되어 있는 초인 의식을 감지한다.

최생의 초인 의식이 눈앞에 펼쳐지기 시작한 것은 반석 위에서 아무렇지도 않게 용추 풍경을 읊다가 아래로 떨어지는 부분이다. 그는 두려움을 보이지 않는 인물이다. 진경을 향한 열망이 그만큼 크다는 반증이다. 증공이 깜짝 놀라 최생을 부르며 울부짖다가 절로 돌아왔다는 행위 안에 이러한 배경 묘사가 삽입된다. "그러나 산울림과 골짜기의 메아리만 들릴 뿐, 깎아지른 듯한 푸른 벼랑에서는 전혀 아무 소리도 그림자도 없었다."[33] 이 배경 묘사의 실사감이 주는 아득함과 두려움, 공포는 인간이 전혀 극복해 낼 수 없는 초월계 진입을 암시하는 듯도 싶다. 그러나 칠십 여 일 뒤 최생이 살아 돌아와 그날의 극적인 순간을 회상하는 순간 초인 의식은 빛을 발한다.

벼랑 위의 반석과 용추의 푸른 물이 직선으로 마주보는 그 사이, 그 어디쯤의 허공에서부터 벌어지는 초월계 탐색 과정을 통해 그는 초인이 된다. 험난한 과정에 굴하지 않고 마침내 진경의 통로인 동굴로 들어서서 진인과 당당하게 마주앉아 우주 철리에 대해 논하며, 그의 초인의식은 이 작품이 추구하는 주제 의식과 맞물려 이상적 가치가 된다. 초인에 대한 그의 의지는 십 년 뒤 진인들과의 재회를 고대하며 부지소종의 입산 행위로 이어진다. 현실계의 물리적 장벽과 영육의 한계를 뛰어넘어 초월계로 진입할 수 있었던 것은 일관된 초인 의식이

33) 但聞山鳴谷應 靑壁峭然了無聲影. 『기재기이』, 53면.

있었기 때문이다. 또한 초인 의식이 강화되어 나가는 과정이 그대로 전달된 것은 그가 극복해 낸 배경 묘사에 따른 것이다.

이처럼 〈최생우진기〉는 작가의 분명한 의도 아래 초인이 설정되고, 그 초인이 극복해 가는 자연을 통해 자연스럽게 초인 의식이라는 가치에 대한 탐문을 유도한다. 여기서의 배경이 황금 자갈이 깔리고 황금 열매가 열린 초월계의 자연이었다면 초인 의식은 공감을 얻지 못했을 것이다. 현실계의 자연 그대로를 극복해 내는 모습에서 물리적 공간과 거기에 걸린 인간의 육체적, 정신적 한계 등을 투사해 냈기 때문에 공감하는 초인의 탄생을 본 것이다. 초인 의식의 공감력은 배경 묘사의 중요성을 인식하고 있었던 작가의 창작 의식에서 발화한 것이다.

4. 결론

본 논문은 〈최생우진기〉의 배경 묘사가 지닌 양상을 자세히 살피고 그것이 작품에 어떻게 기여하는지 기능적인 면모를 찾는데 주목했다. 2장에서는, 원거리 조망형, 특정 후면장면 부각형, 미로 찾기형이란 측면에서 〈최생우진기〉에 나타난 배경 묘사 양상에 대해 짚어보았다.

첫째, 원거리 조망형은 도입부 배경 묘사에서 볼 수 있다. 이쪽의 화자 시선이 저 멀리 펼쳐진 풍경을 널리 둘러보는 형국이다. 두타산이라는 현실계 공간으로 조망되고 있지만, 신선의 처소라는 비밀스러운 초월계를 품고 있다. 외양으로는 웅장하고 신령스러운 자연을 펼쳐놓은 것이지만, 내적으로는 거친 도전을 극복해 내고 존재 가치를 실현하는 등장인물의 행보를 숨겨 놓았다. 원거리 조망형은 작품의 전체적 성격을 드러내는 데 공헌한다.

둘째, 주인공 뒤편의 특정한 후면장면을 부각하는 묘사는 독자의 입장에서 등장인물과 상당한 근접 거리에 있는 듯한 인상을 준다. 이러한 묘사는 두타산 가을 풍경이라는 특정한 후면장면이 부각되며 최생이 초월계를 찾아 나서는 곳에서 드러난다. 다음은 초월계에서 최생이 진인들과 헤어져 돌아오는 순간, 또 현실계의 무주암 절 마당에 내려선 순간, 최생의 뒤로 부각되는 현학의 모습에서 나타난다. 이러한 특정장면은 작품의 도선적 분위기를 일정하게 유지한다. 아울러 초월계에 들어선 최생의 후면에서 부각되는 황금 기둥, 벽옥 주춧돌, 백옥 의자, 진주 주렴, 비단 휘장 등의 특정장면은 그가 비로소 진인의 처소에 안착한 사실을 상징한다. 이와 같은 배경 묘사는 최생의 현재 상황에 대한 단서를 제공한다.

셋째, 작가는 최생의 모험적 성격을 살리기 위해 작품 안에 미로 찾기형 배경 묘사를 장치했다. 절벽 위에서 주인공이 떨어진 순간부터 짓기 시작한 허공 위의 배경들이다. 허공 위의 나무, 허공 위의 동굴 통로, 허공 위의 진경. 현실계의 눈으로 보이지 않지만 분명히 존재하는 초월계의 미로. 이것은 최생의 탐색을 보다 현실감 있게 제시하는 한편 주인공의 성격을 구체적으로 드러낸다.

3장에서는, 복수(複數)의 서사 전환, 인물의 초인(超人)의식 강화라는 측면에서 배경 묘사의 기능을 찾아보았다. 첫째, 최생이 진경에 들어 고작 하루를 보내고 왔을 뿐인데 현실계의 시간은 벌써 칠십 여 일이 지난 상태이다. 이러한 시간의 변화 역시 배경의 변화로 묘사한다. '가을 단풍이 아름다운 때'와 '조금씩 내리던 눈이 개이고 막 솟은 달이 환한 밤'이란 복수의 시간 흐름 안에서 서사 또한 각기 다르게 진행된다. 복수의 서사 전환은 주인공이 아닌 다른 등장인물의 간접 체험을 통해서도 이루어진다. 최생의 진경 탐색 전에 미리 그곳을 다녀온 증공의 탐색 과정을 보여주는 대목이 그것이다. 증공의 경험은 진경의 통로를 찾지 못한 채 마무리되고, 그 이후의 탐색은 최생이 대신하는 서사로 전환한다. 복수의 서사 전환이 시각적으로 와 닿고 재미를 유발하는 것은 배경 묘사의 기능 때문이다.

둘째, 최생은 벼랑 위의 반석과 용추의 푸른 물이 직선으로 마주보는 그 사이, 그 어디쯤의 허공에서 벌어지는 초월계 탐색 과정을 통해 초인이 되고, 마침내 진경의 통로인 동굴로 들어서서 진인과 마주앉아 우주 철리에 대해 논하면서, 그의 초인 의식은 이 작품이 추구하는 주제 의식으로 살아난다. 현실계의 자연 그대로를 극복해 가는 모습에서 물리적 공간과 거기에 걸린 인간의 육체적, 정신적 한계 등을 투사해 내기 때문에 공감할 만한 초인이 탄생했다.

살펴본 것처럼 〈최생우진기〉는 작품을 유기적으로 연결하는 배경 구상에 집중했던 작가의 창작 의식을 보여준다. 전대와 다른 소설 구상에 몰입했던 창작 기법에 관심을 기울인 흔적이다. 보다 다양한 전후 작품 간의 문예적 기법 측면에서도 접근이 필요하다고 본다.

〈하생기우전〉 여귀인물의 성격 전환 양상과 의미*

1. 서론

한 편의 작품이 지향하는 주제 형성에 지대한 역할을 하는 것이 '인물'이다. 인물은 갈등과 반목의 사건을 형성하고, 시공간의 배경을 종횡으로 누비며 가시화하는 가운데, 작품의 궁극적 목표(주제)를 드러내는 주요한 창작 요소이다. 그러므로 인물은 작품 생성의 추동력이자 작가의 창작 욕망을 실현하는 총체적 분신이다. 창작 욕망을 바꾸어 말하면 '말하기' 욕망이다. 당대의 이념과 제도, 최상의 가치와 이상, 관습과 도리에 부합하는 혹은 대응하는 인물을 등장시키고 그 후면에서 작가 자신이 꿈꾸는 삶의 지향점을 언급하는 것이다. 그런데 인간의 삶은 그러한 당대의 통념과 제도로부터 일탈하고자 하는 속성을 수반하고 있기 마련이다. 불만족스럽고 불안정한 소망 상태는 급기야 현실에 균열이 가도록 하고, 그동안 타인이 경험하지 못한 세계로 자신

* 김현화, 「하생기우전 여귀인물의 성격 전환 양상과 의미」, 『한민족어문학』65, 한민족어문학회, 2013, 205~234면.

의 욕망을 확장시켜 놓는다.

애초 문학은 세상에 떠도는 이러한 인간의 미담에 대한 흠모를 노래하거나 이야기로 만드는 데서 출발했고, 점차 '누구나 들어봄직한 인물'을 출현시키는 데 당대의 작가 내지는 독자와 동의했다. 밝고, 의욕 넘치고, 경건하고, 타의 모범이 될 만한 문학적 인물이 전형화된 것이다. 반면 한편에서는 전혀 다른 인물이 모색되었다. 낯설지만 익숙한, 불편하지만 호기심을 자극하는, 어둡고 축축하고 불완전한 이미지의 인물이었다. 여귀는 그러한 전형적 인물 가운데 하나이다.

여귀의 전형이 형성된 배경 안에는 여성에 대한 사회적 억압과 배척이 필연적 단서로 따른다는 사실을 간과할 수 없다. "부모의 명에 따라 혼인해야 했던 딸, 전쟁의 폭력 속에서 성적으로 희생당한 여성, 사랑의 자율성을 원천적으로 차단당한 처녀 등 전근대 사회의 제도·이념 속에서 숨죽인 채 살아야 했던 여성들"[1)]이 여귀로 등장한 사실이 이를 대변한다. 죽어서라도 말하고 싶었던 그 무엇, 그 의문 가득한 출현에 작가와 독자 모두 같은 주파수를 열고 있었기 때문에 여귀인물은 오랜 세월 문학 속에서 유전하며 '누구나 들어봄직한 인물'로 자리매김했다.

〈하생기우전〉의 여귀는 그러한 서사적 계보를 지닌 인물이며 불완전한 육신의 한계를 극복하고 인간의 세계로 복귀한 인물이다. 저승이나 타국에서의 왕생을 희구하며 떠난 그간의 비운어린 여귀 전형에서 벗어나는 성격을 보여준다. 작가의 내적 욕망과 외적 환경의 총체적 분신이 등장인물인 만큼 이 여귀인물의 성격 변화에 대한 탐문을 통해 〈하생기우전〉의 소설적 미학과 가치를 밝힐 수 있다. 몽환적 환생의

1) 최기숙, 『처녀귀신-조선시대 여인의 한과 복수』, 문학동네, 2010, 173면.

형태로 복귀하는 인물이긴 하나, 그녀는 소설적 주체의 의지 표명과 흐름을 보여주는 의미 있는 존재이다.

〈하생기우전〉은 서사적 자아의 확대를 살필 수 있는 작품이자 조선 후기에 보편적으로 등장하는 행복한 결말로의 전향을 불러온 작품[2]이란 관점에서 정밀한 연구가 선행되었다. 설화 속에 공통적으로 삽입되는 신물과 매개 인물의 등장, 혼사 장애 모티프, 산문과 운문 병용의 변문체 영향을 수용해 현실 중심적 · 유가적 입신양명을 표현한 획기적 작품[3]으로 거론되었다. 환생이라는 전기적 모티프의 낭만적 사랑을 통해 애정소설로서의 성격을 다진 논의[4]는 이 작품의 또 다른 문학성을 재고하는 한편, 욕망의 현실성, 서사적 자아의 적극성, 결핍과 해소를 통한 행복한 결말 등에서 작자의 긍정적 운명관, 낙관주의적 세계인식을 읽어낸 논점[5]도 진행되었다. '부녀대립-남녀결연 구조'[6]나 '기복적 애정 구조'[7], 내지는 '결핍-충족 구조'[8] 등의 논의는, 〈하

---

2) 소재영, 『기재기이연구』, 고려대 민족문화연구소, 1990, 74면.

3) 유기옥, 「기재기이의 소설사적 의의」, 『논문집』(인문사회과학편), 전주우석대학, 1992, 370면.
이처럼 〈하생기우전〉의 전기소설적 특징과 의미에 대해 접근한 논문은 다음과 같다.
유정일, 「기재기이의 전기소설적 특징에 관한 연구」, 동국대학교 박사학위논문, 2002.
신상필, 「기재기이의 성격과 위상」, 『민족문학사연구』24, 민족문학사학회 민족문화연구소, 2004.
신태수, 「기재기이의 환상성과 교환 가능성의 수용 방향」, 『고소설연구』17, 한국고소설학회, 2004.
최재우, 「기재기이의 장르적 특성과 형상화 의미」, 연세대학교 박사학위논문, 2007.

4) 박태상, 「하생기우전의 미적 가치와 성격」, 『조선조 애정소설 연구』, 태학사, 1996, 139면.

5) 소인호, 『한국전기문학연구』, 국학자료원, 1998, p.229.

6) 정운채, 「하생기우전의 구조적 특성과 서동요의 흔적들」, 『한국시가연구』2, 한국시가학회, 1997.

생기우전〉의 서사 구조적 특질을 정교하게 살핀 작업이었다.

한 걸음 나아가 각기 다른 출세담과 애정담이라는 두 가지 유형의 이야기를 통해 대립과 투쟁이 아닌 이해와 포용으로 인간관계를 맺어가야 한다는 주제[9] 성찰은, 유가적 혹은 도가적 이상점에 대한 논의로 고착되어 있던 주제 일변도에서 벗어난 새로운 관점을 시사한다. 아울러 가족이라는 제도와 사회적 권력의 희생양이 된 여인의 육체가 사물화 되어 환상계에 머물다가 현실계로 복귀하는 서사 과정을 살핀 논의[10]는 등장인물에 대한 새로운 연구 방향의 경로를 보여준다. 다만 이 모든 논의의 중심 혹은 경계에 서 있는 여귀 인물에 대한 집중적 탐색이 미진하다는 결론이다. 즉 선행 연구에서는 여귀의 사고나 행위가 서사 전편의 구조나 주제를 살피는 부수적 기능으로 치부되었다는 의미이다.

이 글에서는 〈하생기우전〉의 여귀인물이 전대 작품에서 탈피해 새로운 성격으로 전환하는 시도에 주목하고자 한다. 우선 2장에서는 동태적(動態的) 행보의 여귀, 다중 목격자의 출현, 동일시 세계의 구축이라는 측면에서 여귀 인물이 전대의 정태적(靜態的)이고 고립된 전형에서 탈피하는 성격 전환을 살필 것이다. 이를 바탕으로 3장에서는 계층간의 소통 실현, 관습적 문학 공간의 탈피라는 측면에서 여귀인물의 성격 전환이 갖는 소설적 의미에 대해 짚어 보고자 한다. 등장인물의

---

7) 채연식, 「하생기우전의 구조와 전기소설로서의 미적 가치」, 『동국어문학』10·11합집, 동국대학교사범대학국어교육과, 1999.

8) 최재우, 「하생기우전의 결핍-충족 구조와 그 의미」, 『민족문학사연구』15, 민족문학사연구소, 1999.

9) 안창수, 「하생기우전의 문제 해결 방식과 작가의식」, 『한민족어문학』49, 한민족어문학회, 2006.

10) 정규식, 「하생기우전과 육체의 서사적 재현」, 『한국문학논총』53, 한국문학회, 2009.

구상과 변천에 관심을 두었던 고전소설의 역동성과 무엇보다 인물의 성격 변화를 통해 기존의 창작 방식에서 벗어나고자 했던 창작 의식도 살펴볼 수 있으리라 기대한다.[11)]

2. 여귀인물의 성격 전환 양상

죽어서도 온전히 자신의 죽음을 인정하지 못하고 현실계로 넘어오는 여귀의 이야기에서 '단절'의 경계를 세우지 않았던 당대인의 순환적 의식을 엿본다. 육체적으로야 불연속성을 띠는 시간이겠지만, 영혼의 생명력만큼은 영원하다는 믿음을 바탕으로 삶은 순환한다는 것이다. 여귀인물은 자신만의 고유한 공간 안에서 남자주인공과 인연을 맺게 되며 시간의 흐름에 방해받지 않는 형상으로 등장한다. 무덤이라는 공간의 정태성과 늙지 않는 형상의 정형성은 여귀 인물의 사회적 입지와 관련 있다.

〈하생기우전〉의 여귀는 이러한 전형을 전승한 인물이다. 주목할 점은 그녀가 현실계로 넘어오며 전대 여귀인물의 속성을 탈피해 역동적 행보를 선보이는 한편, 다중의 목격자를 출현시키고 당대인이 공감하는 현상적 문제를 보여준다는 것이다. 이러한 성격의 변모 양상을 통해 고전소설 여귀인물의 서사적 계보를 가늠해 보고, 새로운 인물 구상에 몰두했던 창작의식을 살필 수 있다.

---

11) 본 논문에서 활용할 자료는 고려대 만송문고본을 영인한 소재영의 책이다.(소재영, 『기재기이연구』, 고려대 민족문화연구소, 1990) 이후 면 수만 기록하기로 한다. 아울러 박헌순의 번역을 참고하기로 한다.(박헌순, 『기재기이』, 범우사, 1990)

1) 동태적 행보의 여귀

〈하생기우전〉의 여귀가 머물고 있던 곳은 도성 남문 밖 무덤 공간이다. "어디 하룻밤 묵어갈 곳도 없는"[12], 인적 없는 후미진 숲에 자리한 무덤이다. "길게 자란 들풀에 싸늘한 안개가 어리고 이슬이 흠뻑 내려 촉촉이 젖어 있는"[13], 중추 열여드레 날 달밤 속 공간이다. 여귀는 이곳에서 남자주인공이 찾아올 때까지 기다린다. 이처럼 고적하고 을씨년스럽고 처연하기까지 한 여귀의 환경은 〈하생기우전〉 안에서 독립적으로 일군 성과가 아니다. 이미 전대의 작품 안에서 구축되어 있던 정태적 환경이 전승되어 나타난 결과이다.

여귀인물의 정태적 환경은 〈최치원〉에서 먼저 발견된다. 이 작품의 여귀인물은 초현관 앞의 옛무덤 주인들인 팔낭자와 구낭자이다. 〈최치원〉에서는 여귀가 처한 환경에 대한 묘사나 분위기가 직접 서술되지 않는다. 등장인물의 시편이나 대사 속에서 간접적으로 언급된다. 쌍녀분에 대한 묘사는 최치원의 첫 번째 시편을 통해 드러난다. "적막한 저승 원한의 봄 몇 해던가"[14], "성도 이름도 묻기 어려운 무덤엔 흙먼지만 가득"[15], "적막한 저승(寂寂泉)", "무덤 위에 쌓인 흙먼지(塚頭塵)" 등의 시구를 통해 여귀의 넋이 그 상태로 상당한 시간을 고독하게 지냈다는 분위기를 자아낸다.

---

12) 無所托宿. 『기재기이』, 182면.

13) 寒煙蔓草 零露瀼瀼. 『기재기이』, 183면.

14) 寂寂 泉扃幾怨春. 이검국·최환, 『신라수이전의 집교와 역주』, 영남대학교 출판부, 1998, 122만. 〈최치원〉자료는 「쌍녀분기」란 제명으로 소개된 이 책을 활용한다. 이후 면 수만 적기로 한다.

15) 姓名難問塚頭塵. 『신라수이전의 집교와 역주』, 122면.(이 자료에서는 〈최치원〉을 〈쌍녀분기〉로 소개하고 있다.)

팔낭자와 구낭자의 처소를 알려주는 시녀의 말에서도 이와 같은 분위기는 감지된다. "아침에 덤불을 헤치고 돌의 먼지를 털어 시를 지으신 곳이 바로 두 낭자의 거처입니다."[16] 이 표현을 통해 여귀들의 처소가 덤불을 헤치고 들어서야만(披榛) 닿을 수 있을 만큼 산 자의 거리에서 멀리 떨어진 곳, 비석 위에 먼지가 쌓일 만큼(拂石) 외진 곳이라는 사실이 다가온다. 또, "오가는 이 그 누가 길가의 무덤 돌아보리오?"[17], 란 구낭자의 시구에서도 인적 끊긴 적적한 분위기가 그대로 살아난다. 중요한 것은 팔낭자와 구낭자의 행적이 이후 단 한 걸음도 그곳에서 벗어나지 않은 채 서사가 종결된다는 점이다. 한 마디로 여귀들의 행보가 매우 정태적이라는 점이다.

〈최치원〉은 여타 공간의 확보를 철저히 배제 혹은 생략함으로써 주체의 행위가 단일한 공간에서 정체(停滯)된다. 이때 공간의 배분이 나타나지 않는 것은 두 여귀가 자신들의 사연을 '기억의 서술'로 대신하고 있기 때문이다.[18] 즉 여귀들의 생전 활동 공간이 형성되지 않고 요절할 수밖에 없었던 기억만을 간략하게 떠올리는 것으로 서사를 연결했다는 말이다. 이와 같은 공간의 배제 혹은 생략은 여귀의 환경을 정태적으로 굳히며 인물의 폐쇄성과 고립된 성격으로 연결 짓는 전형적 특질을 낳았다.

〈만복사저포기〉와 〈이생규장전〉에 이르면 여귀의 정태적 행보가 유연해지는 것을 목격한다. 〈만복사저포기〉의 여귀는 개령동 무덤(그녀의 등장이 거기서부터 서술되지는 않았지만), 만복사, 사하촌, 개령동 무덤,

16) 朝間披榛拂石題詩處 卽二娘所居也. 『신라수이전의 집교와 역주』, 122면.
17) 往來誰顧路傍墳. 『신라수이전의 집교와 역주』, 123면.
18) 김현화, 『고전소설 공간성의 문예미』, 보고사, 2013, 35면.

보련사 등지로 운신한다. 〈이생규장전〉의 최랑은 이생과 살았던 옛집, 부모의 주검이 흩어진 들판, 다시 옛집 등지로 운신한다. 자신의 명이 다한 비운의 자리에서 소망을 발원하고 있다는 점에서 〈최치원〉의 정태적 행보와 성격이 닮아 있지만 여귀의 행보가 새롭게 생성하지는 않는다. 〈만복사저포기〉의 여귀가 바라는 소망은 꽃다운 나이에 비명횡사한 비극을 치유해 줄 연분을 만나는 것이다. 〈이생규장전〉의 여귀가 바라는 것은 사랑하는 남편과의 못 다한 시간을 연장하는 것이다. 두 여귀는 원망(願望)을 충족했고 각기 천상계의 이치대로 이승을 떠난다. '무덤'이라는 고립된 환경에서 벗어나 외압으로 단절된 소망을 실현하는 새로운 세상을 확보한 데서 여귀인물의 능동적 성향이 강화되고 있다.

〈하생기우전〉의 여귀는 '무덤' 공간에서 아예 현실계로 단절된 삶을 확장하는 동태적 행보를 보여준다. 앞선 작품 안의 여귀들이 초월계의 논리를 앞세워 초연히 이승을 떠났다면, 〈하생기우전〉의 여귀는 현실계의 논리를 앞세워 이승으로 복귀하는 동태적 행보로 전환한다. 그녀의 영육이 귀환 가능했던 이유는 조정의 중신인 부친이 수십 명을 살려 준 선업 때문이었다.[19] 그녀를 죽게 했던 것도 부친의 악행 때문이니 앞뒤 일의 개연성을 갖추고 있다. 앞선 작품의 여귀들이 갖추지 못했던 귀환 배경이다. 그녀들이 정태적 행보에서 벗어나지 못한 것은

19) 정규식은, 결국 여인의 육체는 존재 그 자체가 목적이 아니라 제도와 권력이 각인된 상태로 존재하며 어떠한 목적을 위한 도구화에 머문다고 보았다. 그러며 이를 '육체의 사물화'로 명명했다. 〈최치원〉은 팔랑과 구랑의 육체가 가부장적 지배 이데올로기에 의해 사물화 되는 현상이, 〈만복사저포기〉와 〈이생규장전〉은 여인의 육체가 전쟁과 정절 이데올로기에 의해 사물화 되는 현상이 두드러지는 작품이라고 해석했다.(정규식, 앞의 논문, 241면)

남자주인공과의 일대일 관계 외에는 달리 구명의 길을 찾을 수 없었다는 데 있다. 〈하생기우전〉의 경우 여귀인물과 관련한 인간관계의 확장을 염두에 둔 창작 의식을 엿볼 수 있다.

〈하생기우전〉의 여귀가 전형적 여귀 행적에서 벗어나 동태적 행보를 하게 된 데는 '사흘'이라는 명계의 시간도 영향을 끼쳤다. 여귀가 이승에 머문 시간이 오래 될수록 현실계로 편입할 확률이 낮다. 인간과 귀신은 한 세계에 공존할 수 없다는 인식 위에서 여귀는 언젠가는 저 세상으로 떠나야 할 대상이다. 최치원과 양생, 이생 등이 만난 여귀들은 모두 몇 년씩 이승을 떠도는 존재들이었다. 이미 영혼과 육신이 흩어져 흔적조차 남지 않았을 시간이다. 그런데도 그녀들은 여전히 생전의 모습 그대로 젊고 아름답다. 불노(不老) 형상의 여귀가 주는 정조는 그래서 더욱 애잔하고 스산하지만 그만큼 현실계로 재편될 가능성은 희박하다. 그런 대상들이 홀연히 이승으로 복귀하는 것은 작가와 독자 모두 공감하기 어려운 인상을 주기 때문이다.

〈하생기우전〉의 여귀는 죽은 지 불과 사흘째인 몸이다. 영혼도 육신도 제 형태 그대로 아직 이승에 남아 있을 법하다고 모두가 공감할 만한 시간이다. 여귀가 이승에 재편되어 혼사 장애라는 현실적 문제를 겪는 사건이 어색하지 않은 것도[20] 바로 '사흘'이라는 짧은 시간의 공로 덕분이다. '살아올 법하다'는 인식이 가능한 범위의 시간이다.

이처럼 〈하생기우전〉의 여귀는 전대의 전형적 여귀인물이 지닌 정

---

20) 이와 같은 논리는, "현실의 공간이 일정한 시간 동안 환상의 공간으로 꾸며지기 때문에 환상세계에는 현실적 성향이 아주 강하다. 환상세계가 현실세계 속에 놓여 있음을 감안할 때, 환상세계를 일방적으로 현실세계의 대립항으로 치부해서는 안 된다."는 관점을 시사한다.(신태수, 「귀신등장소설의 본질과 그 변모과정」, 『어문학』76, 한국어문학회, 2002, 405면)

태적 행보에서 벗어나고, 공감 불능의 시간관념에서 탈피하며 현실성을 갖춘 등장인물로 전환한다. '여귀=무덤=저승'이라는 도식적 인상은 〈하생기우전〉에 이르러 소망 충족과 행복한 결말이라는 새로운 서사로 변모한다. 전대의 전형에서 벗어난 동태적 시공간의 축조는 곧 여귀인물의 능동적 행보에서 출발한 것이다.

2) 다중 목격자의 출현

공감 가능한 귀신의 정체는 "내재적으로 길러온 위험성의 요인이나 사회가 의식적 · 무의식적으로 은폐한 불행지수를 지시하면서 이제 어떠한 방향 전환을 모색해야 할지에 관해 '그들만'의 문제가 아닌 공동체 '모두'의 문제로서 사유"[21]하도록 한다. 〈하생기우전〉의 여귀는 이러한 인식과 상통하는 인물이다. 그녀가 함의한 불온한 현실의 불행지수, 그녀의 행적에 따라(행 · 불행의 결과에 따라) 현실의 불행지수는 높아질 수도 있고 낮아질 수도 있다. 여귀인물은 이제 더 이상 개인적 문제로 생을 마감한 대상으로 목격되는 것이 아니라 사회적 문제를 함의한 채 죽어야 했던 대상으로 목격되는 것이다. 그래서 여귀의 존재를 보게 되는 목격자[22]의 몫이 커질 수밖에 없다.

생시의 눈으로 귀(鬼)를 보는 목격자의 출현은 그만큼 여귀인물이 내포한 사회적 문제를 가장 현실적인 눈으로 보겠다는 의식을 반영한 결과이다. 과거 〈최치원〉의 여귀들은 오로지 남자주인공의 눈에만 목

---

21) 최기숙, 앞의 책, 175.면

22) 최기숙은, 여귀와 마주치게 되는 "목격자는 산 채로 사후 세계를 미리 체험해야 하는 부담을 떠안는 동시에, 귀신의 불운에 동참해 운명 공동체를 이룬다."고 언급했다.(최기숙, 위의 책, 14면)

격되었던 고혼이다. 강제 혼 때문에 요절한 개인적 비극사를 보듬어 주고, 귀(鬼)의 형상이나마 여귀들의 존재 가치를 인정해 줄 목격자는 최치원 단 한 사람에 그쳤다. 팔낭자와 구낭자가 당시의 통념과 인습에 죽음으로 항거했던 생전의 행적에 비하면 쓸쓸하고도 적막한 처우가 아닐 수 없다.

〈만복사저포기〉와 〈이생규장전〉의 여귀 역시 이승의 목격자가 복수로 등장하지는 않는다. 다만 팔낭자와 구낭자에 비해 저승의 목격자들이 다수로 등장하는 것을 볼 수 있다. 팔낭자와 구낭자의 경우 시비 여귀가 하나 등장할 뿐이다. 〈만복사저포기〉의 여귀는 시녀뿐만 아니라 정씨, 오씨, 김씨, 유씨 등의 이웃한 여귀들에게 그 행적이 목격된다. 이들은 양생과 여귀의 인연이 성사되는 과정을 지켜보는 목격자로 등장한다. 그 외에 현실계의 목격자는 등장하지 않는다. 양생의 곁에 분명히 그녀가 동행하고 있음에도 이승의 목격자는 등장하지 않는다. 여귀가 양생을 데리고 개령동 무덤으로 이동할 때라든지, 보련사에서 해후하고 함께 천도의식을 치를 때에도 이승의 목격자는 보이지 않는다. "길 가는 사람들은 양서생이 여인과 함께 가는 것을 알지 못하고"[23], "친척들과 승려들은 모두 그녀를 보지 못하고 유독 서생의 눈에만 보일 뿐이었다."[24], 하는 식으로 이승의 목격자로부터 배제된 존재로 등장한다.

〈이생규장전〉의 목격자 역시 마찬가지이다. 여귀가 되어 이생을 찾아온 그녀를 목격하는 사람은 남자주인공 한 사람에 불과하다. "이서

---

23) 而行人不知與女同歸. 『금오신화』, 이재호 역, 솔, 1998, 56면. 이후 〈만복사저포기〉와 〈이생규장전〉의 인용 부분에 대해서는 이 책의 면수만 적기로 한다.

24) 親戚寺僧 皆不之信 唯生獨見. 『금오신화』, 59면.

생은 이로부터 인간의 모든 일을 완전히 잊고서 친척과 손님의 길흉사에도 문을 닫고 나가지 않았으며 아내와 즐거이 세월을 보냈다."[25]라는 표현에서 그가 수년 동안 아내를 잃은 상실감으로 칩거하는 인물로 내비친다. "시비에게 명하여 술을 올리게 하고는 옥루춘곡에 맞추어 노래를 지어 부르면서 이서생에게 술을 권했다."[26]란 장면에 등장하는 시비가 산 사람인지 전대의 작품 안에서 여귀를 섬기며 등장하던 시비의 전형을 이어받은 여귀인지는 불분명하다. 작품 안에 여귀로 돌아온 아내를 목격했다는 산 사람의 증언이 따로 없으니 아마도 시비 역시 피란 중에 여주인과 함께 죽은 귀(鬼)일 것이다.

이처럼 〈만복사저포기〉와 〈이생규장전〉의 여귀는 저승의 목격자가 다수로 늘어난 반면 여전히 이승의 목격자는 등장하지 않는 대상이다. 〈최치원〉의 여귀처럼 아직 그녀들의 죽음은 개인적 비극사에 머물 뿐 그에 동참하는 의식을 보여주는 목격자의 출현을 거부한다. 사회적 통념과 제도, 관습과 도리에 순응한 여귀들의 죽음을 높이 치하하는 길은 저승의 목격자와 그들의 증언만으로도 충분하다는 인식이 엿보인다. 산 자와 죽은 자 사이에 유명이 다르다는 사실을 수긍하고 마지막에는 저승으로 떠나는 여귀들의 모습에서 절대적 천리에 빗댄 사회적 인습과 통념의 벽이 살아 있다.

〈하생기우전〉의 여귀는 이승의 목격자가 등장하는 대상으로 전환한다. 그도 그럴 것이 이 작품의 여귀는 과거의 정태적 시공간을 뛰어넘어 아예 현실계로 복귀하는 인물이기 때문이다. 그녀가 아직 혼신(魂神)으로 머물 당시부터 이승의 목격자는 등장한다. 바로 낙타교 가의

25) 雖親戚賓客賀弔 杜門不出 常與崔氏 荏苒數年. 『금오신화』, 96면.

26) 命婢兒進酒 歌玉樓春一闋 以侑生. 『금오신화』, 96면.

복자이다. 하생이 자신의 불운을 타개하고자 그를 찾아갔을 때 그날 밤 도성 남문 밖에서 가연을 얻을 것이란 괘를 준다. 그의 예언대로 하생은 여귀를 만나 인연을 맺게 된다. 여귀가 있는 명계로 하생을 보낸 인물이라는 점에서 그는 잠재적 목격자라고 할 수 있다. 그간 여귀들이 남자주인공과 일대일의 관계에서 목격된 것에 비하면 현실적 개연성을 갖춘 목격자이다.

여귀를 목격하는 현실계의 인물들은 계속 등장한다. 여귀와 인연을 맺었다는 하생의 말을 확인하기 위해 그녀의 부친이 직접 무덤으로 찾아간 장면에서 다수의 목격자가 등장한다. 부친인 시중은 물론 유모 할미, 노비 등이 모두 여귀가 생시 때의 모습 그대로 무덤 속에 누워 있는 것을 목격한다. 뿐만 아니라 그녀가 집으로 옮겨진 이후에 정신을 차리는 모습도 부모를 비롯한 온 집안사람들이 목격한다. 〈만복사저포기〉 역시 여귀가 남자주인공의 중개로 부모와 재회하는 장면이 있는데, 이처럼 현실계의 목격자 시선 속에서 대면하지 않는다.

전대의 작품에 나오는 여귀들의 목격자가 남자주인공을 제외하곤 모두 저승의 존재였다는 것과 비교할 때 상당한 변화를 보여주는 부분이다. 다수의 목격자는 여귀의 현실계 복귀를 인정하는 증인 역할을 한다. 그들의 인정을 받고 여주인공은 하생과 혼인해 완전히 현실계로 재편되는 삶을 산다. 한편으로는 여귀가 죽을 수밖에 없었고, 돌아올 수밖에 없었던 이유에 대한 독자의 관심을 유도하는 작가의 의도이기도 하다. 그녀가 함의하고 있는 불온한 현실 문제를 은연중 표출하는 것이다. 〈하생기우전〉의 여귀는 저승의 시선 비중보다 현실계의 시선 비중이 커지면서 전대의 작품들에 비해 한 단계 유기적 서사를 구성하는 전환을 거두었다고 할 것이다.

3) 동일시 세계의 구축

〈하생기우전〉은 여귀인물을 통해 은폐된 문제가 현실 세계에서 여전히 횡행하고 있다는 사실을 드러낸 작품이다. 그리고 이 은폐된 문제가 남자주인공인 하생이 직접 제시하고 있는 현실적 문제와 맞닿아 있어 작품의 주제를 선명하게 하는 추동력으로 작동한다. 단순히 전기성을 표방한 낭만적 애정소설로 자리 잡지 않고 "사회의 부조리를 직접 문제 삼고 있다는 점"[27]에서 이 작품의 소설적 가치가 높다. 곧 여귀를 통해 당대의 독자와 교감할 수 있는 문제를 제시하고 있다는 것인데, 이는 개인 문제에 머물러 있던 전대의 여귀인물 역할이 보다 입체적 성격의 역할로 전환한 사실을 의미한다.

〈최치원〉의 여귀는 자신의 의지와는 상관없이 진행된 늑혼 문제로 요절한 인물들이다. 팔낭자와 구낭자의 자유 의지를 묵살한 부친의 권력은 곧 사회적 통념과 제도의 우의적 상징이 될 것이다. 그 아래서 자유혼의 꿈을 잃고 청춘의 나이에 요절할 수밖에 없었던 여귀들의 사연은 비애감을 준다. 이 문제가 최치원이라는 남자주인공의 현실적 문제와 연결되지 못하고 개인적 비극사로 머물고 말기 때문에 "작품의 경험과 독자의 반응이 화합될 때 비로소 가능해지는"[28], 곧 "현실을 소설 속에 재현하겠다는 의지, 우리가 공감이라고 부르는 동일시 세계"[29]의 축조가 모호해졌다. 타국 땅에서의 외롭고 고단한 심회를 표출하느라 쌍녀분을 찾았던 최치원의 심정과 강제 혼으로 요절한 여귀들의 한은 현실에서 조합해 볼 수 없는 관념적인 '그 무엇'을 남기고

---

27) 최재우, 앞의 논문, 1999, 199면.

28) 이상섭, 『문학 연구의 방법』, 탐구당, 1972, 147면.

29) 김천혜, 『소설 구조의 이론』, 문학과 지성사, 1990, 235면.

낭만적 조우로 남고 말았다.

〈만복사저포기〉와 〈이생규장전〉의 여귀가 보여주는 정한(情恨)은 보다 구체적으로 표출된다. 이 여귀들은 전쟁의 피해자로 등장하는데 각각 남자주인공의 정한과 공감하며 〈최치원〉의 단편적 서사에 비해 개연적이고 사실적인 서사로 발전한다. 즉 여귀인물과 현실계의 남자주인공의 문제가 서로 상통할 수 있는 것이어서 서사가 연쇄적으로 촉발하는 기능을 한다. 절간 방에 의탁해 살아야 하는 한미한 양반 신분의 남자와, 한때는 귀족 가문의 여인과 혼인해 행복한 삶을 꾸렸던 남자의, 고독하고도 비감어린 현실은 작품과 독자 사이에 동일시할 수 있는 세계를 축조해 놓는다. 또한 전란의 희생자로 3년째 야산에 묻혀 있던 여귀와, 사랑하는 배우자와의 삶이 전쟁이라는 외압으로 단절된 여인의, 적막하고도 비통어린 상황 역시 작품과 독자 사이에 동일시할 수 있는 세계를 축조해 놓는다. 비록 양 작품의 여귀인물과 남자주인공이 천상계의 논리에 부합해 현실에서 종적을 감추기는 하지만, 당대인의 관점에서 동일시해 볼 수 있는 세계를 구축해 보았다는 점에서 의미 있다.

〈하생기우전〉은 여기에서 한 발 나아가 현실 안에서 보고 듣고 경험할 수 있는 '사건'을 다루며 작품과 독자 사이의 공감을 형성한다. 하생은 '부귀공명'이라는 현실적 가치를 추구한다. 애정류 전기소설 가운데 부귀공명에 대한 이처럼 강렬한 욕망이 나타난 경우는 〈하생기우전〉이 처음이며, 애정은 이를 성취하기 위한 매개적 기능을 하고 있다는 논점[30]이 설득력을 얻는 것은 당대인이 공감할 만한 동일시의

30) 권도경, 「16세기 기재기이의 전기소설사적 의의 연구-현실성의 확대와 주체의 의지 강화 양상을 중심으로」, 『한국고전연구』통권6, 한국고전연구학회, 2000, 51면.

세계를 구축하고 있기 때문이다. 이것이 가능한 것은 여귀의 현실적 문제와 하생의 현실적 문제가 동질성을 띠고 있기 때문이다.

여귀가 봉착한 문제는 다음과 같이 정리해 볼 수 있다. ①여귀는 죽은 지 사흘째 된 몸이다, ②여귀의 부친은 조정의 시중이다, ③부친은 사소한 원한으로도 복수하고 모략하여 사람을 많이 해치다, ④부친이 옥사를 심리하여 죄 없는 사람 수십 명을 구명해 주다, ⑤그 선행으로 옥황상제가 여귀를 살려주기로 하다, ⑥하생과 만난 오늘이 인간으로 돌아갈 수 있는 마지막 기한이다. ①⑤⑥은 운명론에 얽힌 개인적 문제이지만, ②③④는 가정, 나아가서는 사회 전반에 걸친 문제라는 점에서 여귀가 구축한 동일시의 세계는 매우 현실적이다.

반면에 하생의 경우는 다음과 같은 문제에 봉착해 있다. ①하생은 대대로 가난한 집안의 후손으로 조실부모한 채 미장가의 처지로 살다, ②고을의 수령이 하생의 뛰어난 재주를 듣고 태학에 추천하다, ③국학에 나아가 여러 서생과 예능을 겨루매 하생을 능가할만한 자가 없다, ④그러나 조정이 부패해 공정한 인재 선발이 이루어지지 않다, ⑤하생은 4,5년을 울적하게 지내다. 하생에게 희망으로 다가왔던 것이라곤 ②와 ③뿐이다. 나머지는 하생의 현실을 고단하게 하는 외부 환경이다. 하생이 봉착한 문제는 하나같이 당대인의 삶 안에서 공감할 만한 것들이어서 동일시의 세계를 형성하는 데 적격이다.

여귀가 봉착한 현실적인 문제는 부친의 부당한 권력과 관련 있다. 부친은 조정에서 시중이라는 권력을 가지고 음해와 모략을 일삼았다. 시중을 통해 당대의 불온한 정치 현실을 짚어볼 수 있고, 하생과 같은 재능 있는 인재가 4,5년을 학사에 머물며 시험을 치러도 인재로 발탁되지 못했던 현실도 중첩시켜 볼 수 있다. 〈하생기우전〉은 여귀와 하생의 현실적인 문제가 서로 융화 작용을 하며 당대의 현안 문제를 실토한다. 여귀인물의 역할이 전대의 작품에서와 달리 능동적 인물로 전환한 것을 의미한다. 작품 초반 하생의 현실 문제가 먼저 불거진 것도 사실은 여귀의 부친으로 상징된 불온한 권력이 득세해 조정이 혼탁했기 때문이다.

하생이 안고 있는 입신양명의 험난한 길은 애초 여귀의 잠재적 역할로부터 시작되었다. 그리고 그 길을 터 준 것도 현실계로 복귀한 여귀의 역할이었다. 여귀인물의 역할이 단순히 비애감을 상징하는 데서 벗어나 한 시대의 공감할 만한 현안 문제에 닿아 있다는 사실이 매우 중요하다. 다시 말해 〈하생기우전〉의 여귀인물은 사건의 발생과 해결 과정에 직접 개입하는 성격으로 전환하고 있다는 것을 알 수 있다.

3. 여귀인물의 성격 전환 의미

소설적 전환에 반드시 필요한 것은 서사적 계보로 내려오던 전형적 인물의 새로운 탈바꿈이 선행되어야 한다는 점이다. 작가는 인물을 통해 세상에 대한 '말하기 욕망'을 실현하고 당대의 현실을 드러내기 때문이다. 〈하생기우전〉의 여귀인물은 이런 관점에서 기존의 여귀들과 달리 서사에 능동적으로 개입하고 활약하는 존재이다. 이러한 성격 전환은 계층 간의 소통 실현이라는 측면에서, 또 관습적 문학 공간의 탈피라는 측면에서 중요한 의미를 갖는다. 이는 소설 작품의 사회적 기능과 역할에 관심을 두었던 작가의 창작의식에서 비롯된 것이다.

1) 계층 간의 소통 실현

여귀인물이 맨 처음 교섭하는 현실계의 인물은 남성, 그것도 문장을 갖춘 인물이란 공통점을 갖는다. "한문 해득력을 지닌 사대부 남성을 중심으로 이야기가 향유"[31]되었다는 것을 말하는데, 〈최치원〉의 여귀도, 〈만복사저포기〉와 〈이생규장전〉의 여귀도, 〈하생기우전〉의 여귀도, 그와 같은 계층의 남자주인공에게 먼저 목격된다. 그리고 그들과 시를 수창하고 인연을 맺는다. 여귀들은 남자주인공과 대등한 학식을 보여줄 뿐만 아니라 그들이 흠모할 만한 도덕적 수양과 인성을 쌓은 인물들이다. 그녀들이 굳이 사대부 계층의 남자에게 목격되는 이유는 바로 여기에서 드러난다. 남자주인공과 대등한 조건을 갖춘 인물인 만큼 그녀들의 발언이 신뢰감을 주기 때문이다.

그런데 보다 세밀하게 살펴보면 여귀와 남자주인공의 사회적 계층에 차이가 있다는 사실이 드러난다. 여귀와 남자주인공이 서로 버금가는 내외적 자질을 갖추기는 했지만 현실적으로 그들의 관계는 권세 가문과 한미한 가문의 자손으로 나뉜다는 사실이다. 〈최치원〉의 여귀는 당나라 율수현 초성향의 호족 가문의 딸들이다. 여귀의 선친은 현의 관리는 하지 않았지만 부유함으로 가세를 떨쳤다고 하니 그 지역의 내로라하는 권세 가문이었다. 한편 최치원은 신라에서 건너와 율수 현위 자리에 오른 인물로, 여귀의 집안에 대면 이제 말단 관리에 오른 미약한 처지이다. 〈만복사저포기〉의 여귀 역시 귀족 가문의 일원이다. 그녀와 인연을 맺는 양생은 절간 방에 의탁해 사는 궁핍하고 한미한 양반 출신이다. 〈이생규장전〉의 여귀 역시 생전에 귀족 집안의 여식으

31) 최기숙, 앞의 책, 22면.

로 이생의 가문을 압도한다. 이생의 가문은 그의 부친 말대로 노복들이 뿔뿔이 흩어지고 친척들마저 도와주지 않아 살림이 궁색한 집안이다. 〈하생기우전〉의 여귀 가문은 부친이 조정의 시중 자리에 앉아 있는 집안이다. 그에 비해 하생은 대대로 궁핍한 집안의 자제로 조실부모한 채 미장가의 처지이다.

여귀와 남자주인공의 만남은 두 계층 혹은 그들이 함의한 보다 다양한 계층 간의 만남을 의미하는 것으로 접근해 볼 수 있다. 중요한 것은 〈하생기우전〉의 여귀 인물에 이르러서야 계층 간의 현실적인 소통에 대해 말하기 시작했다는 점이다. 즉, 여귀 인물의 성격 전환에 힘입어 계층 간의 문제점이 직설 화법으로 제시되고, 그에 대한 소통을 했다는 의미이다. 전대의 여귀들이 자신의 비극사를 남자주인공에게 토로하고 위안 받으며 초월계로 떠난 것과 비교할 때 의미 있는 부분이다.

〈하생기우전〉의 여귀는 두 가지 측면에서 계층 간의 소통을 시도한다. 첫 번째 역할은 조정의 중신인 부친의 악행을 통해 관계(官階)의 불온한 현실을 직접 제시하는 언급에서 찾아볼 수 있다. 공정한 인재 선발이 이루어지지 않는 조정의 문란한 현실이 부친과 같은 중신들의 폐해에서 비롯되었다는 사실을 솔직하게 드러낸다. 그래서 하생처럼 재주는 뛰어나지만 한미한 가문의 일원은 등용되지 못한 현실을 증언한다. 이와 같은 상하 계층 간의 불화를 해결하는 인물이 바로 여귀이다. 사흘의 말미를 두고 인간세계로 돌아가야 하는 여귀의 다급한 소망은 하생을 만나 이루어진다. 하생은 여귀의 집안에 이 사실을 알리고 그녀가 인간으로 귀환하는 데 일조한다. 그 덕분에 그녀와 혼인해 관계에 발을 들인 뒤 상서령에 이르는 입신양명의 꿈을 이룬다.

하생과 여귀의 부친은 가장 현실적인 문제 위에서 서로 얽혀 있는 관계였다. 조정을 문란하게 한 인물과 그로 인해 등용의 문을 얻지 못한 인물이다. 이들 사이에 여귀의 환생이라는 초월계 논리가 개입한 것은 계층 간의 불화를 무마시켜 보고자 했던 소설적 장치이다. 계층 간의 문제가 정확히 무엇인지 짚어내고 있기 때문에 여귀의 성격 전환은 그래서 더욱 의미가 크다. "하생의 출세담이 애정담으로 교체되고 있음에도 불구하고 〈하생기우전〉은 처음부터 끝까지 사회적 문제의식을 서사의 중심축으로 다루고"32) 있다는 사실이 중요하게 다가오는 것도 그 때문이다.

여귀가 상하 계층 간의 소통 실현에 개입하는 두 번째 역할은 혼사 장애를 극복하는 과정 중에 보인다. 시중은 여식을 살려 준 보답으로 하생을 사위로 삼고자 하였다. 그러나 자신의 번성한 가문과 달리 하생의 집안이 한미한 사실을 알고 혼사 치르기를 주저한다. 시중은 하생에게 답례품을 전달하는 것으로 고마움을 전달한다. 하생은 앞날을 약속했던 여인의 말을 원망하며 그 집을 떠난다. 시중과 하생이라는 인물로 표현되고 있지만, 이는 당대의 득세한 집단과 실세한 집단의 갈등을 상징하는 불화 관계로 접근할 수 있다.

이 문제를 해결하는 인물 역시 여귀이다. 그녀는, 부모가 하생을 배반했다는 사실을 알고 음식을 끊은 채 혼인을 허락해 줄 것을 요구한다. 시중이 딸의 요구를 수락하고 두 인물은 부부가 되어 두 아들을 낳으며 사십여 년을 함께 살게 된다. "하생과 시중으로 대표되는 세력 사이의 상징적 화합"33)을 다루고 있다는 관점이 설득력을 얻는 것은

32) 안창수, 앞의 논문, 170면.

33) 윤채근, 「기재기이의 창작배경과 그 소설적 의미-수사적 만연성을 중심으로」, 『고전문학연구』29, 월인, 2006, 365면.

여귀 인물의 역할이 긍정적 매개 역할을 하고 있기 때문이다.

〈하생기우전〉의 여귀가 속했던 "환상계는 상층인과 하층인, 이계와 속계, 인간과 사물이 별 다른 차별 없이 어우러진"[34] 화해와 평등의식을 바탕으로 한 세계이다. 〈하생기우전〉의 여귀는 이러한 전통적 환상계의 화해와 평등의식을 현실계로 소통시켜 보고자 시도한 인물이다. 운명론적 세계관을 완전히 탈피한 인물은 아니지만 여귀의 성격 전환은 계층 간의 소통을 실현하는 데 작품 내외적으로 기여한다. 여귀는 자신이 처한 현실에 대한 충분한 인식과 대처 방식을 보여줌으로써 계층 간의 소통을 도모하는 존재로 거듭난다.

2) 관습적 문학 공간 탈피

〈하생기우전〉은 남자주인공의 현실 극복에 대응할 만한, 혹은 기반이 될 만한 환경을 여귀가 갖추고 있다는 점에서 독창적이다. 반면에 여귀는 적극적으로 삶을 개척해 보겠다는 하생의 의지를 발판으로 현실계로 넘어오는 추동력을 얻는다. 이런 과정에서 여귀와 하생은 관습적으로 전해온 공간의 틀에서 탈피하는 모습을 보여준다.

여귀의 거처는 무덤이다. 이 무덤이야말로 여귀의 비밀이 닫히고 풀리는 전형적인 관습적 공간이다. 여귀는 사회적 통념과 관습을 거부하지 못한 채(혹은 순응한 채) 요절하거나 자결한 인물이다. 무덤은 개인적 비극사가 담긴 적막한 곳일 뿐 현실적인 문제를 부각시킨 공간은 아니었다. 여귀가 고혼으로 떠돌며 지냈던 한스러운 지난날에 대한 토로, 이루지 못했던 소망에 대한 안타까움, 꽃다운 청춘에 인연을 맺지

---

34) 신태수, 앞의 논문, 2004, 146면.

못한 고독감 등이 주조를 이루는 공간이다.

〈하생기우전〉은 그동안 개인적 비극사를 묻어 두었던 관습적 무덤 공간에 사회적 문제를 함의한 비밀을 묻게 된다. 이 작품의 무덤 공간은 정절을 지키기 위해서라거나 자유 의지를 잃은 상실감으로 명을 단축한 그런 사회적 통념이나 관습의 희생자가 묻힌 곳이 아니다. 초월계의 개입으로 명을 다하지 못한 여귀가 묻힌 곳이다. 그녀가 요절한 근본적 이유는 권신인 부친의 악업 때문이다. 다섯 오빠가 먼저 명을 달리한 것도 부친의 악행 때문이다. 그녀는 권력의 요직에 앉아 숱한 폐단을 일으킨 부친에 대한 징벌의 상징으로 희생된 인물이다. 그런 인물의 공간이기 때문에 전대의 여귀가 묻힌 공간과 성격이 달라질 수밖에 없다.

여귀의 무덤 공간 성격이 달라지면서 남자주인공의 환경 또한 그 성격이 달라진다. 작품 초반에 드러난 하생의 모난 현실은 여귀의 무덤 공간과 상관없어 보인다. 그러나 국학에서 수학하기를 4,5년째 잇고 있지만 도무지 과거 길이 열리지 않을 뿐더러 혼탁한 조정 형세로 공정한 인재 선발이 이루어지지 않는 사실 등은 여귀의 무덤 공간과 깊은 관련이 있다. 여귀의 부친이 조정의 요직에 앉아 득세하고 있었고, 그러한 난행으로 알게 모르게 하생과 같은 한미한 가문의 인물들이 등용되지 못하고 있었던 것이다. 여귀의 무덤 공간이 초반부터 서사의 갈등에 긴밀하게 참여하는 새로운 성격으로 변모한 사실이 드러난다.

과거 여귀의 무덤은 개인의 비극적 정회를 풀어 줄 인연에 대한 소망처였다. 외롭고 적적한 고혼을 위무해 주는 인연을 만나고 나면 기꺼이 떠날 수 있는 공간이었다. 그래서 남자주인공 역시 세상에서 요구하는 현실적 가치보다 여귀가 보여주고 떠난 초월적 가치에 매료되어 입산하거나 죽음을 맞이하는 행보로 나아간다. 반면에 〈하생기우전〉의 하생은 출세와 애정 성취라는 현실적 소망을 이루기 위해 적극적으로 임한다.

출세를 하기 위해서도, 애정을 성취하기 위해서도, 그는 서사 초반부터 여귀의 무덤 공간과 떨어뜨려 놓고 생각할 수 없는 인물이다. 그는 불운을 타파하고 공명을 이루기 위해 무덤 공간으로 향했고(국학에서의 울적한 나날이 공명을 이루지 못한 까닭이므로), 여귀와 혼인해 부귀한 삶을 누리기 위해 무덤 밖의 세상으로 나왔다(앞날을 약속한 그녀의 부친이 조정의 권신이라는 사실을 알고 있는 상황이므로). 하생의 전후 사고와 행위는 여귀의 무덤 성격과 깊은 연관이 있다.

〈하생기우전〉이 "한국 전기소설사에서 처음으로 도덕적인 선악의 문제를 전기소설의 갈등구조로 형상화"[35]했다는 의의를 갖는 것도 결국 이와 같은 관습적 문학 공간의 성격 변모와 연결해 생각해 볼 수 있다. 아울러 그러한 공간의 성격 변모는 여귀인물의 성격 전환에서 이루어진 것이란 사실까지 짚어볼 수 있다. 여귀는 더 이상 "전기적 인간의 미적 특질로 회자되는 '내면성'에 치우친"[36] 남자주인공의 부수적 그림자가 아니다. 그녀는 충분히 당대인이 교감할 만한 동일시 세계의 주역으로 성장했고, 사회적 문제를 노출하는 주역으로 전환했다. 과거 운무와 덤불에 가려 황량하기만 했던 그녀의 무덤 공간이 권력과 암투, 성공과 출세에 대한 욕망을 담은 현실적 공간으로 변모한 사실은 여귀인물의 성격 전환이 갖는 또 다른 중요한 의미이다.

---

35) 유정일, 『기재기이 연구』, 경인문화사, 2005, 265면.

36) 박희병, 『한국전기소설의 미학』, 돌베개, 1997, 41면.

4. 결론

이 글은 〈하생기우전〉의 여귀인물이 전대 작품의 인물 전형에서 벗어나 새로운 성격으로 탈피하는 시도에 주목했다. 여귀는 불완전한 육신의 한계를 극복하고 현실계로 복귀하는 인물로, 소설적 주체의 의지 표명과 흐름을 보여주는 의미 있는 존재이다.

2장에서는 〈최치원〉, 〈만복사저포기〉, 〈이생규장전〉 등의 작품에 나오는 여귀의 전형(典型)에서 벗어나 입체적이고 현실적인 인물로 전환하는 〈하생기우전〉의 여귀 양상을 세 가지로 살펴보았다.

첫째, 동태적 행보의 여귀라는 점이다. 앞선 작품의 여귀들이 초월계의 논리를 앞세워 이승을 떠났다면, 〈하생기우전〉의 여귀는 현실계의 논리를 앞세워 이승으로 복귀하는 동태적 행보를 보여준다. 앞선 작품의 여귀들이 무덤에 머무는 정태적 행보에서 벗어나지 못한 것은 남자주인공과의 일대일 관계 외에는 달리 구명의 길을 찾을 수 없었다는 데 있다. 〈하생기우전〉의 여귀가 그처럼 동태적 행보를 할 수 있었던 이유로, 그녀가 죽은 지 불과 사흘 밖에 되지 않았다는 시간의 기능도 크다. 다시 '살아 돌아올 법하다'라는 인식이 가능한 시간이다.

둘째, 〈하생기우전〉의 여귀는 그간의 여귀인물과 달리 이승의 목격자가 다수 등장하는 인물로 전환한다. 그간의 목격자들이 남자주인공을 제외하곤 모두 저승의 존재였다는 것과 비교할 때 상당한 변화이다. 다수의 목격자는 여귀의 현실계 복귀를 인정하는 증인 역할을 한다.

셋째, 〈하생기우전〉의 여귀는 당대인이 공감할 만한 '동일시의 세계'를 구축하는 인물로 전환한다. 이것이 가능한 것은 여귀의 현실적 문제와 남자주인공의 현실적 문제가 동질성을 띠기 때문이다.

3장에서는 이와 같은 여귀인물의 성격 변화가 갖는 소설적 의미에 대해 살펴보았다. 첫째, 〈하생기우전〉의 여귀는 권력을 가진 세력과 잡지 못한 세력, 제도권 안의 계층과 제도권 밖으로 소외된 계층, 이 상하 계층 간의 소통을 시도한 인물이다. 여귀는 운명론적 세계관을 완전히 벗어낸 인물은 아니지만 화해와 평등의식을 현실세계에 소통시킨 인물이다.

둘째, 〈하생기우전〉의 여귀는 관습적으로 내려오던 문학 공간의 성격을 탈피하는 데 기여한다. 여귀의 무덤은 사회적 문제를 비밀로 간직한 곳이다. 여귀의 무덤 공간 성격이 달라지면서 남자주인공의 환경 또한 현실적 문제를 드러내는 공간으로 전환한다.

살펴본 바와 같이 〈하생기우전〉의 여귀는 당대인이 충분히 공감할 만한 세계를 구축하며 사회적 문제를 노출시키는 존재로 거듭난다. 권력과 암투, 성공과 출세에 대한 사실적 욕망을 담은 무덤 공간으로 변모한 사실은 그녀가 그만큼 당대의 현실을 투영하는 현실적 인물로 전환했다는 것을 의미한다. 이러한 과정을 통해 등장인물의 서사적 계보를 살피고 그들의 역할에 관심을 가졌던 작가의 창작의식에 접근해 볼 수 있다.

제2부

『기재기이』의 주제·사상적 연구

『기재기이』의 불교문학적 연구*

1. 서론

1) 연구 목적과 방향

네 편의 한문단편소설이 합본되어 전하는 소설집 『기재기이』의 발굴은,[1] 우리 고전소설사의 시대적 변모 과정을 잘 보여주는 매개작으로서의 문학사적 의의를 도출시키며 주목할 만한 연구 성과를 낳았다. 『금오신화』 이후, 임제(林悌)·권필(權韠)·허균(許筠)·조위한(趙緯韓) 등의 작품 사이에 흐르던 문학사적 공백을 『기재기이』가 가교 역할을 하고 있다는 검증이었다.[2] 이는 주로 전래의 설화, 가전, 몽유록 및 전

---

* 김현화, 「기재기이의 불교문학적 연구」, 충남대학교 석사학위논문, 2006.

1) 소재영이 『기재기이』를 처음 발굴하여 학계에 소개함으로써 연구의 초석을 다졌다. 이 작품집은 기재가 운명하기 직전인 1553년(70세) 그의 제자 申濩와 趙完璧이 校書館에서 간행한 목판본이다.
소재영, 「신광한의 기재기이」(자료 해제), 『숭실어문』3집, 숭실대 국어국문학과, 1986.

2) 소재영, 「기재 신광한론-문학적 재평가를 위하여-」, 『숭실어문』 6집, 숭실어문연구회, 1989.
소재영, 「기재기이 연구」(부록 : 고려대 만송문고본과 한글 필사본<안빙몽유록>수록), 고려대 민족문화연구소, 1990.

기소설과의 서사적 유기성을 다룬 논의들이다. 특히 『금오신화』와 자주 비견되어 전기소설의 맥을 잇는 작품이라는 긍정적 합의가 비중 있게 이루어졌다. 반면, 전기적 요소를 벗어나지 못한 괴기성과 주제의식의 미흡 등으로 자아와 세계의 대결이 심각하게 갖추어지지 않음으로써 소설이 되다가 말았다는 지적과[3] 이후의 소설사 공백을 메워 주고는 있으나 작품 수준은 『금오신화』에 비교될 정도가 아니라고 평가되기도 하였다.[4]

『기재기이』는 전래의 문학적 전통을 계승하고 발전시킨 작품으로 연구자의 안목에 따라 다기한 방면에서 연구가 이루어졌다. 그런데 기왕의 논의들은 다음의 두 가지 난점을 안고 있다. 우선, 작가와 작품을 연구하는 데 있어 유가나 도가적 견지에서 그 사상적 배경이 중첩되고 있다는 사실이다. 일생을 유학자로 살다간 기재 신광한(1484~1555)의 생애에서 유추한 결과인 동시에, 문면에 나타나는 유가나 도가적 세계관에 치중한 해석 때문이다. 그러나 기재에게 있어 가능한 사상적 배

신재홍, 「초기 한문소설집의 전기성에 관한 반성적 고찰」, 『관악어문연구』14집, 서울대 국어국문학회, 1989.
신재홍, 『한국몽유소설연구』, 계명문화사, 1994.
유기옥, 「신광한의 기재기이 연구」, 전북대학교 박사학위논문, 1990.
김종철, 「고려 전기소설의 발생과 그 행방에 대한 재론」, 『한국서사문학사의 연구』, 중앙문화사, 1995.
이지영, 「금오신화와 기재기이의 비교 연구-공간구조를 중심으로-」, 서울대학교 석사학위논문, 1996.
김근태, 「조선 초기 소설의 갈래 교섭 양상」, 숭실대학교 박사학위논문, 1997.
소인호, 『한국전기문학연구』, 국학자료원, 1998.
신해진, 『조선중기몽유록의 연구』, 박이정, 1998.
이경규, 「신광한의 기재기이 연구」, 한남대학교 석사학위논문, 1999.

3) 조동일, 『한국문학통사』2권, 지식산업사, 1994, 500~501면.
4) 김일렬, 『고전소설신론』, 새문사, 1994, 24면.

경이 다만 유가나 도가적 세계만은 아니었다. 기재의 한시에서 표출되는 불가적 사유 역시 『기재기이』의 사상적 배경을 가늠하는 단서로 접근할 수 있다. 기재는 외유내불을 표방하던 조선 전기의 전형적인 유자였다.

『기재기이』의 문학 양식을 논의함에 있어서도 재고해 보아야 할 문제가 있다. 기존의 연구는 이 작품이 전래의 설화, 가전, 몽유록 등의 형식을 수용하고 발전시킨 전기문학의 매개작이라는 데 그 논의가 편중되어 있다. 결국 『기재기이』는 전통적 이야기 형식의 차용을 통한 새로운 서사 구조로의 변모를 모색함으로써 문학적 가치를 획득한 작품이라 할 수 있다. 여말·선초에 존재하던, 혹은 그보다 먼 선대로부터 내려오던 이야기 양식의 영향을 받았다면, 이 작품이 내포하고 있는 또 다른 문학 양식의 존재 가능성을 타진해 보는 것도 의의 있는 일이 될 것이다.

본 논문은 『기재기이』에 나타난 작가의식이 유가나 도가에 국한되지 않고 불가적 사유체계를 기저로 구현되고 있음을 살펴보고자 한다. 또한 그 불가적 사유체계를 바탕으로 불교문학적 면모를 보이는 한편, 〈조신전〉과 〈구운몽〉 사이에 흐르는 불교소설사적 위상을 가늠해 보고자 한다. 2장에서는 유가와 도가에 현달하였던 기재의 사유체계와 아울러, 불승(佛僧)과 교유하며 나눈 한시를 통해 그의 불교적 성향을 짚어보고 불가적 사유체계의 발화를 숙독해 볼 것이다. 그것은 곧 3장에서 다루어질 『기재기이』의 불교소설적 면모를 살피기 위한 일련의 검토 작업이며, 당(唐) 전기문학의 영향이나 『수이전』계 설화 영향을 뛰어넘는 소설사적 연원을 후설하기 위함이다. 불전(佛典)으로 소급되는 액자구성 방식, 산운교직의 문체, 불교적 제재로 구현된 인세 교화적 주제 등을 살펴 『기재기이』가 불교소설로 창작되었음을 밝혀 보기로 한다.

4장에서는 기재가 외유내불을 내세워 진설(眞設)하고자 하였던 작가의식을 보다 면밀히 살피기 위한 작업으로, 그가 각 작품마다 편재시켜 놓은 불교적 공간의 성격과 의미를 규명할 것이다. 기재가 작품 전면에 불교적 색채를 드러내지 못하고 『기재기이』를 창작할 수밖에 없었던 배경을 짚어 보기로 한다. 개인적·시대적 상황으로부터 자유로울 수 없었던 작가의 창작 현실이 오히려 『기재기이』를 고도의 불가적 사유체계를 함의한 작품으로 거듭나게 하였음을 반증하는 과정이다. 그런 연후에 화계(花界)의 신원(伸寃) 산화의식(散花儀式), 정령계의 연극저 전개를 통한 공(空) 사상 발화, 선계(禪界)의 선적(禪的) 구도 구현, 명계(冥界)의 천도재의적(遷度齋儀的) 전개 등에 있어 그 형상화 방식과 의미 파악에 주력하고자 한다. 다만 〈안빙몽유록〉의 화계와 〈하생기우전〉의 명계 공간과 달리, 〈서재야회록〉의 정령계와 〈최생우진기〉의 선계(禪界) 공간은 도불습학적 사유를 보인다는 점에서 작품 간 불교적 색채의 농도에 층위가 있다는 점도 주목할 것이다.

이를 통해 Ⅴ장에서 『기재기이』가 나말여초의 불교소설을 잇는 후신이며 더 나아가서는 후래의 〈구운몽〉, 〈최척전〉 등에 영향을 준 작품임을 살피고, 불전의 원형을 살려 창작된 불교작품이란 측면에서 그 소설사적 의의를 가늠해 볼 것이다. 불교를 소재로 하지 않았을 경우 비불교문학이 되는 것은 아니다. 등장인물이나 사건, 배경 등 표면적 조건보다 내적 조건에 따라 그 성격이 규정될 수 있다는 사실에 깊이 유의하며,[5] 『기재기이』가 『금오신화』의 뒤를 잇는 불교소설이라는

5) 홍기삼, 『불교문학연구』, 집문당, 1997, 22면.

사실을 조명해 보고자 한다. 본 논문에서 활용할 자료는 고려대 晩松文庫本 『기재기이』와 민족문화추진회 영인본 『기재집』[6]이다.

2) 연구사 검토

『기재기이』는 장르의 속성이 다양하다는 측면에서 그 문학사적 가치와 위상을 규명하는 다각도의 논의가 이루어졌다. 소재영이 연구의 선편을 잡으며 전기소설 발달 과정의 과도기적 변모 과정을 보여 주는 작품으로 평가하였다. 〈안빙몽유록〉은 몽유록 소설의 효시이자 초목화초를 의인화한 가전체 작품으로, 〈서재야회록〉은 여말 가전체를 계승해 문방사우를 몽환적 액자 속에 살림으로써 진보적 창작 기법을 선보인 작품으로 보았다. 〈최생우진기〉과 〈하생기우전〉은 〈용궁부연록〉이나 〈만복사저포기〉의 구성을 계승하면서도 현실적 인물을 통한 특이한 액자기법을 선보이는 등 양식적 변모 과정에 주목했다.[7]

유기옥은 신광한의 생애를 성장기·출사기·은둔기·현달기 등으로 나누고 그 문학세계를 분석하는 접근법을 보여주었다. 이본 검토, 『기재집』과의 관계, 문학적 전통의 수용과 변이를 통해 작품의 형성 배경과 그 구조 및 의미에 집중하였다. 그 결과 〈안빙몽유록〉은 전래의 설화와 가전체, 몽유 모티프를 수용하고 또 변용한 몽유록 작품으로 평가하고, 세교(世敎)를 강조하기 위한 유학적 이상과 가치를 추구한 작품으로(119면) 평가하였다. 〈서재야회록〉은 작가의 자서전적인 내용을 현실성 있게 살려 전대의 가전 및 전기체와 구분되는 변모 양상을 살

---

6) 현재 확인된 『기재집』은 서울대 규장각본과 고려대 만송문고본, 그리고 이를 종합하여 影印標點한 민족문화추진회본(한국문집총간 22, 1988)이 있다.

7) 소재영, 앞의 책, 87면.

피고, 노장 사상과 우언을 수용한 작가의 도가적 인생관에 주목했다.(135, 153면) 〈최생우진기〉는 등장인물의 성격이나 배경 묘사, 신선 사상을 바탕으로 한 주제의식에 있어 〈수궁경회록〉이나 〈용궁부연록〉에 비해 발전된 면모를 보이고,(233면) 〈하생기우전〉은 〈최생우진기〉와 함께 꿈을 매개로 한 액자구성의 상투적 수법에서 탈피해 현실적 인물을 통한 구조적 특성과 행복한 결말법을 선보임으로써 주제의식을 강화한 작품으로 보았다.(245면)

한편 오현숙은 기재 신광한의 한시 연구에 대한 선편을 잡으며 『기재집』을 통해 그가 당대 강서시파의 탈속적 시풍에 경도되었던 흔적을 밝혔다. 또한 기재 시의 성격이 현실 풍자적인 면을 살피고, 도가적 사유를 바탕으로 한 자연관을 통해 그가 시를 정치적 좌절로 인한 도피의 장으로 삼았다고 이해하였다.[8] 『기재기이』에 치중되어 이루어지던 기재의 문학적 평가를 시세계로 확장해 그 문학사적 가치를 조명하였다는 데 의의가 있다.[9] 작가론에 있어서는 정재현이, 작품에 부수적으로 거론될 뿐 총체적 작가론으로 접근되지 않았던 신광한론의 접근을 시도했다. 기재의 전기적 고찰과 시·문에 나타난 의식세계를 면밀히 살펴, 그가 유학적 이론에 근거한 사림파의 재도론적 문학

8) 오현숙, 「기재 신광한의 시세계 연구」, 단국대학교 석사학위논문, 1992.

9) 뒤를 이어 윤채근, 강소영, 임채명 등이 기재의 시를 분석하였다.
윤채근, 「기재 신광한 한시 연구」, 『어문논집』36, 안암어문학회, 1997.
강소영, 「기재 신광한의 시세계 고찰」, 한양대학교 석사학위논문, 1998.
강소영, 「신광한 한시에 나타난 唐詩風的 특질」, 『동방학』6, 한서대 부설 동양고전연구소, 2000.
임채명, 「기재 시에 있어 장자의 문학적 형상화 연구」, 『한문학논집』17, 근역한문학회, 1999.
임채명, 「기재 신광한 우거기 시의 연구」, 『한문학논집』5, 근역한문학회, 2002.
임채명, 「기재 신광한 한시 연구」, 단국대학교 박사학위논문, 2004.

관을 수용해 실패한 이상 정치 구현을 꾀했다는 점, 격조 높은 당시풍 도래의 장을 열어 후대의 문학에 영향을 주었다는 점, 『기재기이』에 우언을 활용해 창조적 인물들을 선보인 실험주의적 작가 정신을 보였다는 점 등에서 문학사적 의의를 찾았다.[10]

소인호는 『금오신화』와 상대적으로 비교되던 시각을 탈피해 『기재기이』 안에 구사되어 있는 실험적 모색에 주의를 기울였다. 〈안빙몽유록〉은 전기소설의 범주를 점차 이탈해 몽유록이라는 서사적 교술 영역에 접근한 과도기적 작품이라는 점, 〈서재야회록〉은 정령계 계열의 여말 가전체 구성 방식을 계승함으로써 소재의 다변화와 허구적 변용을 통해 서사적 편폭을 넓힌 작품이라는 점을 지목했다. 〈최생우진기〉는 〈용궁부연록〉의 소재를 형식적·부분적으로 차용하고 있으나 신선계 체험담의 서술 방식이 증공이라는 현실적 인물의 시점을 따른다는 점, 〈하생기우전〉은 행복한 종결 구조를 취함으로써 당대의 독자들을 의식한 작가의 긍정적 운명관, 낙관적 현실주의를 표방한 것이라는 점 등을 부각했다. 소재의 현실화, 구성상의 새로운 모색을 통해 기존 전기소설의 고답적이고 폐쇄적인 틀을 벗어나 다음 시기 전기소설의 변화를 예고한다고 평가하였다.(220~229면)

물론 명확한 갈등 구조의 부재와 주제의식의 빈약함 등으로 극적 긴장과 작가의식이 결여된 작품으로 지적되기도 하였지만,[11] 『기재기이』가 전기소설사의 맥을 잇는 작품이라는 사실에는 대체로 긍정적 합의가 이루어진 듯하다. 최근의 논의들도 이러한 토대 위에서 이루어진

10) 정재현, 「기재 신광한 연구」, 단국대학교 석사학위논문, 1992.

11) 김종철, 「전기소설의 전개양상과 그 특징」, 『민족문화연구』28, 고려대 同 연구소, 1995.

바, 권도경은 네 편의 소설을 '애정류'와 '비애정류' 작품으로 나누고, 그 주인공들이 '동일시의 대상'을 통해 욕망 충족을 모색한 것으로 이해하였다. 그런 가운데 〈하생기우전〉은 현실성이 강화된 후래의 애정류 중심 전기소설사의 전개에 중요한 위치를 점하게 되었고, '비애정류'의 나머지 세 작품은 실험적 양식에 걸맞는 주제의 깊이를 이루어 내지 못한 채 17세기 몽유록과 우언계 소설의 양식으로 확립, 분리되어 나간 것으로 논점을 모았다.[12] 후래의 애정류 전기소설에 영향을 주는 한편, 몽유와 우의 양식을 예비시킨 작품이라는 견해는 주목할 만하나, 논자의 지적처럼 16세기에 창작된 다른 작품과의 관련성을 후미로 남긴 채 그 양식적 변이와 주제의식의 한계를 논했다는 점에서 당대의 유일한 전기소설집으로서의 입체적 위상을 부각시키지 못한 듯하다.

신태수는 『기재기이』의 환상계를 신화적 환상성이 포석된 곳으로 이해하고, 주인공의 주체적 역할 여하에 따라 환상계 체험이 현실계로 확장되는 교환 가능성이 생긴다고 보았다. 정치 문제를 다룬 〈안빙몽유록〉과 〈서재야회록〉은 주인공의 방관적이고 경직된 자세로 환상계와 현실계가 분리되고, 〈최생우진기〉와 〈하생기우전〉은 주인공의 적극적이고 유연한 자세로 양 세계가 연결됨으로써 신화적 세계관에 충실한 작품으로 거듭났다고 평가하였다.[13] 이는 『기재기이』에 설정된 '이계'에 대해 논의되던 도가적 사유의 환상계에서 벗어나 신화시대의 의식을 표상한 환상계로 살폈다는 점에서 특기할 만하다.

12) 권도경, 「기재기이의 전기소설사적 의의 연구 : 현실성의 확대와 주체의 의지 강화 양상을 중심으로」, 『한국고전연구』6, 한국고전연구회, 2000.

13) 신태수, 「기재기이의 환상성과 교환 가능성의 수용 방향」, 『고소설연구』17, 2004.

신상필은 『기재기이』가 전대의 전기성에 소설의 기본 성향인 '흥미' 혹은 '재미'에 대한 추구를 원동력으로 탄생하였다고 분석하였다. 〈안빙몽유록〉과 〈서재야회록〉은 사대부 문인들의 고아한 취향과 부합함으로써, 〈최생우진기〉와 〈하생기우전〉은 인간 보편의 정서(권선징악)에 호소함으로써 독자의 흥미를 유발시키며 17세기로의 전환을 모색하는 소설사적 분기를 이루었다고 접근하였다.[14] 16·17세기 소설사의 흐름을 조망하며 독자층의 '흥미 추구'라는 시각을 주목하고 있어 눈에 띤다.

최재우는 『기재기이』에 투영된 작가의 이중성, 곧 역사적 개인으로서 살아가며 드러낼 수 없었던 솔직한 내면과 그에 따른 갈등과 고민을 추적하였다.[15] 〈안빙몽유록〉과 〈서재야회록〉은 작가의 개인적 다짐과 자기위안을 담은 작품으로 접근하고(193~206면), 〈최생우진기〉와 〈하생기우전〉은 태평성대를 회구하고 유자적 욕망을 모색한 작품으로 보았다.(207~226면) 그런 가운데 인물의 반사회성과 변화의 성격, 비갈등 서사구조, 남주인공 중심의 초점과 대상 고정 등의 특징들이 한국 전기의 맥을 잇고 있다고 접근하였다.(125면) 무엇보다 한국적 전기의 특색을 집중력있게 추적하였다는 데 의의있는 논의였다.

『기재기이』의 연구 성과를 각 작품 별로 나누어 살펴보면 다음과 같다. 〈안빙몽유록〉은 『기재기이』의 발굴 이전에 이미 작가 연대 미상의 작품으로 학계에 소개되어 꽃을 의인화한 몽유록의 구성 형식을 취한 작품으로 논의되었다.[16] 그 뒤 한문본을 번역 필사한 한글본이

14) 신상필, 「기재이이의 성격과 위상」, 『민족문학사연구』24, 민족문학사학회 민족문학사연구소, 2004.

15) 최재우, 『기재기이의 특성과 의미』, 박이정, 2008.

16) 차용주, 「몽유록과 몽자류소설의 同異에 대한 고찰」, 청주여사대 논문집 3, 1974.

소개되고,[17] 목판본 『기재기이』의 발굴에 힘입어(소재영, 1986) 그 문학사적 위상에 관한 연구가 점진되었다. 이 작품은 괴안국 설화 같은 전래의 몽유 액자 속에 여말의 가전 형식으로 새로운 창작 기법을 보여주는데,[18] 몽유자가 관찰자 역할만 수행한다는 점에서 초기 몽유 구조의 성격을 드러낸다고[19] 보았다. 특히 몽유 양식과 의인 기법이 결합되는 과정에 가전에서 통용되는 인정기술(人情記述)과 행적기술(行蹟記述) 방식이 개입해 작품 내에서 서술 목적이 혼재하게 됨으로써 작품 전체의 주제적 의도가 불분명해진다는 견해[20]도 주목할 만하다. 이 작품에 대해 주제의식이 빈약하다는 그간의 논의를 성찰해 보는 연구였다.

〈서재야회록〉 역시 몽유 구조의 액자 구성에 여말 가전의 접합으로 소설화 변모를 꾀한 작품으로 논의되었는데,[21] 입몽과 각몽 과정이 불분명하고 제목도 꿈이 명시되어 있지 않은 '야회록'이란 점에서 유

차용주, 『몽유록계 구조의 분석적 연구』, 창학사, 1981.

17) 최승범, 「안빙몽유록에 대하여」, 『국어국문학』24, 전북대 국어국문학회, 1984.

18) 소재영, 앞의 책(1990), 84면.
유기옥, 앞의 논문, 94~101면.
소인호, 앞의 책, 218~221면.

19) 신해진은〈안빙몽유록〉의 몽유자가 '관찰자 型'이라는 점에서 '주인공 型' 몽유자의〈대관재기몽〉, '참여자 型'의〈원생몽유록〉·〈금생이문록〉·〈달천몽유록〉과 다르다고 보았다. 그래서 그 몽중 세계의 성격 또한 통일된 의미망의 탐색에 따라 달라진다고 보았다.(신해진, 앞의 책, 92~100면)

20) 문범두, 〈안빙몽유록 主題攷〉, 『어문학』80, 한국어문학회, 2003.

21) 소재영, 앞의 책(1990), 42~43면.
유기옥, 앞의 논문, 134면.
김근태, 앞의 논문, 100면.
신재홍, 앞의 책, 1994, 80~96면, 245~269면.
송병렬, 「기재기이의 의인체적 성격」, 『한국한문학연구』20집, 한국한문학회, 1997, 208~209면.

사 몽유구조의 형태로도 논의된 바 있다.[22] 또한 사령 진혼의 제의적 구조의 수용을 통한 현실적 갈등 해소와 위안이라는 무속적 측면에서 접근한 논의는[23] 작가의 세계관을 유가와 도교 같은 고형(固形)의 것으로 천착시키지 않고 새로운 모색을 하였다는 데 특징이 있다. 또한 기재의 아동 의식에 잠재해 있는, 어머니에 대한 자신의 '욕망의 환유'를 문학적으로 발화한 것이라는 심리비평적 접근도 독특하다.[24] 이는 기재의 가족에 얽힌 예화들을 소설적 인물과 사건 구성으로 재구성해 냄으로써 작가의 창작 배경을 새롭게 해석한 논의이다.

〈최생우진기〉는 〈수궁경회록〉이나 〈용궁부연록〉과 비견되어 논의되었다. 전대의 두 작품이 지닌 공간적 배경과 용궁에서 벌어지는 환대와 기연(奇緣)의 구조적 유사성으로 전기소설적 영향과 발전에 교량 역할을 한 작품으로 이해되었다. 특히 현실적 존재인 '증공'이란 인물이 기술하는 역시간적 기법을 통한 구성의 특색이 부각되었다.[25] 고려조 의인전에서 발전한 '몽유적 의인체 산문'이라는 접근은 작가의 불우한 현실을 바탕으로 한 서사적 기술이란 데 중점을 둔 논의였

22) 소인호, 앞의 책, 222면.

23) 이경규, 앞의 논문, 51~57면.

24) 정상균은 이와 같은 심리비평적 방법으로 〈안빙몽유록〉뿐만 아니라, 나머지 세 작품에 대해서도 특이한 접근을 시도하고 있다. 〈서재야회록〉은 주물(지·필·묵·연)을 통해 아동 시절 어머니 정씨와 자신 사이에 형성되었던 '상상적 남근'의 내포를, 〈최생우진기〉는 법과 욕망의 변증법적 관계를 통해 현실적인 울분과 불우에 기초를 둔 기재 자신의 '불안몽'을 살핀 것으로 보았다. 〈하생기우전〉은 어머니 정씨의 사망과 그 '묘지기 체험'이 전제되어 환상과 현실을 섞어 놓음으로써 엄청난 욕망의 실현자가 바로 지고의 법 집행자라는 신광한 특유의 자기도취적 자세를 보인 서사물로 보았다.(정상균, 『한국중세서사문학사』, 아세아문화사, 1999, 273~320면)

25) 소재영, 앞의 책(1990), 60면.
유기옥, 앞의 논문, 84면.
소인호, 위의 책, 224면.

다.[26] 한편 그 주제에 있어서 도가적 사유에 바탕을 둔 선계 동경의 발화로 작품의 성격을 모색하기도 하였는데,[27] 그 도가적 이상세계를 탐구하는 최생의 적극적인 자세가 17세기 〈왕경룡전〉의 주인공과 같은 전기적 영웅의 인물형을 배태시키는 단초가 되었음을 부각시킨 작품으로 논의되기도 하였다.[28]

〈하생기우전〉은 『기재기이』 작품 가운데 유일한 염정소설로, 〈만복사저포기〉와 자주 비견되어 그 서사 진행의 유사성에 대해 중점적으로 논의되었다. 특히 종결 부분에 있어 〈만복사저포기〉가 보인 비극적 파탄 대신 〈하생기우전〉이 취한 행복한 결말은 작품의 현실성을 극대화시키며 다음 시기 소설에서 보편적 형태로 자리 잡은 행복한 결말법의 연원으로 거론되었다.[29] 위 논의들에서는 하생과 귀녀의 만남이 현실적 인물인 복자의 개입으로 사건 전개의 개연성을 획득한다고 비중을 둔 반면, 오히려 현실적으로 불가능한 사건을 현실적인 인물이 등장하여 입증함으로써 하생과 귀녀의 만남과 결연, 결말에서 리얼리티가 약화되었다는 지적도 제기되었다.[30] 한편, 〈만복사저포기〉와의

26) 송병렬은 『기재기이』의 나머지 세 작품도 몽유양식을 바탕으로 한 의인체 형식의 작품으로 논하였다. 즉 『기재기이』는 입몽과 각몽 부분을 제외하면 온전히 의인체 형식을 띤다고 본 것이다.

27) 최삼룡은 『어우야담』의 전우치 설화를 인용하고, 신광한과 전우치의 친분을 전제함으로써 『기재기이』작품 전체를 도가적 사유에 바탕을 둔 작품으로 해석했다. 이를 통해 조선전기 소설에 나타난 도가사상을 논하였다. (최삼룡, 「조선전기소설의 도교사상」, 『경산 사재동박사 화갑기념논총』, 1995, 1~11면.)

28) 유정일, 「최생우진기 연구 : 전기적 인물의 특징과 작가의식을 중심으로」, 『어문학』 83, 한국어문학회, 2004.

29) 소재영, 앞의 책(1990), 73면.
유기옥, 앞의 논문, 203면.
소인호, 앞의 책, 226~227면.

30) 이월영, 「만복사저포기와 하생기우전의 비교연구」, 『국어국문학』120, 국어국문학회,

관련성을 다룬 편향성에서 벗어나 이 작품이 〈무왕설화〉와 연결되어 있다고 밝힌 논의가 있어 눈에 띤다. 〈무왕설화〉의 〈서동요〉 흔적을 복자의 말과 남녀 주인공이 나눈 삽입시, 그리고 결연을 반대하는 부모를 설득하는 여인의 하소연 속에서 발견한 견해이다.[31)]

『기재기이』는 『금오신화』에서 〈운영전〉과 〈주생전〉, 〈최척전〉 등으로 이어지는 전기소설사의 한 축을 연결하는 작품이다. 전기적 성향에 부응해 창작된 흔적이 보이고 또 전기소설사의 궤적을 밟아 왔다고 해도 과언이 아니다. 그러나 그 안에 배태된 또 다른 성향의 소설사를 통해서도 『기재기이』의 문학사적 의의는 도출된다. 불교소설의 효시작으로 일컬어지는 〈조신전〉으로부터 시작되어 『금오신화』 〈설공찬전〉, 〈구운몽〉, 〈최척전〉 등으로 이어지는 불교문학사적 의의가 그것이다. 본 논문은 『기재기이』가 이러한 불교소설사의 한 축을 담당하는 작품이라는 사실에 주안점을 두고, 그 불교문학적 면모를 살핌으로써 그간 전기소설사에 편중되어 있던 논의에서 탈피해 보고자 한다.

2. 신광한의 다면적 사상과 불교적 성향

1) 기재의 사상적 외연

기재 신광한(1484~1555)[32)]은 전형적인 유자의 삶을 살았던 인물이다. 기묘사화(1519)의 여파로 여주 원형리에서 은거하던 15년간을 제외

1997, 201면.

31) 김여림, 「하생기우전 연구」, 아주대학교 교육대학원 석사학위논문, 2003.

32) 기재 신광한의 약력은 소재영이 정리한 자료를 참고한다.(소재영, 앞의 책, 7~16면)

하면, 24세(1507)부터 시작한 관료 생활은 72세(1555)로 임종할 때까지 요직을 두루 거치며 평탄하였다. 그는 유가적 명분의 가계 안에서 태어났다. 기재의 9대조가 문관으로 현달하여 벼슬이 검교군기감(儉校軍器監)에 이른 이래, 5대조는 속의봉익대부 예의판서 보문각 대제학(諫議奉翊大夫 禮儀判書 寶文閣 大提學)에 이르렀으며, 고조는 행통정대부 공조참의(行通政大夫 工曹參議) 벼슬을 하고, 증조는 행가익대부 공조좌참판 동지춘추관사 세자우부빈객(行嘉翊大夫 工曹左參判 同知春秋館事 世子右副賓客)을 역임했다. 조부 문충공 신숙주는 6대 왕을 섬기며 높은 학식으로 일세를 풍미하고 영의정 양관대제학 예조판서(領議政 兩館大提學 禮曹判書) 등에 이르렀다. 선대부는 문과에 급제해 통훈대부(通訓大夫)와 내자사정(內資寺正)에 이르고, 기재 자신도 승문원권지 보임을 시작으로 성균관대사성, 병조참판, 홍문관·예문관대제학, 의정부좌찬성 등에 올라 영달하였다. 기재의 유자적 삶은 그의 생질인 조사수(趙士秀)의 글에서 명백히 드러난다.

> 학문의 연원은 육경(六經)에 두었고 더욱이 논어·맹자·중용·대학에 자세하고 깊어 이치를 마음에 깨달아 조예가 고묘하였으므로, 원근의 학자들이 날마다 모여 스승으로 받들었다. 역학(易學)에 뛰어났으며 명수(命數)를 헤아리는 데 민첩하였다. 문장을 지음에는 반드시 한유, 맹자로 전범을 삼았으므로 왕왕(汪汪)하여 마치 만경(萬傾)의 홍도(洪濤)가 넘실대는 듯하였으며 기이하게 하려고 노력치 않아도 저절로 기이하게 되었다.[33]

33) '學問淵源 本諸六經 尤精於語孟庸學 理會心得 獨詣高妙 遠近學者 日萃師尊之. 長於易學 捷於推數', 『기재집』 권14, 〈문간공행장〉, 382면. '爲文 必以韓孟爲範 汪汪如萬頃洪濤淪漣蕩潏 不求爲奇而自能奇變', 〈문간공행장〉, 383면.

기재의 유자적 행보는 훈구파와 사림파의 내성(耐性)을 혼융하는 행적에서 더욱 명료해진다. 기재는 신숙주의 손자이자, 대제학 신용개(申用漑)의 동성종제(同姓從弟)라는 훈구 가문 배경과 정암(靜菴)·모재(慕齋)와 같은 정치적 노선을 걸으며 보여준 사림파적 배경을 함께 지닌 인물이었다. 이러한 행보에서 그가 도학 정치를 실현하려고 했던 사림의 일원이면서도, 번성한 자기 가문의 전통으로부터 벗어날 수 없는, 아니 벗어날 필요가 없는 훈구파적 속성을 지님으로써[34] 두 가지 인격의 면모가 결정적 모순 없이 절충되어[35] 나타나는 유가적 세계관이 엿보인다.

기재의 중성적 유가관은 다른 철학적 사유에도 융통성을 보여 〈서재야회록〉, 〈최생우진기〉의 경우처럼 노장사상과 신선사상을 수용하여 문면의 외적 조건으로서 살려내고 있다. 등장인물이나 사건, 배경에 있어 생사존망을 하나로 보는 노장사상과 신선계 탐험이라는 도가 사유권 내의 표상들을 주제의식과 부합시키고 있다. 이러한 까닭에 『기재기이』는 도가사상에 기초하면서도 유가사상의 이상을 세운 작품이라는 데 논점이 모아졌다. 〈서재야회록〉의 경우 무위, 무형, 무상 등 노장사상의 중심사상이라고 할 수 있는 무(無)로써 도를 추구하는 득도자의 자세에서, 작가의 소외된 현실적 삶을 극복하기 위한 역설적 우의가 엿보이며 또한 그것이 유자적 자기 수양을 표방한 것이라는 견해가(유기옥, 153면) 주요한 연구 업적으로 나왔다. 〈최생우진기〉의 경우 표면적으로는 주인공이 도가적 신비경을 경험함으로써 도선적 세

34) 윤채근, 「기재 신광한 한시 연구」, 『어문논집』 36, 187면.

35) 윤채근, 「16세기 전기소설에 나타난 주체의 성격」, 『소설적 주체, 그 탄생과 전변-한국전기소설사』, 월인, 1999, 254면.

계의 가치를 발견하게 되었다는 문학적 구성에 충실하면서, 한편으로 유가적 세계의 형상과 그러한 세계의 구현방식을 설정함으로써 유가적 이상세계를 탐색한다는 견해[36]를 설득력있게 한다.

이는 기재의 경계 없는 사상적 흡인력을 드러내는 일면이다. 기재가 도가사상을 하나의 종교적 교리나 이념체계로 진지하게 받아들였다는 흔적은 없는[37] 듯하다. 오히려 그는 성리학자들이 이단시하던 도교의 총본산지였던 소격서 혁파에 앞장 선 인물이었다. 그럼에도 작품의 문면에는 농도 짙은 도가적 사유체계가 갖추어져 있다. 이는 무엇을 의미하는가. 결국 장자나 도학의 몰아일체의 경지는 서로 같으나 도달과정과 추구방법이 다를 따름[38]이란 사실을 피력한 것이라 하겠다. 작품의 도선적 분위기가 주제를 효과적으로 드러내기 위한 문학적 의장(儀裝)[39]이라는 점에 주목한다면, 이 즈음에서 또 다른 사유체계를 배태한 '문학적 의장'의 유추도 가능해진다. 바로 불가적 사유체계의 문학적 의장이 그것이다. 이러한 유추는 기재집[40]의 한시를 통해

36) 문범두, 「최생우진기의 구조와 의미」, 『어문학』72집, 2001, 135면.

37) 문범두, 위의 논문, 139면.

38) 임채명, 「기재시에 있어 장자의 문학적 형상화 연구」, 『한문학논집』17, 근역한문학회, 1999, 75면.

39) 문범두, 위의 논문, 140면.

40) 유기옥은 『기재기이』와 별도로 전하는 『기재집』에 1300여 題(1500여 首)의 漢詩와 25편의 賦 외에, 辨(1), 記(10), 志(1), 說(2), 論(1), 序(7), 箚(2) 狀(2), 碑銘·墓誌銘(11), 祭文(12), 文(4), 表箋(19), 銘(2), 歌謠(1), 歌詞(28) 등이 실려 있음을 분류하였다. (유기옥, 〈신광한의 기재기이 연구〉, 전북대학교 박사학위논문, 39~40면)
『기재집의』賦와 漢詩에 관한 연구는 다음과 같다.
유기옥, 「신광한의 辭賦 연구」, 『한국언어문학』45집, 한국언어문학회, 2000.
오현숙, 「기재 신광한의 시 연구」, 『한국학논집』14, 단국한문학회, 1996.
윤채근, 「기재 신광한 한시 연구」, 『어문논집』36, 어문학회, 1999.
임채명, 「기재 신광한 우거기 시의 연구–사유 양상을 중심으로–」, 『한문학논집』, 근

드러나는 불가적 사유를 통해 가능하다.

물론 기재의 일생이 외부적으로는 불교에 엄격한 유자였다는 사실은 그의 말년에 있었던 정치적 행보를 통해서도 알 수 있다. 〈문간공행장〉을 보면, 문정왕후의 후광 아래 교종과 선종의 승과가 부활하자 기재가 수렴전에서 아뢰기를, "대왕대비전하께서는 날마다 성궁(聖躬)을 보호하는 일을 성덕으로 삼아야 합니다. 이교(異敎)를 숭신하여 지치(至治)에 누를 끼쳐서는 아니 됩니다"라고 하였다. 물러나온 뒤 다시 소를 올려 그 불가함을 극간하였다. 그러나 이 역시도 배불사상을 내세운 행보는 아니었다고 헤아려진다. 기재의 내심은 승과의 부활을 저지함으로써 문정왕후의 섭정이라는 정치적 현실을 경계하는 데 있었다. 즉, 이교(異敎, 불교)의 폐단 때문이 아니라, 성궁의 보호를 성덕으로 삼아야 하는 본연의 자리에서 외도한 문정왕후를 질책한 것이다.

기재는 유가적 세계관을 본령에 둔 삶을 살았던 인물이었다. 그의 가계가 그러하였고, 그가 일생을 바쳤던 유관(儒冠)의 직(職)이 그러하였다. 그래서 유가적 명분을 내세우는 것은 당연한 처사였다. 일본에서 불경(佛經)을 청한 일로 중종이 그 대책을 하문하자 기재가 답한 다음의 간언을 통해서도 그러한 처세는 확연히 드러난다.

> 전에도 외국인이 우리나라에 불경을 청해서 준 일이 있었습니다. 그러나 외이(外夷)를 접대하는 도리로는 그 사람들로 하여금 우리나라가 숭상하는 것이 바르다는 것을 알게 하고, 그 나라가 청한 것이 예에 어그러진다는 것도 알게 해야 하니 이제 구한다 하여 주는 것은 그르며, 전례가 있더라도 반드시 전례에 얽매여서 줄 것은 없습니다.[41]

역한문학회, 1997.

조선이 유(儒)를 숭상하고 불(佛)을 배척한다는 것을 알게 해야 하니 굳이 전례에 따라 불경을 줄 것은 없다는 것이다. 이때 참찬관 성세창이 일본 사신에게 불경을 줄 때는 조선이 불도를 숭상한다고 생각할지 모르니 다른 일로 명목을 붙여 주는 것이 좋겠다고 간한 것과 대조가 된다. 유(儒)를 숭봉하는 나라에 불경을 청한 자체가 이미 예(禮)가 아니므로 구하여 주는 것은 그르다는 것이 기재의 생각이다. 그런데 그 발언의 내막을 살펴보면 불(佛)에 엄절했던 태도가 불가의 폐단이나 불서의 미혹함 때문이 아니라 유가적 세계관의 구현을 목표로 삼았던 기재 자신의 처세관 때문이었음을 알 수 있다. 그런 반면에 많은 불승과의 교유를 통해 불가적 세계관을 그의 내심에 안착시키고 있으니, 외유내불의 길을 걸었던 기재의 삶을 유가적 삶만으로 재단하기에는 부족함이 따른다.

2) 기재의 불교적 성향

기재의 불교적 성향에 대한 전반적인 논의는 활발하게 이루어지지 않았다. 피상적이고 단선적인 견해를 피력한 것에 그치고 있다. 유기옥의 경우, 기재에게서 불사(佛寺)의 청정함에 기울인 관심과는 달리 불도에 심취된 구도적인 자세는 엿볼 수 없다[42]고 하며, 이것은 내세적인 초월적 실재를 부정하고 현세 중심적인 세계관을 중시하는 신광한의 유교적인 인생관이 지배적으로 작용하였기 때문이라고 보았다.

---

41) 前此, 亦有外國人請佛經於我國, 而給之, 然待外夷之道, 當使其人, 知我國所尙之正, 而亦使知其國所請之非禮也. 今求而給之, 非也, 雖有前例, 亦不須拘例, 而給之也, 『중종실록』, 12년 8월 경신조.

42) 유기옥, 앞의 논문(1990), 237면.

이경규는, 기재가 부처의 힘에 의지하여 수양을 하는 증공(최생우진기)의 무능력을 간접적으로 드러내고 있다[43]고 지적하면서, 이것은 작가의 배불의식에 따른 것이라고 접근하였다. 임채명은, 기재의 한시 연구를 통해 그가 불승과의 개인적 정회, 산사의 탈속적 경계, 무단(無端)한 도선(逃禪) 등을 구현했을 뿐 불교의 이론적 층위의 수용은 취하지 않았다고 보았다.[44]

그러나 유기옥은 불가적인 초월적 존재의 실재는 부정하면서 도가적인 초월적 존재의 실재는 허용[45]하고 있다. 진(眞)과 진경(眞境)을 참구하고 탐색하는 자체가 이미 구도의 한 형태라는 측면에서, 양가(兩家)는 이미 동일한 초월적 존재를 정점에 두고 있는 셈이다. 이경규는 기재의 배불사상을 거론하면서도 그에 관한 실증적 사례를 언급하지 않고 있으며, '증공'이라는 인물의 성격을 평면적으로 이해하고 있다. 眞의 세계 진입을 두려워하는 증공의 태도는 구도에 있어서의 개인적인 편차(내지는 양상)를 나타낸 것이지, 배불의식에 따른 무능력으로 보기에는 무리가 따른다. 기재는 그의 삶 전반에 걸쳐 많은 석씨(釋氏)와의 교유를 쌓았으며, 그러한 상서로운 인연에 대해 한시로 승화시켜 놓았다. 그런 그가 증공이라는 인물을 통해 종교적 무능력을 상징화하고 나아가 배불의식을 의도했을 가능성은 재고해 볼 필요가 있다.(임채명은, 기재가 시적 정서를 구현하는 데 있어 불가의 단편적인 상징만을

43) 이경규, 「신광한의 기재기이 연구」, 한남대학교 석사학위논문, 1999, 65면.

44) 임채명, 앞의 논문(1997), 48면.

45) 유기옥은, 최생이 현실의 상대적 가치관을 초극하여 절대자유의 경지인 仙境에서 용왕 신선들과 더불어 醉樂에 젖는 자세와 지고지인의 생사관으로 장생불사하는 신선을 추구하며 현실세계를 잊고 속세를 초월하여 이에 도취하는 것은 淸談無爲 不老不死 無何有之鄕에 소요하는 도선가적 이상향의 추구와 隱逸醉樂思想에서 비롯된 것"이라고 밝힌 바, 이는 초월적 존재의 부정이라는 주장과 일치하지 않는다.

수용하였다고 보았으나, 그에 관한 시편의 언급이 한 편에 그치고 있어 내실 있는 조망이 어려웠다.)

곧 살펴보겠지만 기재는, "벼슬의 맛은 세상의 번거로운 일 같아서 유림의 늙은이가 선(禪)으로 도망하고자 하네(宦味紅塵會染指 儒林白首欲逃禪)"[46] 같은 불가적 사유를 향한 사유를 자주 드러냈다. 그것이 개인적인 정회로 끝나는 것이든, 산사의 탈속적 경계만을 취한 것이든, 기재의 불교적 성향을 드러내는 것만은 분명한 사실이다. 외유내불의 전형을 고수할 수밖에 없었던 기재의 입장에서 불교사상을 직설한 불시(佛詩)의 창작은 난제였을 것이다. 억불의 시대적 상황 속에서 불가적 사유의 표방은 은밀하고도 내적인 형태로 이루어졌을 것이고, 이러한 자구책은 『기재기이』를 통해 문학적 상상력의 극치를 이루는 단서가 되었으리라 짐작된다.

기재의 불교적 성향은 우선 그의 유생상사(儒生上寺)[47]를 통해 드러난다. 고려 때부터 허다하게 이루어졌던 유생들의 상사수학(上寺修學)이 조선조 들어 군명으로 금지되는 사태까지 벌어졌지만, 유생들은 여전히 사찰로 왕래했다. 기재가 관료생활에 들어선 중종 대는 유난히 억불정치가 엄격히 감행된 때였다.[48] 그럼에도 유생들은 과거 준비라

46) 書俊上人軸 用靈運詩軸韻, 『기재집』, 別集 권1, 398면.

47) 사재동은 儒生上寺를 통해 儒釋間의 秀才·文士들이 조화되어 이단·잡서(佛書 외에 老莊이나 百家書, 중국의 稗史·傳奇小說類)를 통독·음미하는 가운데 창조의욕이 발동하고 문장력이 발휘되어, 불교계 서사문학-소설작품이 형성·유통되었을 가능성을 타진하였다. (사재동, 『불교계 국문소설의 연구』, 중앙문화사, 1994, 187~192면)

48) 중종 2년(1507) 법적으로 선종 양종의 도회소가 철폐되고 승과가 폐지됨으로서, 이후 43년간 승과는 실시되지 못하게 된다. 뿐만 아니라, 중종 11년(1516) 『경국대전』의 度僧條가 삭제되고 중종 32년(1537) 都城 안의 巫家 및 新創寺刹을 철거하였으며, 중종 33년(1549) 『신증동국여지승람』 소재 사찰을 철거하는 등 억불시책이 단행되었다. (황인규, 『고려말·조선전기 불교계와 고승 연구』, 혜안, 2005, 104면)

는 명목 하에 상사(上寺)를 멈추지 않았으며, 기재 또한 꾸준히 신륵사[49], 용문사[50], 청룡사,[51] 석천사[52] 등을 찾아 유숙하였음이 확인된다. 특히 신륵사와 용문사는 고려 말 이래 중요 사찰로 명맥을 이어오던 한성 주변의 사찰들이었다.[53] 기재는 이 같은 유서 깊은 사찰에 머물며 다른 유생들처럼 불서(佛書)를 접했을 것이고, 또한 승려들과의 좌담이나 독대를 통해 속승을 넘나드는 정신세계를 교유했을 법하다. 그가 유숙하였던 사찰을 다룬 작품마다 불승과의 독대나 청담이 형상화되어 있는데, 신륵사의 영운, 용문사의 연수, 청룡사의 능월 등과 나눈 정신적 교유가 그것이다. 그 속에서 기재는 불가적 사유체계를 자연스럽게 수용했으리라 본다.[54]

기재는 특히 『금강경』과 『법화경』의 사유체계를 심도 있게 수용한 것으로 짐작된다. 『금강경』은 중종 당시의 도첩(度牒) 시험 과목이었고,[55] 『법화경』은 예종 원년(1469)에 향리(鄕吏)·역자(驛子)·관노(官奴)

49) 春遊神勒寺(一名甓寺), 『기재집』 권2, 247면.
期尹生共翫秋月于神勒寺, 『기재집』 권3, 257면.
阻雨宿神勒寺, 『기재집』 別集 권4, 436면.
宿神勒寺夜雨花盡開, 『기재집』 別集 권4, 437면.
次前人韻書學天上人詩軸 -"往在壬午年 客過甓寺(神勒寺)", 『기재집』 권3, 263면.
書靈運上人詩軸 -"乙丑季秋 乘下水船 偶到甓寺", 『기재집』 別集 권6, 460면.

50) 題龍門山僧延修詩軸 -"此去龍門知不遠", 『기재집』 권3, 276면.

51) 寄靑龍寺僧能月, 『기재집』 권6, 303면.

52) 石泉寺寄盧尹兩生, 『기재집』 別集 권4, 437면.

53) 황인규, 앞의 책, 99면.

54) 사재동은 유생들이 上寺留宿하는 가운데 불경이나 여타 불교에 관한 저술로 論疏·僞經·新撰經·佛敎系 文學書·諸散文 등을 읽었을 가능성을 열거하고 있다. (사재동, 앞의 책, 189면)

55) 불문에 입문한 지 3개월 내에 선종이나 교종에 보고하여 心經과 金剛經 등을 시험받고 예조에 보고하면, 예조가 계문하고 丁錢(正布 30匹)을 받은 다음 도첩을 준다. 『경국대전』 禮典 度僧.

들이 역사(役事)를 피해 삭발하므로『심경』,『금강경』,『살달타』와 더불어 송경(誦經)하여 승려가 될 자를 가리던 시험 과목이었다.[56] 양 경전은 억불정책에 맞추어 산중 사찰에 묻힌 채 고립되어 있었던 것이 아니라 엄연히 세간에서 유전하고 있었던 것이다. 이런 까닭에 기재가 불승과의 교분을 통해 여타의 경전들보다도 양 경전을 취해 숙독하였을 가능성은 매우 크다. 그리고 그 속에서 체득한 공사상이나 비유와 방편의 문학적 서술 등을『기재기이』에 형상화했으리라 이해된다.

기재의 불교적 성향은 한시 속에 담긴 불승과의 교유를 통해서도 드러난다. 기재의 한시에 등장하는 승려로는, 학천(學天)[57], 영운(靈運)[58], 경회(敬懷)[59], 연수(延修)[60], 도숭(道崇)[61], 보원(普願)[62], 육융(六融)[63], 석간(石澗)[64], 능월(能月)[65], 종인(宗印)[66], 일정(一精)[67], 영응(靈應)[68], 신구(信句)[69] 등 실명이 거론된 불승 외에도, 보은승(報恩僧)[70], 천마산

---

56) 그러나『법화경』은 그 帙이 많아 성종 원년부터는 도첩시험에서 제하였다.

57) 次前人韻書學天上人詩軸 -"往在壬午年 客過甓寺(神勒寺)",『기재집』권3, 263면.

58) 書靈運上人詩軸 -"乙丑季秋 乘下水船 偶到甓寺",『기재집』別集 권6, 460면.

59) 次諸先生韻 書敬懷上人畵山軸,『기재집』권3, 262면.

60) 題 龍門山僧 延修詩軸,『기재집』권3, 276면.

61) 次亡友訥齋韻 書道崇上人詩軸,『기재집』권3, 278면.

62) 五臺山僧普願 寄尾扇與芒鞋 謝答,『기재집』권5, 291면.

63) 寄月峯寺六融禪師,『기재집』권5, 292면.

64) 書石澗禪師詩軸,『기재집』권5, 297면.

65) 寄靑龍寺僧能月,『기재집』권6, 303면

66) 次韻 戱書宗印禪師詩軸,『기재집』권6, 301면.

67) 次梨湖韻, 書一精禪師軸,『기재집』권6, 306면.
舊識龍門僧一精 持其師祖禪詩軸 求改書昔年所題 旣書而還 因記一絕于末 寄遇長老,『기재집』권7, 313면.

68) 僧靈應 袖持金吏部光準簡 訪余于曝泉洞 求詩甚勤 戱和軸中三絕 與之,『기재집』권9, 334면.

69) 有五臺山月井寺僧信句 來乞詩 書與一絕 兼謝雙峯保上人 曾寄五味子一封,『기재집』

인(天磨山人)[71] 등 익명의 불승도 다수 보인다. 뿐만 아니라 기재는 승법호초자(僧法號初者)[72]나 일견상인(一見上人)[73]처럼 면식이 없던 승려와도 선뜻 시를 나누며 승속(僧俗)의 경계를 두지 않았다. 이는 그만큼 기재가 불가나 불승에 대해 정의를 품고 있었음을 나타내는 것이다. 기재는 불승들과 교유하며 일상을 토로하는 관계를 맺고 있었다.

기재는〈五臺山僧普願 寄尾扇與芒鞋 謝答〉(각주 30)에서, "부채는 나에게 부는 서풍의 티끌 막아주고, 짚신은 나에게 산중인(山中人)을 방문하라 함이네. 산중에 사는 사람이여 영원히 좋게 지내세, 매일매일 연림에서 나는 늙으려네(扇以障我西風塵 혜 以訪我山中人 山中入兮永相好 早晩煙林吾欲老)"라고 하여 애틋한 교유의 정을 그리고 있다. 또한〈寄靑龍寺僧能月〉(각주33)에서는, "지팡이 짚고 눈길 쓸며 찾아가, 꿈에도 바라던 청담을 밤새 누워 나누었네(藜杖擬尋脩逕雪 夢成淸話夜連床)"라고 하여 불가의 지음과 맺은 정을 발산한다. 이처럼 기재와 관계를 맺었던 불승들 중 보원과 일정의 족적이 유난히 짙다.

보원은 당대의 명승 보우의 제자로서[74], 기재의 작품집뿐만 아니라 김세필(金世弼)의 십청헌집(『十淸軒集』), 임제(林悌)의 임백호집(『林白湖集』), 정사룡(鄭士龍)의 호음잡고(『湖陰雜稿』) 등에도 그 행적을 남기고 있을 만큼[75] 유림들과 교유가 깊은 선사(禪師)였다. 이들 문집에 따르면, 보

別集 권4, 432면.

70) 潤謝報恩僧 寄竹扇芒鞋, 『기재집』 권3, 262면.

71) 次天磨山人詩軸韻, 『기재집』 別集 권6, 462면.

72) 有僧法號初者 與道崇偕至 亦求詩甚勤 因問其所歷覽 戱記而付之, 『기재집』 권3, 278면.

73) 次韻贈一見上人, 『기재집』 권9, 334면.

74) 황인규, 앞의 책, 525면.

75) 황인규, 위의 책, 526면.

원은 1516년(중종 11) 봉은사에 머물렀고, 1529년(중종 24) 무렵에는 오대산 월정사에 주석하고 있었다. 기재의 한시에 월정사 혹은 오대산이란 공간이 자주 거론되는 것도 보원과의 왕래에서 비롯된 것이라 추정해 볼 수 있다. 중종 11년이면 기재가(33세) 홍문관교리지제교가 된 해로 유관(儒冠)의 직(職)에 머물 때이다. 그리고 중종 24년이면 기재가(45세) 여주 원형리에서 은거하기 시작한 지 5년째 되는 해이다. 『기재기이』와 『기재집』의 한시 중 상당량이 원형리 은거기에 창작된 것을 감안하면, 보원과 교유하며 어떠한 형태로든 작품 안에 불가의 사유체계를 담았을 가능성이 농후하다.

일정 역시 기재와 관계 깊은 당대의 명승으로서 일선(一禪)의 제자였다. 일선은 청허당 휴정이 지엄(智嚴)과 그의 제자 영관(靈觀)과 더불어 삼노(三老)로서 존경한 인물이었다. 그의 제자 가운데 주목되는 인물이 일정이다. 조선전기 4대 문장가였던 신광한[76]과 김안국[77]의 문집에, 일정의 행적과 그가 주석했던 용문사·장흥사의 기록이 나온다. 기재의 한시 안에 용문사와 용문산이란 공간이 자주 등장하는 것도 일정과의 교유에서 비롯된 것이란 추정이 가능하다. 기재는〈次梨湖韻書一精師軸〉에서, "옛적에 절을 노닐며 많은 시 읊었는데, 백발이 되어서도 서지(栖遲)[78]하고 다만 그윽함을 사랑한다네(昔年多作寺中遊 白髮栖遲只愛幽)"라고 하였는데, 서지(栖遲)라는 말 속에서 일정과의 교유도 원형리 은거기에 맺어졌음을 확인할 수 있다.

---

76) 次梨湖韻書一精禪師軸, 『기재집』, 권6, 307면.
識龍門僧一精持其師祖禪詩軸求改書昔年所題旣書而還記一節于末寄遇長老, 『기재집』 권7, 313면.

77) 김안국, 贈長興寺一精上人, 『모재집』, 권8.

78) 栖遲 : 벼슬을 하지 않고 유유히 지냄.

기재의 불교적 성향은 그의 한시가 보여주는 불교적 지향점에서도 드러난다. 기재는 불승들과 교유하며 체득한 불가적 인식론을 한시로 승화시키고 있다.〈春遊神勒寺--一名甓寺〉에서는, “처음 숲 사이로 절탑 만남이 즐거운데, 문득 문 밖에서 푸른 이끼 밟음을 부끄러워한다네(初喜林間逢白塔 却慚門外踏靑苔)”하여, 절 문 앞에 선 속인으로서의 겸허함을 내비치고 있다. 유관(儒冠)의 삶으로 일관했던 기재의 이러한 고백은 유가의 사유만으로 채울 수 없는 고뇌와 자탄이 있었음을 드러낸다.

仲臺寺在頭他山　중대사는 두타산에 있는데
居僧久絕煙火餐　스님은 오랫동안 익은 음식 끊었네
猿愁鶴怨歲月多　관리의 생활에 많은 세월 흘러
日夕西望空三嘆　저녁마다 서쪽 바라보며 매양 탄식한다네[79)]

기재는 원학(猿鶴)의 고사를 떠올리는 가운데 유가적 삶과 불가적 삶의 간극에서 오는 괴리감과 우수를 표출한다. “스님은 정계(淨界)를 찾아 길을 떠났고, 나는 부명(浮名)에 앉아 아직 돌이키지 못했네(師眈淨界成長往 吾坐浮名尙未回)”[80)]라고 하여 그러한 고심에 대한 자조적인 냉소를 담고 있다. 그러나 기재의 우수는 자조에서 벗어나, 그 정신적 안주처가 불가에 연접하고 있음을 본다. “水月의 禪心은 얼마냐 맑으냐 묻네(水月禪心問許澄)”[81)]라는 자문 속에서 선화(禪化)된 인식을 보여주는데, 이와 같은 기재 시의 선적(禪的) 취향(趣向)으로의 비월[82)]은 아

79) 崔同年寓中臺寺見贈次韻簡答,『기재집』권5, 293면.
80) 次天磨山人詩軸韻,『기재집』별집 권6, 462면.
81) 次前人韻書學天上人詩軸,『기재집』권3, 263면.

래의 시에서도 돋보인다.

追憶曾遊壬午年　일찍이 임오년의 유람 기억해 보니
客行維得雨中船　나그네 길에 배에서 비 만났었지
江流未往僧還老　강물은 그대로인데 스님 늙었고
天古長存月便圓　하늘은 예부터 長存하고 달은 다시 둥그네
白氏晩多方外友　백거사는 늘그막에 방외의 벗 많았고
蘇生今愛佛前禪　소선생은 지금 부처 앞 참선을 좋아하네
酸辛甘苦人間事　시고 맵고 달고 쓴 것이 인생사이거늘
五味何從嶺表傳　오미자를 어떻게 嶺表[83]에서 전해왔나?[84]

임오년(1522)의 이 시는 기재의 선심(禪心)을 잘 드러내는 작품이다. 말년을 불가에 의탁해 살았던 백거이의 '방외우(方外友)'와 소진(蘇晉)의 '애불선(愛佛禪)'을 곧 기재 자신의 선심으로 환기시키며 선적 경지로의 이입을 표방한다. 선적 경지에 대한 흠모는 기재의 불교적 성향을 드러내는 일면이다. 임채명은, 기재가 은거하였던 여주를 일러, "신선의 경역에 들게 하는 청심루와 빈선관이 있고, 정몽주의 절개를 떠올리게 하는 여강의 창파백조(蒼波白鳥)가 있으며, 탄연의 거문고 소리를 이을 만한 신륵사의 종소리가 있는 곳이라고 하여, 지리적, 자연적 환경과 사회적 조건을 갖춘 곳"이라고 하였다.[85] 곧 여주 지역이 『기재기이』 창작에 있어 유불도의 혼융지로써 불가분의 영향을

82) 임채명, 앞의 논문(1997), 48면.
83) 嶺表 : 대관령 밖을 말함.
84) 書靈運上人詩軸, 『기재집』 別集 권6, 460~461면.
85) 임채명, 위의 논문(1997), 31~32면.

주었다는 의미가 된다. 기재의 유가적 처세관 이면에는 이처럼 은거지역의 도가적 정서뿐만 아니라 불가적 정서까지도 자리하고 있었던 것이다.

살펴본 바와 같이 기재는 유불도의 사유체계를 다면적으로 수용한 인물이다. 특히 그가 전형적인 유자이면서도 불승과 폭넓게 교유하며 그 불가적 사유체계를 한시로 승화하고 있음을 살펴보았다. 불가적 사유는 비단 한시 창작에만 적용된 것이 아니라, 그의 인간적 고심을 형상화한 『기재기이』의 창작에 있어서도 녹아났으리라 짐작된다. 외유내불의 길을 걸었던 기재의 행보는 『기재기이』 창작에서도 그대로 이어져 불가적 사유의 발화를 모색하였다. 그런 가운데 불교문학적 면모를 자연스럽게 구현한 역작의 탄생을 보았다고 할 것이다.

3. 『기재기이』의 불교소설적 면모

고전소설에 대한 불교문학적 연구는 불교사상의 논의에서 시발되었다.[86] 한 걸음 나아가 『삼국유사』의 설화와 불교계 고전소설의 접맥을 다룬 논의부터[87] 〈홍길동전〉 이전의 고전소설 공백기를 불교계 국문소설의 형성기로 규명한 논의까지[88] 다기한 연구 성과를 거두었다.

86) 김기동, 『국문학의 불교사상연구』, 아세아문화사, 1976.
박성의, 『한국문학 배경연구』, 선명문화사, 1972.

87) 황패강, 『신라불교설화연구』, 일지사, 1975.
장덕순, 『한국설화문학연구』, 서울대학교 출판부, 1981.
인권환, 「심화요탑 설화고-인도설화의 한국적 전개」, 『국어국문학』41호, 1968.
인권환, 『불교문학연구』, 고려대학교 출판부, 1999.

88) 사재동, 「불교계 국문소설의 형성과정」, 충남대대학원, 1977.

여기서 주목할 점은 불교문학의 진정성에 관한 문제이다. 우리 문학사의 한 축을 형성해 온 불교문학이지만 아직 그 개념과 영역에 대한 상한선과 하한선의 구명마저 명확한 합의가 도출되지 않은 듯하다. 그래서 불교경전도 불교문학이고, 불교 교리를 포교적으로 발화한 것도 불교문학이고, 불교적 소재나 사상을 바탕으로 창작된 것도 불교문학이며, 승려나 불도인이 지은 것이면 모두 불교문학으로 보아야 한다는 논의까지 분분한 상황이다.

이러한 논의의 근간은 불교와 문학의 경계를 어떻게 나눌 것인가, 혹은 양자 가운데 무엇을 우위에 둘 것인가 하는 문제에 있다. 양자의 경계를 나누는 문제건, 우위를 세우는 문제건 기실 불교를 떨어트려 놓고 생각할 수 없다는 점이 중요하다. 불교문학이라는 개념과 영역 안에는 이미 그 자체의 존립을 가능케 하는 불교적 세계관이 자리하고 있기 때문이다. 불교적 세계관이 문학과 어떻게 조율되느냐에 따라 불교문학적 개념이 명백해지고 불교소설의 개념 규정도 분명해진다. 불교와 문학이 조율되는 관계에서는 무엇보다 창작자의 역할이 지대한 바, 그에 따라 역사적·사회적 가치를 획득하는 불교문학 작품으로 거듭나기 때문이다. 이러한 의미에서 진정한 불교문학이란 결국 불교의 진리와 문학의 진리가 특정한 집단이나 개인의 창작과정을 거쳐 고차원적으로 合一되는 경우의 문학[89]이라고 정의 내릴 수 있다. 즉, 불교

사재동, 「한국소설의 형성문제」, 『한국고소설연구』, 이우출판사, 1983.
사재동, 『불교계 국문소설의 연구』, 중앙문화사, 1994.

89) '문학에는 인간과 신, 죄와 구원 또는 깨달음의 문제인 종교적 측면, 인간의 본질이나 죽음·사랑·미움의 문제인 인간적 측면, 그리고 가정·집단·국가의 문제인 사회적 측면도 함께 다루고 있는 바, 여기에서 추구하는 바가 불교에서 추구하는 바와 고차원적으로 일치되고 상호 상승 작용을 통하여 통일적 지향을 성취할 때 불교문학은 가장 참다운 진면목을 보여 줄 것이다.' 인권환, 앞의 책(1999), 26면.

소설이 불전에 있는 설화나 서사적 이야기를 원형 그대로 국문학에 수용한 것이 아니라, 창작자의 불교적 사유관과 문학적 진리의 합일을 바탕으로 형상화된 것이라는 정의와 상통한다는 것이다.

『기재기이』는 이러한 배경을 지니고 출현한 불교소설이며 〈조신전〉, 〈부설전〉 『금오신화』 〈설공찬전〉, 〈구운몽〉, 〈최척전〉 등으로 이어지는 불교소설의 교량 역할을 하는 동시에 불교문학적 이상점을 추구하는 작품으로 접근할 수 있다. 기재의 다면적 사상 속에 농축되어 있던 불가적 사유체계가 『기재기이』를 통해 발화되었을 것이란 단서에 힘입은 유추이다. 이는 소격서 폐지 주장 등을 통해 도가에 엄절한 처사를 보였던 기재지만, 『기재기이』나 『기재집』을 통해서는 도가적 사유의 정점을 구가하며 발화한 것과 같은 맥락이다. 유자적 처세의 입장에서는 불가에 엄격한 기재였지만, 불승과의 교유를 통해 불가의 진리와 대면하고 있었고, 또 그것을 자신의 문학적 진리로 융화시키는 데 거부감이 없었으리라 헤아려진다.

이러한 유추는 기재와 김시습의 문학적 조우가 시기적으로 멀지 않다는 데서도 찾을 수 있다. 김시습은 기재의 조부인 신숙주와 교우 관계였던 만큼 두 작가 사이의 문학적 대면은 예견되어 있었던 셈이다. 『기재기이』는 『금오신화』와 비견되어 그 소설적 유사성에 대해 자주 언급되었다. 이는 기재가 그의 사상에 심화된 바가 크고, 또한 그의 작품으로부터 문학적 전통을 수용한 흔적이 뚜렷하기 때문일 것이다. 『금오신화』가 『삼국유사』 속의 설화와 찬(讚), 『파한집』 『보한집』 『역옹패설』 같은 시화집 및 가전 등에서 삽입시의 영향을 받고, 〈쌍녀분〉, 〈조신〉 설화의 양면 구조, 『수이전』 『삼국유사』의 근원 설화를 제재로 해서 거기에 다시 『전등신화』의 소설화 기법을 혼용시켜 형성되었다는 논점은[90] 『기재기이』에도 연계가 되는 것이다. 『금오신화』가 수용한 전통적인 문학적 기법을 『기재기이』 역시 충실하게 이행하고 있기 때문이다.

특히 김시습의 불가적 사유체계를 기저로 한 작품 세계는 기재에게 불가분의 영향을 주었다. 김시습이 전대의 내 · 외적 전통을 아우르는 문학적 역량으로 마침내 불가적 사유체계의 『금오신화』를 창작해 낸 것처럼, 기재 역시 전래의 설화 · 가전의 변모를 꾀해 독창적이고 발전적인 『기재기이』의 출현을 보았다. 그런데 두 작가의 작품에 투영된 전대의 문학적 전통이 비단 신라와 조선전기 것만이 아닌, 보다 먼 선대의 불전(佛典)으로 그 연원을 소급해 볼 수 있다는 점을 주목해 볼 수 있다. 구성 방식에 있어 불전의 액자소설적 구조를 지닌다는 점, 문체에 있어 불전의 계경과 응송의 교직 문체를 계승한다는 점, 주제의 구현에 있어 불전의 인세 교화 방편이었던 근원 설화를 습용한다는 점 등이 그 단서이다.

『기재기이』는 위의 단서들을 불전의 원형 그대로 포진시키는 데 머물지 않고, 인물과 사건, 배경의 개연성을 확보시켜 주는 소설적 창작기법으로 변개, 작가의 문학적 역량을 펼치는 데 활용하고 있다는 점에서 불교소설적 면모를 돋보이고 있다.

1) 액자소설적 구성 방식

(1) 액자 구성의 동인

『기재기이』는 그 기본 구조면에서 '현실-이계-현실'의 구성을 골조

---

90) 설중환, 『금오신화연구』, 민족문화연구총서 15, 고려대학교 민족문화연구소출판부, 1983, 78~100면.

로 하는데, 〈안빙몽유록〉은 안빙의 화계(花界) 체험을, 〈서재야회록〉은 무명선비의 정령계(精靈界) 체험을,[91] 그리고 〈최생우진기〉는 선계(禪界) 체험을,[92] 〈하생기우전〉은 명계(冥界) 체험을 삽입하여 액자 구성을 취하고 있다. 전자의 두 편이 문학적 전통으로 내려오던 몽유 구조를 취해 전대의 창작 기법을 계승한 반면, 후자의 두 편은 기존의 몽유 양식에서 보이는 꿈의 장치를 빌지 않고 '증공'과 '복자'라는 현실적 인물의 증언을 통해 사건을 역시간적 기법으로 진행시키는 구성을 취함으로써 독창성을 인정받았다.[93] 역시간적 기법의 액자 구성은 꿈에 의탁해 당면한 난제를 해소하고 이상적 가치를 추구하던 전대의 사고로부터 탈피해 지극히 현실적인 삶을 재조명하고자 하는 직관의 발달로 발화된 문학 기법으로 이해할 수 있다.

『금강경』 제32 '응화비진분(應化非眞分)'의 '一切有爲法 如夢幻泡影 如露亦如電'에서 비롯되어 후래의 한·중 고대소설사상에서 역동적 창작 기법으로 전개된 꿈 형상[94]을 이어받아 몽유 구조의 대표적인 설화로 익히 알려진 것은 『삼국유사』 〈洛山二大聖〉조의 〈조신〉이다.

---

91) 김현룡은 가전체 작품들이 그 연원으로 보아 우의적 계열과 정령적 계열의 두 가지로 구분된다는 점을 지적하였다.(김현룡, 「가전체 소설의 두 유형」, 다곡 이수봉선생 회갑기념 고소설연구논총, 1988) 소인호는 〈서재야회록〉이 정령적 계열에 해당하는 여말 가전체의 구성방식을 이어받아 소재의 다변화와 허구적 변용을 통해 서사적 편폭을 확장시켜 나간 사례로 평가하였다.(소인호, 『한국전기문학연구』, 국학자료원, 1998, 223면)

92) 익히 알려진 仙界 체험이나 용궁 체험이 아닌 禪界 체험이라고 명명한 것은 본고에서 접근하고자 하는 〈최생우진기〉의 성격이 禪的 求道 구현에 있다고 보기 때문이다.

93) 소재영, 『기재기이 연구』, 고려대학교 민족문화연구소, 1990.
유기옥, 「신광한 기재기이 연구」, 전북대학교 박사학위논문, 1990.
소인호, 『한국전기문학연구』, 국학자료원, 1998, 223~229면.

94) 이월영, 「불가적 꿈형상 유형의 서사문학적 전개」, 『한국언어문학』27, 한국언어문학회, 1989, 207면.

이와 같은 구조의 중국 당대(唐代) 전기로 이필의 〈침중기〉, 이공좌의 〈남가태수전〉 등이 거론된다. 그래서 이미 현실–꿈–현실이, 도입부–전개부–종결부로 구성되는 '공형(원형) 플롯'[95]의 형태가 구마라습 번역의 『대장엄경』 권25 제65 고사에 연계된 것임을 밝히는 작업이 이루어지기도 하였다.[96]

『기재기이』는 이러한 액자 구성을 계승하는 동시에 그 불가적 사유체계를 작품 내에 구상하고 있는 바, 액자소설적 구조를 지닌 불교소설로서의 면모를 드러낸다. 다만 액자 구성을 동일하게 취하면서도 그 액자의 내용에 있어 〈안빙몽유록〉과 〈하생기우전〉이 불가의 색채를 질박하게 드러낸 반면, 〈서재야회록〉과 〈최생우진기〉는 도불습합적 색채를 띤다는 점이 다를 뿐이다. 도교는 위진남북조시대에 번역되어 성행하던 불교의 영향을 받아 당대(唐代)에 이르면 애초의 무위자연 정신을 불가적 공사상으로 철저히 육화시키는데, 이러한 풍토 가운데 생산된 것이 전기소설이고 또 그 안의 '꿈 형상'은 불가와 도가 모두에 전환이 가능한 사유로 변모한다.[97] 이러한 관점을 바탕으로 〈서재야회록〉과 〈최생우진기〉의 이계를 살피면 도불습합적 성격이 유추된다.

액자 구성이 당의 전기문학보다 선행하는 불전의 '여시아문' 언설방식에서 유래한 사실은 주목할 만하다. 불전은 서분(序分) · 주분(主分) · 결분(結分)으로 나뉘어 서술되는데, 주분(主分)에 해당되는 설법 현장의 시종(始終)이 반드시 방편으로 삽화처럼 연설한 것이기에 언제나 설법 현장을 액자로 하여 그 속에서 서사 형태로 전개된다. 그것은 불타

95) 이재수, 『한국소설연구』, 형설출판사, 1973, 246면.

96) 이재수, 위의 책, 284면.

97) 이월영, 앞의 논문(1989), 220~221면.

를 화자로 하는 액자소설적 구조를 지니고 있다.[98] 주목되는 것은 그 액자의 허구담이 불교적인 것에서 벗어나, 비불교적이거나 반불교적인 사건을 자유자재로 꾸며 내는 것이다. 그 사건 속에는 모든 존재의 성속간 제반사가 다 동원되는데, 그것이 한결같이 인간의 고통과 갈등을 해소시키고 그들이 대소간 소망과 이상을 흡족히 달성시켜 주는 방향으로 다양하게 허구되고 있다는 점이다.[99]

『기재기이』는 이러한 불전의 액자소설적 구조를 충실히 이행한 작품이다. 불전의 액자 구조는 후대의 『기재기이』 화자들을 발현시킨 본원처이다. 이 화자들은 불전의 허구 방식을 통해 고통과 갈등을 해소시키며 현실과 이상 사이의 간극을 해소한다. 그 화자들의 본신은 곧 기재 자신이며, 액자적 허구 속의 이야기는 유관의 삶으로부터 유리되어 지내던 은거기에 되돌아본 기묘사화의 우의적 발현이다. 기재는 조광조와 더불어 도학 정치의 꿈을 이루고자 하였던 사림의 일원이었으나, 1519년 남곤, 심정 등의 훈구 세력이 정치적 위기를 모면하고자 조광조를 거두로 하는 신진 사림을 탄압하는 기묘사화를 일으킴으로써 그 꿈은 요원해졌다. 기재는 조광조와의 연맥으로 사화에 연루되었으나 가까스로 참화를 면하고 1521년 삼척부사 외직으로 좌천되었다. 그해 10월에 관작이 추탈된 뒤 1538년 다시 정계에 복귀할 때까지 15년 동안 은거에 들어갔다.

기묘사화는 조광조 외에 50여 명의 신진 사류가 참화를 당한 조선조 전기 4대 사화 중 하나였다. 기묘사화(1519)가 일어난 지 2년 뒤 '전 삼척부사 신광한은 어리석고 망령되게 서로 친하게 상종하였다(愚妄徵

98) 이재선, 『한국단편소설연구』, 일조각, 1975, 98면.
99) 사재동, 앞의 책, 1994, 26면.

逐)'는 전지를 받고 고신이 추탈되었다. 그보다 앞서 대사헌 이항이 사림 23인의 이름을 조광조와 붕비 맺었다 하여 중종에게 아뢴 바, 기재 역시 그 동류로 이름이 올라 있었다.[100] 또한 조광조의 무리가 요직을 나누어 차지하고 공(公)을 핑계하여 편당 심기를 일삼았다는 홍문관의 상소에서도 기재의 이름이 붕당의 동류로 거론되었다.[101] 기묘사화의 여파는 이때까지도 여진이 남아 있었던 까닭에 은거는 피할 수 없는 선택이었다. 『기재기이』는 이 시기에 창작된 것으로, 정계에서 떨어진 한유의 삶 속에서 보다 유연한 시각으로 역사의 뒤안길로 멀어지는 참화의 진실을 녹취해 낼 수 있었다.

> 39년의 세상살이 모두 잘못되었음을 깨달아 수레 끌채를 돌려 길을 바꾸고 많은 방초 모아 옷 지으련다. 비록 예쁜 것을 믿고 닦기를 좋아하나 지혜가 이미 꺼져가는 촛불보다 어둡다. 발 디딘 밖에는 바람에 놀란 물결이 내달려 어지러이 의지하고 엎드리니 화복(禍福)의 문(門)이 없어 악(惡)을 할 수도 없지만 선(善)을 어찌 간직하랴?[102]

조광조의 붕비로 연루되어 은거할 수밖에 없는 자신의 삶을 돌아보니 회한으로 넘치는 시간이었다. 어지러운 세태에 묶여 선(善)을 행할 수도, 악(惡)을 행할 수도 없는 자탄과 고뇌가 가득한 심사이다. 기묘사화에 이어 또 다시 사림을 괴멸시키기 위한 신사사화(1521)가 일어남

100) 『중종실록』14년 12월 갑술조.

101) 『중종실록』16년 10월 신축조.

102) 三十九之行年兮, 覺已往之都非. 將回轅以改路兮, 集衆芳以爲衣. 雖信婷而好脩兮, 智已昧於燭微. 踐足之外, 風駭浪奔. 紛紜倚복, 禍福無門. 惡不可爲, 善奚足存. 〈和歸去來辭〉, 『기재집』 권1, 238면.

에 따라 정치적 상황은 선악의 본질과 상관없이 위력(威力)과 모사(謀事)로 흘러가고 있었다. 난세의 위기 가운데 연명의 길로 선택한 은거였지만 그의 문학적 역량까지 잠재운 시기는 아니었다. 사회 혼란기 지식층의 불만을 토로하기 위한 몽유록[103]을 구상하기에 더없이 좋은 호기였다. 그는 액자 속 허구 속에 자신의 삶을 형상화함으로써 자연스럽게 불전의 구성 방식을 계승하였다. 현실 속에서는 이루지 못한 꿈을 꿈속에서나마 실현시켜 보고자 하였던 기재의 희원(希願)이 불전의 액자 구조로 소급되는 문학적 장치를 선보인 것이다.

(2) 액자구성의 발현

〈안빙몽유록〉의 안빙은 관운이 박복한 선비로 후원의 화초들 가운데 한거하는 인물이다. 그는 어느 날 화원을 거닐다 문득 풋잠이 들며 화계(花界)로 진입하게 되고, 박복했던 현실과 달리 만화방초로부터 환대와 존숭을 받는다. 안빙은 흥겨운 화계의 연회를 마치고 돌아오다 뇌성에 놀라 꿈을 깬다. 안빙이 조우했던 화계를 통해 기재는 조광조를 위시한 기묘사화의 피화자들을 만화방초로 화현, 불가의 산화의식을 펼치며 동류들의 삶과 죽음이 장엄한 세계의 이적과 비견된다는 것을 피력한 것으로 이해된다. 그들과 동류의 길을 걸었던 기재로서는 기묘사화로 절명하였거나 유배의 길을 떠난 피화자들의 신원(伸寃)을 해소하는 장(場)을 마련하지 않을 수 없었으리라 생각된다. 절분하고도 원통한 참화의 기억을 역사의 뒤안길로 보낼 수만은 없었기에 꿈속에서나마 그들의 절의와 도학자적 이상이 펼쳐진 공간을 장치한 것이다.

---

103) 서대석, 「몽유록의 장르적 성격과 문학적 의의」, 『한국학논집』3, 한국학연구소, 1975.

〈서재야회록〉의 무명선비는 높은 기개 때문에 오히려 두문불출하는 불우한 인물이다. 그는 어느 가을밤 문방사우의 정령들이 나누는 대화를 엿듣다 입몽한다. 무명선비는 꿈속에서 정령들의 가계에 얽힌 내력을 듣고 그들과 시연(詩宴)을 나눈다. 선비는 정령들이 자신들의 후사를 부탁하는 말을 듣고 각몽한다. 기재는 무명선비의 정령계 체험을 통해 *以無爲身 以生爲假 以死爲眞* 動靜 黑白이 一如하다는 노장사상과 불가의 공사상을 융합한 사유체계를 발화한다. 기재가 처해 있던 현실은 진가(眞假)의 가치가 정립될 수 없는 참화기였다. 기재가 정계에서 축출될 수밖에 없었던 기묘사화에 이어 2년 뒤에는 신사사화가 일어나 사림이 당한 참화의 바람이 거셌다. 이러한 시대적 상황 속에서 기재는 꿈의 장치를 빌어 분열과 시비가 난무하는 현실계의 무상함을 공사상으로 토로한다.

〈최생우진기〉의 최생은 탈속을 희구하는 인물로, 두타산 용추동의 진경을 찾는 과정에 실족하여 이계로 진입한다. 그곳에서 용왕과 삼선(三仙)의 연회에 초대되어 진세를 풍자하는 시연을 나누고 그들과 봉래에서의 재회를 기약한다. 그리고 현학을 타고 현실계로 돌아온다. 이때의 이계는 도가의 신선계이기도 하지만 최생의 선적(禪的) 구도가 이루어지는 불가의 선계(禪界)로도 발화되며 세사(世事)의 시비와 흑백논리에 가려진 당대 현실로부터 자유로워지는 중도적 경계를 형상화하고 있다. 이 작품의 액자는 기재가 개인적으로 내공을 쌓고 있던 선가(禪家)의 사유체계를 구상한 장이다. 〈서재야회록〉이 시비에 가려진 세사를 통한 공사상의 진설에 비중을 두었다면, 〈최생우진기〉는 개아(個我)의 실질적인 구도행을 형상화하는 데 주안점을 두었다. 최생의 구도행이 화두 참구를 통한 선적(禪的) 구도의 성격을 띤다는 점에서 이때의 액자는 선문학적 작품을 구현하기 위한 공간이 된다.

〈하생기우전〉의 하생은 일신이 곤궁하고 고독한 인물이다. 그는 복자의 점복대로 자신의 불우한 운수를 액땜하기 위해 도성 밖 산 속으로 들어가며 명계로 진입한다. 하생은 명계에서 귀녀를 만나 가연을 맺고 그녀의 환생을 돕기 위해 신물인 황금자를 지니고 현실계로 돌아온다. 이때의 명계는 기재가 자신의 지음인 조광조의 문학적 천도재를 치르는 공간으로, 그의 절분한 죽음을 위안하고 못 다한 생을 문학 속에서나마 연명해 주는 장소이다. 기재의 흉중에 번민으로 남아 있던 조광조의 참화를 연기설에 의지해 풀어나가는 장이다. 하생이 만난 귀녀를 통해 절명한 조광조의 환생을 꿈꾸었고, 다시 그와 귀녀가 일생을 화락하게 누리는 삶을 형상화함으로써 조광조 개인의 문학적 천도재 의식을 치루고 있다. 이때의 액자는 참화의 주역이자 기재의 각별한 지음이었던 조광조 일인을 위한 불가적 천도재가 이루어지는 공간이다.

살펴본 바와 같이 『기재기이』는 성속간의 제반사가 모두 동원되어 화자들의 고통이 풀리고 희원이 이루어지는 허구의 장을 액자구조로 장치하고 있다. 이는 곧 화자들의 본신인 기재 자신을 위한 허구의 장이기도 하다. 혼탁한 정치적 현실 속에서는 이룰 수 없었던 위정자들에 대한 정화 의식을 펼치고, 그 가운데 자신이 품은 삶의 최상의 가치를 발화될 수 있도록 '꿈'이라는 안전한 문학적 장치를 마련한 것이다. 기재는 유가적인 덕목만으로는 이 세계의 분열된 간극을 채울 수 없다고 여긴 듯하다. 기재 자신의 문제뿐만 아니라 세상의 총체적인 문제를 해결하기에 유가적 덕목만으로는 부족하다고 여긴 것이다. 그래서 그는 꿈을 통해 도가[104)]는 물론 불가의 인식론을 수용해 현실적인 난제를 해소하였다.

현실적인 난제를 해소하는 장치로서의 꿈, 그것은 비단 불가나 도가의 사상적 체득을 통해서만 이루어진 것은 아니었다. 기재에게 있어 꿈은 그의 유자적 신념을 확장시켜 준 단서도 되었다. 그는 유자로서의 학문적 성장을 때로 꿈에 의지해 배양시켜 나갔다.

> 한번은 경세서를 읽으면서 이해되지 않는 곳이 있자, 칠일 밤낮으로 고개를 들어 생각하다 선잠이 들었는데, 자칭 소옹이라는 용의가 화려한 노인이 이해되지 않는 곳을 일러 주었다. 놀라 잠에서 깨었는데 환히 얻음이 있었다.[105]

> 한번은 소옹의 『황극경세서(皇極經世書)』를 읽었는데 이해되지 않는 부분이 있기에 거의 육칠일 동안 사색하느라 침식을 전폐하기에 이르렀다. 홀연히 꿈에서 한 신인을 만났는데 가르쳐 주는 것이 매우 소상했다. 잠에서 깨어나자 환히 깨닫게 되었다. 수학이 이로부터 크게

---

104) 기재는 한시를 통해서도 장자와의 합일을 자주 표출시키고 있다. "거문고 제쳐 두고 귀거래사를 부르다 술잔을 잡고, 창랑가 부르고 나서 누대에 오르네, 부질없는 이 몸 나비처럼 훨훨 날다, 장자처럼 꿈에서 돌아오네"(捨瑟詠歸還把酒 濯纓歌罷更登臺 浮生栩栩同蝴蝶 付與莊周一夢同, 〈復用前韻奉酬李虛谷〉, 『기재집』 권3, 255면), "누가 알랴? 華胥之夢에서 요순도 티끌이었음을, 각몽의 구별을 찾으려면 장자에게 물어야 하리"(誰知華胥之夢 堯舜亦塵垢 欲尋夢覺辨 更質齊物臾, 〈夏日睡罷 因閱蘇軾午窓書睡詩 意有所適 用其韻 戲賦〉, 『기재집』 권2, 247면), "이미 周敦頤의 사랑 있었고, 또 程頤의 사랑도 있었네, 살랑 바람에 옥 같은 가지가 나부끼고, 가랑비에 은빛 물고기가 뛰네, 어찌 강호의 광대함을 잊어서랴? 그대와 나의 친함을 알아서지, 조용히 노니는 뜻을 깨달으니, 장자도 쓸 만한 사람이네"(既有濂溪愛 還存正叔人仁 微風飄玉朶 細雨躍銀鱗 忘豈江湖大 知應子我親 悟到從容意 莊生亦可人, 〈蓮塘魚樂〉, 『기재집』 別集 권5, 445면)

105) 嘗讀經世書 有所未達 仰而思者七日七夜 假寐有老人容儀甚偉 自稱邵子 告其所未解. 惕然而覺 豁然有得. 『기재집』 권14, 382면, 〈문간공행장〉

진척되었으니 공이 성리학에 힘쓴 것이 모두 이와 같았다.[106]

기재가 학문적 난제의 기로에 섰을 때 활로를 열어 주었던 꿈과 그 꿈속의 신인은 분명 『기재기이』의 창작에도 영향을 끼친 제재가 되었으리라 짐작된다. 기재의 생애에 기이한 영감을 주었던 '신인의 꿈'은 『기재기이』의 이계 인물들을 탄생시키고, 또 그들이 작가의 현실적 문제를 해소해 주는 역할을 나타내는 데 상당 부분 도움을 주었을 것이다. 익히 알려진 탄봉설(呑鳳說) 일화에서도 기재가 꿈 형상을 문학적 기법으로 원용한 단서가 잡힌다.

> 공이 소년이었을 때 꿈에 채봉(彩鳳) 한 쌍이 집 모퉁이로 날아왔다. 공이 그것을 축하하려고 입을 열자 곧 봉이 입으로 날아왔다. 이로부터 재화(才華)가 날마다 나아지더니 마침내 탄봉설을 지어 자부하며 말하였다. 늙어서는 또 꿈에 한 마리 봉을 삼킨 지 얼마 안 되어 문형을 받았다. 강엄의 채필이 장경양에게 빼앗기지 않은 바요, 문장이 끝까지 막힘이 없었도다.[107]

기재의 타고난 문재를 드러내는 이 예화만 보더라도 그의 생애에 있어 꿈은 현실을 보다 영명하게 발전시켜 주는 영향력을 끼친 듯 싶다. 기재는 이러한 개인적 경험을 소설적 형상화로 구상하는 데 어려움이

106) 嘗見邵子皇極經世書 有所未達 思索幾六七日 至廢寢食 忽於夢寐間 遇一神人 敎之甚悉. 覺來便覺豁然. 數學自此大進 公之力於性理之學 皆此類也. 『기재집』 권14, 388면, 〈문간신공묘병서〉

107) 公少時 夢彩鳳一雙飛集屋角 公祝之 仍開口 鳳翩然以入 自足才華日進逐著呑鳳說以自負. 暮年 又夢呑一鳳 未機 乘文衡 江淹彩筆 不爲景陽所奪 文章終不少躓. 『기재집』 권14, 384~384면, 〈문간공행장〉.

없었을 것이다. 다만 그러한 경험을 제재 차원에서 진일보시켜 한 편의 소설로 구상하는 절차에서는 불전의 액자소설적 구성 방식에 힘입은 바가 크다고 하겠다.

기재는 자신이 처한 불우한 시대를 변화시킬 수 있는 현실 너머의 이상적인 공간 확보를 위해 액자 구조를 장치하였다. 이는 전래의 문학적 전통에서 발췌한 장치인 동시에, 불승과의 교유로 체득하게 된 불전의 구성방식을 수용한 것이다. 기재는 자신의 문학적 진리를 구현하는 데 있어, 허구적 액자 구성을 방편으로 하는 불전의 구성 방식이 매우 유용한 것임을 놓치지 않았다. 불가의 액자소설적 구조 속에서 유가적 세계관만으로는 해명되지 않는 세사의 진실을 규명하는 허구담을 장치였다. 기재가 자신의 창작 의중을 명징하게 살리고자 하는 문학적 의장으로써 액자 구조를 장치한 점에서 『기재기이』의 불교소설적 면모를 엿본다.

2) 산운교직의 문체

『기재기이』의 불교소설적 면모는 산운교직의 문체에서도 보인다. 산운교직의 문체는 불전의 전형적인 서술 문체로 당대에 이미 보편화되어 있었던 것으로 논의되며,[108] 〈조신전〉과 같은 산문과 운문이 교직된 작품의 출현 가능성에 대한 논의를 부각시켰다.[109] 산문의 형태

108) 정규복, 「한국 고전문학에 나타난 偈의 역할」, 『어문논집』24·25, 국어국문학연구회, 1985.

109) 경일남은 『삼국유사』소재〈조신전〉에는 운문이 전혀 개입되어 있지 않지만, 현전하는 〈조신전〉의 原作 〈조신전〉을 스토리 위주로 축약하고 재정착시키는 과정에서 다수의 운문이 탈락된 것으로 보고, 기실은 산문과 운문을 섞어가며 낙산사 관음상의 영험담을 서술했을 가능성에 대해 기술하였다. 경일남, 「조신전의 관음행화 구조와 의미」,

는 곧 12분교의 계경으로, 이는 불타의 설법을 산문의 형태로 길게 내려 쓴 것을 의미한다. 운문의 형태는 곧 12분교의 응송으로, 계경의 뜻을 거듭 설한 것을 의미한다. 그래서 중송이라고도 일컫는다. 불전의 문체는 이 계경과 응송이 서로 교직되어 나타나는 바, 『기재기이』는 이러한 불전의 문체를 전수 받은 작품으로 서사와 삽입시의 교직을 이루고 있다. 정규복은 산운교직의 소설화 작업은 우선 『금오신화』에서 이루어졌다고 밝혔다.

> 한국에도 『삼국유사』나 『균여전』이 향가를 지니고 있는 것이라든지, 이조시대 들어와 『금오신화』가 소설이면서도 시문이 사용되었고, 기후 이조 전대를 휩쓰는 한문체 혹은 한글본 소설에 운문과 시문이 병용된 것은 모두가 육조시대에 출현한 불전과 밀접한 관계를 가지고 있다고 본다.[110]

육조시대에 번역된 불전의 영향은 시문이 결합한 중국 당대의 전기소설을 출현시켰을 뿐만 아니라, 우리의 설화나 소설에도 영향을 주기에 이르렀다. 『기재기이』는 이러한 시문 결합의 전형을 이행하는 한편 각 작품마다 그 주제의 성격을 구별 짓는 문체적 특징을 선보인다.

(1) 가악적(歌樂的) 삽입시와 산운교직

〈안빙몽유록〉의 화계에서 벌어지는 연회의 흥취는 안빙과 만화(滿花)의 작시(作詩)로 진행된다. 물론 낭랑하고 아름다운 가무 때문에 시

『한국 고전소설의 구조와 의미』, 역락, 2002, 64~65면.

110) 정규복, 「한중비교문학의 문제점」, 『어문학』12, 한국어문학회, 1965.

각적 · 청각적 흥취를 얻고는 있지만, 작시를 나누며 교감하는 등장인물 사이의 정서적 흥취야말로 기재가 산운교직의 문체를 통해 얻고자 했던 본의라 생각된다. 등장인물들의 우수와 고독, 절의와 도락적(道樂的) 감흥을 만개시키는 데 삽입시가 중요한 몫을 담당한다. 삽입시를 통해 등장인물 각각의 고조된 심리적 긴장감을 조성했다면, 산문을 통해서는 등장인물 사이의 사건을 조합해 심리적 이완을 꾀하는 문체를 선보인다.

수양처사가, "그래도 천 년 절개 있으니, 석 달 봄꽃들 뽐내지 마라, 무심히 봉황의 노래 들으며, 고사리와 이웃하고 산다네(尙保千年節 休誇九十春 無心聞鳳鳥 薇蕨與爲隣)"라고 하여 백이와 숙제의 절의를 읊고, 이어 동리은일이, "사치를 버리고 도를 즐기니, 동쪽 울타리 아래 집을 정했네 ……(중략)…… 해마다 비바람만 몰아치니, 다시는 꽃을 꽂지 못하겠구나(樂道厭紛華 東籬還是家 ……(중략)…… 年年風雨日 無復滿頭花)" 하여 고매한 도락(道樂)이 행여 홍진으로 말미암아 훼절될까 근심하는 시를 짓는다. 이에 화계의 여왕이 덕이 성대했던 주나라에 수양과 동리가 태어났어도 그 고고함과 소방함을 지킬 수 있었겠는지 회의를 품었다. 그러자 수양과 동리는 요순 같은 시대에도 소부나 허유 같은 은자가 살았음을 밝히며 결코 자신들이 그 두 인물의 절개에 뒤지지 않는다고 하였다. 이에 여왕은 그러한 세한의 자질 때문에 두 사람을 아낀다고 말함으로써 고조되었던 인물들 사이의 긴장이 이완된다.

그런데 〈안빙몽유록〉은 나머지 세 작품과 달리 다수의 곡조가 등장하고[111], 그 노랫말이 운문적 요소를 띠고 삽입되어 있는 문체적 특징

111) 〈안빙몽유록〉 외에 곡조의 가사를 싣고 있는 것은 〈최생우진기〉로, 文命歌 한 편에 그치고 있다.

을 보인다. 연회 초반부에 두 기생이 부른 절양류와 접연화, 부용성주 주씨가 부른 창랑곡, 여왕의 청으로 이부인과 반희가 부른 자작시 두 편이 그것이다. 이 곡조들의 노랫말 역시 삽입시처럼 작품의 정서적 흥취를 높여 주는 운문적 역할을 하고 있다. 『금오신화』의 〈용궁부연록〉에서 보이는 다수의 노랫말들, 예컨대 벽담곡·회풍곡·곽개사의 노래·현부의 노래·신물들의 노래 등이 운문적 역할을 담당한 것과 같은 맥락이다. 음악적 요소의 운문적 역할은 고대 가요와 향가에서 그 궤적을 찾을 수 있다. 그런데 이 연원을 좀 더 먼 선대로 소급시켜 보면 역시 불전에서 그 원형이 발견된다.

육조시대에 번역된 불경들 중에 특히 산문과 게송의 협잡 문체가 돋보여 후래의 변문과 소설에 지대한 영향을 끼친 『법화경』[112]을 보면, 음악적 요소의 궤적을 추적할 수 있다. 사리불 존자가 위없는 깨달음을 얻을 것이라는 불타의 수기를 얻자 천신들이 희유한 법을 일으킨다.

> 그들은 천상의 옷을 하늘에 나부끼며, 천상의 수백 수천의 악기와 큰북을 울리며 커다란 꽃비를 내리게 하고는 이렇게 게송을 읊었다.
>
> 위대한 용자시여
> 위대한 성인들의 깊은 뜻이 담긴 말씀을 듣고
> 두려움 없는 성자 사리불에게 수기하신 것을 듣고
> 저희들은 환희하옵니다.[113]

'악기와 큰북을 울리'는 음악적 요소로 천신들의 환희심이 고양되는

112) 정규복, 앞의 논문, 1965.

113) 『법화경』, 〈비유품〉.

정서적 효과를 연출한다. 게송 자체가 이미 서정적 운문 역할을 하고 있지만, 산문 서술 가운데 후래의 소설에 등장하는 음악적 요소의 시원이 엿보인다. 산문 서술 속의 음악적 요소는, 보현보살이 기사굴산의 불타 알현을 위해 사바세계로 오면서 보이는 희유한 법 가운데서도 나타난다.

> 그는 온갖 국토를 진동시키고 연꽃의 비를 내리며 수백만 억의 악기를 연주시키면서 보살의 위대한 위력, 위대한 신변(神變), 위대한 신통력, 위대한 존엄, 위대한 삼매의 힘을 보이고 ……(생략)…….[114)]

보현보살의 신이한 경지를 설하는 데 '수백만 억의 악기를 연주시키'는 음악적 요소를 장치한 것이다. 아직 이것은 운문적 성격으로 분화하지는 않았지만, 〈안빙몽유록〉에 이르러 기재의 문학적 역량으로 절양류, 접연화, 창랑곡 등의 운문적 문체로 변개, 만화(滿花)의 신원의식(伸寃儀式)이 행해지는 화계(花界)의 연회적 정서를 고양시킨다. 〈안빙몽유록〉은 이처럼 한시의 삽입수보다 많은 곡조의 가사 삽입을 시도함으로써 음악적 요소를 강조한 작품의 성격을 두드러지게 하는 문체적 창작력을 보여준다.

(2) 선풍적(禪風的) 삽입시와 산운교직

기재는 〈서재야회록〉과 〈최생우진기〉를 통해서도 문체적 특징을 꾀하고 있다. 특히 이 두 작품의 내용은 선화(禪化)된 사유의 구성물이라는 데 그 특징이 있다. 물론 양 작품은 도가적 사유체계의 구현이 문면

---

114) 『법화경』, 〈보현보살권발품〉.

에 살아 있는 작품이지만, 등장인물 사이의 대화나 화답시가 선가(禪家)의 사유를 기저로 하고 있음도 주목된다. 그래서 도불습합적 관점에서 접근하고자 하는 바, 그 서사 전개나 인물들의 형상화는 도가의 접근법을, 그 문체에 있어 불교계 가전의 구성 특질인 선문답 형태의 산문과 선시적 성격의 운문 구성[115]을 유추해 보고자 한다. 이 선문답과 선시는 두 작품 내에서 주인공인 무명선비와 최생이 言下便悟, 즉 '말끝에 바로 깨닫는 것'[116]을 이끄는 구심점 역할을 한다. 특히 7언 형식의 한시들은 양 작품이 불교계 가전과 영향이 있고, 나아가 운문 형식이 7언 위주인 불교 경전과도 연결된다는 사실을 알리는 증표이다. 현전하는 불교계 가전에 개입되어 있는 불교 운문의 7언 형식은 이들 운문 형식과 동계의 것으로 파악된다.[117]

〈서재야회록〉의 선문답 형태의 산문 서술은, 무명선비가 서재를 엿보는 가운데 지필연묵의 정령들이 나누는 대화에서 드러난다.

> 네 사람이 서로들 말하기를,
> "누가 무(無)로 몸을 삼고 생(生)을 임시로 가탁한 것으로 보고 사(死)를 본래의 참모습으로 여길 수 있을까? 누가 동(動)과 정(靜), 흑(黑)과 백(白)이 같은 이치라는 것을 알까? 그런 자가 있으면 내가 그와 친구가 되리라."
> 하였다. 네 사람이 서로 쳐다보고 웃으며 말하기를,
> "사(祀)와 여(輿)와 이(犁)와 래(來)[118] 정도라면 막역한 친구 사이였

115) 경일남, 「불교계 가전의 시가 수용양상과 특징」, 『고전소설과 삽입 문예 양식』, 역락, 2002, 2~5면.

116) 불학연구소 편저, 『간화선』, 조계종출판사, 2005, 58면.

117) 경일남, 위의 책, 2002, 235면.

다고 할 수 있겠지?"

하고 무릎을 당겨 바싹 다가앉았다.[119]

이 부분은 도가적 인물들을 통해 자연적 근본으로 돌아간다는 노장적 진(眞)의 이치를 설하고 있다. 그런데 불가의 사유를 통해서도 이 부분은 선문답 형태의 공사상을 함축한 곳으로 접근된다. 공이란 자성(自性), 실체(實體), 본성(本性), 자아(自我) 등과 같이 인간이 궁극적인 것으로 간주하는 본질적인 것들이 실제로는 없다고 하는 의미로 사용되고 있다.[120] 생사(生死)·동정(動靜)·흑백(黑白)이 같은 이치로서 서로 일어섰다가 사라짐이 본래의 참모습이라는 정령들의 문답은, 일체법은 다른 법과 서로 조건 지워져 성립하는 것이기 때문에 고정적·실체적 본성을 갖지 않는 것이며, 따라서 그것은 무자성(無自性)인 것으로, 이 무자성인 것이 곧 공[121]이라는 불가의 사상과 연계된다. 〈서재야회록〉이 비록 문면에 도가적 성향을 보여준다고는 하나 불가와의

118) 이 부분은 『장자』〈대종사〉의 글을 그대로 모방하였다. 〈대종사〉에 "子祀와 子輿와 子犁와 子來 네 사람이 서로들 말하기를, '누가 無로 머리를 삼고 生으로 등을 삼고 死로 꽁무니를 삼을 수 있을까? 누가 死와 生과 存과 亡이 한 몸이라는 것을 알까? 그런 자가 있으면 내가 그와 친구가 되리라'하였다. 네 사람이 서로 돌아보며 웃고 마음에 거슬림이 없어서 드디어 막역한 친구가 되었다."하였다. 〈대종사〉의 이야기는, 아무 것도 없는 데에서 생기고 생겼다가 죽게 되니까 결국은 無와 生과 死가 머리와 등과 꽁무니가 되어 한 몸뚱이라는 뜻이다. 박헌순 역, 『기재기이』, 범우사, 1990, 71면.

119) 四人相與語日, "孰能以無爲身 以生爲假 以死爲眞 孰知動靜黑白之一理者 吾與之友矣" 四人相視而笑日, "祀輿犁來足爲之莫逆乎" 遂促膝而坐. 〈서재야회록〉, 『기재기이』

120) 동국대학교 불교문화대학 불교교재 편찬위원회, 『불교사상의 이해』, 불교시대사, 1997, 152면.

121) 동국대학교 불교문화대학 불교교재 편찬위원회, 위의 책, 160~161면.

교접도 부인할 수 없다. 공을 핵심에 둔 선불교에 미친 노자의 영향은 광범위한데, 그 중에 '무위(無爲)'의 영향은 보조선(普照禪)을 통해서도 확인할 수 있다. 보조는 바로 돈오(頓悟) 후의 돈수(漸修)를 '損之又損以至無爲'라고 설명하고 있는데 이는 『노자』 48장에 나오는 구절[122] 인만큼 불가적 해석도 타당성을 얻는다.

선비의 서재 엿보기가 진행 중인 가운데 이번엔 지필연묵의 정령들이 한때의 영화가 다 지나가고 난 후의 심사를 시로 짓는다. 이것이 공사상을 점진적으로 풀어가는 선시적 성격을 띠며 운문 서술의 일면을 보여 준다. 먼저 탈모자(봇)가 다음처럼 읊는다.

頭白尙堪書細字　　머리는 하얗지만 작은 글씨도 쓸 수 있고
眼明還欲數霜毫　　눈은 밝아 도리어 서리 같은 터럭 헤려 하네

무릇 형상이 있는 것은 허망하다. 물질로 이루어진 이 우주는 성주괴공하고 육신은 생노병사하며 생각은 생주이멸한다. 어느 것도 실체는 없는 것이다.[123] 그럼에도 인간은 유상(有相)에 집착한다. 흰머리로 찾아온 '늙음'은 細字와 眼明, 欲數霜毫에 대한 집착을 불러일으킨다. 육신이 늙고 병든 것에 대한 괴로움은 바로 상(相)에 대한 집착에서 빚어진다. 유상(有相)에 대한 집착으로 인한 고는 치의자(벼루)에 이르러 심통(心痛)의 집착으로 이어진다.

寫盡小詩心事苦　　시 한 구절 쓰고 나니 心事 괴로워라

122) 김호성, 『대승경전과 禪』, 민족사, 2002, 92면.
123) 법륜, 『금강경 이야기』, 정토출판사, 1995, 158면.

涙痕猶在鑠眉邊　　아직도 눈물 자국 눈썹가에 남아 있네

인간이 짊어지고 갈 수밖에 없는 시비분별 속에는 육신의 괴로움만 있는 것이 아니다. 유상에 대한 집착으로 빚어지는 괴로움도 있다. 상(相)이란 비단 물질이나 껍데기만을 가리키는 것이 아니라 기대감이나 고정된 생각 등등도 일컫는다. 공사상의 관점에서 상에 집착하면 고의 씨를 뿌리는 결과를 부른다.[124] 心事와 涙痕의 대비를 통해 기재는 삶의 괴로움이 결국 마음의 괴로움에서 비롯됨을 설하고 있다.

珍重四人文字會　　진중한 네 사람의 文字가 모였는데
百年遺跡竟依誰　　백년토록 남을 자취 결국 누가 전해 줄꼬

백의자(종이)가 읊은 文字會는 산 자들의 글 잔치가 아니다. 지필연묵의 정령들이 벌인 글 잔치이다. 엄연히 말하면 그것은 애초부터 이 세상에 존재하지 않는 공한 것이다. 그럼에도 '백년토록 남을 자취'로서 누군가에게 의탁하길 바란다. 백의자의 시는, 있고(有) 없음(無)으로 인한 고를 일으키는 사상(四相), 즉 아상(我相)·인상(人相)·중생상(衆生相)·수자상(壽者相)에 대해 설하고 있다.[125] '나다' 하는 고집과 '내 것이다'라는 소유 관념의 문자회가 아상이라면, '나와 너'를 구분 지어 세계를 분리시킨 의수(依誰)는 인상이요, '나'라는 생각을 바탕으로 해서 호불호를 취사한 끝에 전수하고자 하는 유적(遺跡)은 중생상이요, 백 년이란 시간은 영원한 수명을 누렸으면 좋겠다는 수자상을 의미한

124) 법륜, 앞의 책, 158면.
125) 법륜, 위의 책, 95~97면.

다. 연기법에 의하면 이 물질 세계는 성주괴공하고 육신은 생노병사하며 마음은 생주이멸하여 끊임없이 변해간다. 그런데도 영원불멸하기를 바라는 것은 헛된 망상이다.[126)]

기재는 사상의 공함을 통해 비로소 공(空)을 이입시키고 있다. 이 사상의 공함을 제대로 꿰뚫지 못하면 고(苦)의 씨가 돌고 도는 인과에서 벗어나지 못함을 역설한다. 그러나 기재는 아직 공의 완형에 대해서는 언설하지 않고 있다. 마지막 흑의자(먹)에 이르러 그것이 드러난다.

琢磨薰染能存道	쪼고 갈며 그을리고 물들여 능히 도를 보존하니
功用當年孰似陳	당시에 남긴 업적 陳(먹) 만한 자 뉘 있으리
三友更投膠漆分	세 벗을 다시 만나 굳게 친분을 다지니
厭看塵世白頭新	속세 풍진 겪은 뒤라 흰머리 새롭구나

琢磨薰染은 道를 위한 수행이다. '세 벗'은 앞서 언설한 육신으로 짓는 집착과 뜻(心事)으로 짓는 집착과 그것이 사상의 인과율을 이루어 짓는 집착을 비유함이다. 그것과 '다시 만나 굳게 친분을 다졌다' 함은 인간이 실상이라고 믿는 앞서의 것들이 실제로는 실상이 아님을 밝히는 공사상과의 조우를 의미한다. 그런 까닭에 인간이 가장 큰 집착을 보일 수밖에 없는 생노병사의 고도 공한 것일 수밖에 없다는 체득을, '厭看塵世白頭新'에서 보여 준 것이다. 이는 애초에 공사상을 풀어가기 위한 단서로 제공했던 탈모자의 白頭로 환원시키는 원형(圓形) 플롯으로, 기재가 공사상을 진설하기 위한 것으로 이해된다. 기재가 선문답 형태의 산문과 선시적 성격의 운문을 통해 의도하였던 것은 공사

---

126) 법륜, 앞의 책, 97면.

상의 문학적 발화였다. 『금강경』이 공이란 단어를 쓰지 않고도 그 핵심인 공사상을 설한 것처럼 기재 역시 공이란 말을 드러내지 않고 공사상을 설하기 위해 선문답과 선시를 방편으로 삼음으로써 불전의 산운교직 문체를 독특하게 수용하였다.

〈서재야회록〉에서 기재가 펼친 유와 무의 대립을 불식시키는 공사상은 기재가 처해 있던 사화로 얼룩진 시대적 상황의 혼탁에서 빗어진 세사의 시시비비를 꿰뚫어보기 위한 것이다. 반면에 〈최생우진기〉에서 펼친 중도사상[127]은 그가 사적으로 내공을 쌓은 불가의 선적(禪的) 사유 체계를 구유한 작품이다. 〈최생우진기〉 역시 그 서사 전개와 인물들의 형상화는 도가적 접근법으로, 스승과 제자의 선문답과 기연을 통한 깨침이라는 화두 참구적 사유를, 상징과 비유로 나타낸 산운교직의 문체는 불가적 접근법으로 접근된다. 우선 선문답 형태의 산문 서술은 최생의 은혈(隱穴) 탐색이 시작되는 부분에서 발견된다. 최생이 탐색하고자 하는 용추동 동굴은 문면 그대로의 도가적 신선경인 동시에 불가적 선정(禪定)[128]의 상징이다. 동굴 속의 진인은 도가적 신선 그 자체인 동시에 화두 참구를 통해 깨우치는 불가의 정각(正覺), 곧 진여(眞如)를 의미한다.

"이 바위를 밟을 수 있는 자가 동굴을 들여다 볼 수 있소 …… (中略)

---

127) 공은 無나 斷滅이 아니라 긍정과 부정, 유와 무, 常住와 斷滅과 같은 두 가지 대립을 떠난 것이다. 따라서 공이란 모든 사물의 의존 관계인 것이다.(나카무라 하지메, 이재호 역, 『용수의 삶과 사상』, 불교시대사, 1993, 12면) 따라서 유도 아니고 무도 아닌 공을 중도라고도 불린다.(앞의 책, 174면)

128) 선정이란 참선하여 三昧境에 이름을 뜻한다. 한 가지에만 마음을 집중시키는 일심불란의 경지인 삼매에 드는 수행 방편이 화두 참구이다. 불전마다 불타가 선정에 들어 삼매경에 드는 장면이 출현한다.

…… 그대가 이 바위를 밟을 수 있는 자임에는 충분하다고는 하더라도, 어찌 이 동굴에 들어가 볼 수야 있겠습니까?"

최생은 흔쾌히 말했다.

"선사와 함께 시험 삼아 가보고 싶습니다. 저를 인도해 주시겠습니까?" ……(中略)……

증공은 만류하였으나 불가능하여 마침내 석장을 짚고 앞장섰다. 절벽 아래에 이르자 최생은 기운차게 나는 듯이 올라가서 증공을 돌아보고 말했다.

"이 바위를 밟는 것은 마치 평탄한 길을 밟는 듯하오. 선사께서 도리어 나를 속였구려 ……(省略)……."[129)]

용추동 은혈의 탐색 전에 최생과 증공이 나눈 대화 부분이다. 평범한 대화 같지만, 그 안에서 화두 참구에 관한 선문답이 이루어진다. 최생이 정각의 자리에 드는 화두 참구의 길을 묻자, 증공은 그 진여의 자리는 아무나 닿을 수 있는 곳이 아님을 강조한다. 화두 참구를 시작해 볼 수야 있겠지만, 최생의 역량으로는 정각의 자리까지 나아갈 수 없다고 부정한다. 그러나 최생은 '위태로운 바위'에 선 것이 마치 '평탄한 길'을 밟는 것과 같다고 말한다. 기재는 危石과 坦途의 대비 속에서 화두 참구의 참모습을 비유한다. 즉, 화두 참구란 증공의 인식처럼 언어로 고착된 것이 아니라(그는 禪定에 드는 화두 참구를 危石으로 인식한다), 최생과 같은 실천적 체득 속에서 이루어진다는 것을 역설한다. '危石'의 단계를 뛰어넘은 최생은 마침내 삼매경에서 진인을 만나게

129) 能履此石者 可窺此洞 ……(中略)…… 子若能履此石者足矣 子焉能遊此洞乎 生欣然曰 願與師試往觀之 盍爲我導 ……(中略)…… 空 止不得 遂杖錫而先 既至崖下 生振迅長王 若翰若羽顧謂空曰 履此石如履坦途 師顧誣我哉 ……(省略)……. 〈최생우진기〉, 『기재기이』.

되는데, 이는 불가에서 이르는 오도, 곧 정각의 자리를 뜻한다.

불가의 오도는 기연을 통한 言下便悟에서도 이루어진다. 최생과 진인들의 한시가 선시적 성격을 띠며 운문 서술의 일면을 보여 준다. 최생은 용궁회진시 삼십 운에서, "진경을 우연히 엿보다가 천길 언덕에서 날아 내렸도다. 어찌 구덩이에 진경이 있을 줄 알았으랴? 해와 달빛을 우러러 절하도다(眞源偶一窺 飛下千仞岡 那知坎有孚 瞻拜日月光)"라고 하여, 危石을 뛰어넘은 오도의 체득을 말한다. 이에 용왕은, "만고를 지나침이여! 하루와 같도다(歷萬古兮如一日)"라고 한다. 구덩이와 진경을 일체의 것으로 달관한 최생의 경지와, 삼라만상의 발현처인 '만고'를 '하루'와 합일시키는 용왕의 경지는, 〈최생우진기〉가 구현하고자 하는 진(眞)의 자리 그 자체이다. 〈최생우진기〉는 이처럼 화두적 공간을 형상화하는 선문답 형태의 산문과 선시 성격의 운문이 교직된 문체적 특징을 지닌다.

(3) 결연적(結緣的) 삽입시와 산운교직

〈하생기우전〉의 문체 역시 산운교직의 형태를 취하고 있는데, 이때의 삽입시는 이승의 하생과 명계의 귀녀를 결연시켜 주는 중요한 장치이다. 복자의 점지대로 가연을 만나게 된 하생이 구애의 시를 보내자 귀녀 역시 이에 응한다.

玉節迢迢鳳不媒　옥 같은 절개 높고 높아 봉황도 중매를 서지 않네
腸斷一宵孤枕夢　애끓는 하룻밤 외로운 베갯머리 꿈자리여
却憐無路到陽臺　가련해라 양대에 갈 길이 없구나

待月疎櫺夜不扃　달빛 드는 격자 창문 밤에도 잠그지 않고
玉籠鸚鵡睡初成　옥 새장 속 앵무새는 이제 막 잠들었네

귀녀는 약속대로 하생을 기다린다. 가연을 맺은 두 사람이 황금자를 징표로 재회를 약속하는 대목에서도 삽입시가 등장한다. "분명한 소매 속의 황금자를 가지고 인정의 깊고 얕음을 재어보고 싶어라(分明袖裏黃金尺 欲就人情度淺深)"는 대목이 그것이다. 하생은 환생한 여인과 이승의 가연을 맺고자 하였다. 그러나 그녀의 부모가 가문과 지위를 내세워 혼인을 반대하자, "흙탕물 옥에 묻혀도 옥은 변함이 없을 테고, 봉황이 제 둥지 찾았으니 난새를 돌아보려 하겠는가(泥雖點玉應無汚 鳳已歸巢肯顧鸞)" 하는 원망의 시를 보낸다. 여인은, "돌 위에서 맺은 원한 노랫소리 울려 나니, 일찍이 옥황상제께서 이 몸 운명 정하셨네(石上結怨歌洩洩 玉皇曾定此生期)"라고 하여 이미 천상에서부터 맺은 두 사람의 인연을 알리며 용서를 구하는 시로써 행복한 결말을 맞는다.

산문 서술이 두 주인공의 결연은 물론 관운을 얻지 못한 하생의 불우한 처지, 여귀의 죽음과 관련한 가문에 얽힌 비극 등을 전반적으로 풀어가는 반면, 운문 서술은 하생과 귀녀의 이합에만 초점을 둔 진행이라는 점이 주목된다. 제3자가 개입해 남녀 주인공 사이에 얽힌 사건을 나타내 주는 시편도 없을 뿐더러, 두 주인공조차 자신들의 시편을 통해서는 그들을 둘러싼 외부적 사건들에 대해서는 함구한다. 〈만복사저포기〉나 〈이생규장전〉의 운문 서술과는 다른 점이다. 〈만복사저포기〉에서는 귀녀의 이웃들이 등장하여 양생이 만나고 있는 귀녀가 명계의 여인임을 암시하고,[130] 〈이생규장전〉에서는 이생의 아내가 직

130) 칠등(무덤 속에 켜는 등불)엔 빛이 없고, 밤은 또한 기나긴데, 북두성 기울고 달도

접 자신이 전란에 희생된 귀의 몸이란 사실을 밝힌다.[131]

〈하생기우전〉이 앞의 작품들과 달리 운문 서술에 있어 주인공들의 외부적 사건들에 대해서 언급하지 않는 것은 개아적 사고의 변모 때문이다. 주인공을 둘러싼 부당한 외압을 줄임으로써 행복한 결구를 허용하고자 하였던 기재의 문필에서 비롯된 것이다. 기재는 적어도 운문 서술에 있어서만큼은 두 주인공의 당면 문제인 애정과 결연 문제에 외부의 물리적인 힘이 작용할 수 없도록 의도한 듯하다. 하생과 귀녀에게 가해지는 외부의 물리적인 힘은 산문 서술이 충분히 담당해 내고 있기 때문이다.

살펴본 바와 같이 〈하생기우전〉은 산운교직의 문체를 훈습하고 있으면서도, 그 서술 내용에 있어 주인공들의 중요한 당면 문제를 부각하는 운문 서술과 전체적인 사건을 다룬 산문 서술의 특징을 나타낸다. 『기재기이』는 불전의 산운교직 문체를 전승한 가운데, 각 작품의 성격을 살리는 산문과 운문 서술 전개를 보여 준다. 이는 불전에서 취한 문체적 원형을 자신의 작품에 맞게 변모시키고자 하였던 기재의 창작의도에서 기인한 결과라고 하겠다.

3) 인세 교화적 주제

기재의 제자인 신확이 쓴 『기재기이』의 발문에는 문학의 교화적 효

반쯤 비꼈구나, 쓸쓸한 나의 침소 뉘라서 찾아오리, 푸른 적삼 구겨지고 귀밑머리 헝클어졌네(漆燈無焰夜如何 星斗初横月半斜 悄悵幽宮人不到 翠衫撩亂鬢鬖鬆), 〈만복사저포기〉, 『금오신화』.

131) 도적떼 밀려와서 처참한 싸움터에, 몰죽음 당하니 원앙도 짝 잃었네, 여기저기 흩어진 해골 그 누가 묻어주리, 피투성이 그 유혼은 하소연 할 곳 없네(千戈滿目交揮處 玉碎花飛鴛失侶 殘骸狼藉竟誰埋 血汚遊魂無與語), 〈이생규장전〉, 『금오신화』.

용론이 보인다.

> 상공께서는 글 쓰는 것에 노닐매 기이함에 뜻을 두지 않았다. 그럼에도 절로 기이하게 되었는데, 그 지극함에 이르러서는 사람을 기쁘게도 하고 사람을 놀라게도 하여, 세상에 모범이 될 만한 것이 있고 세상을 일깨울 만한 것도 있어서, 백성의 떳떳한 도리를 붙들어 세움으로써 명분 있는 가르침에 공을 이룬 것이 한두 가지가 아니니, 저 보통의 소설들과는 같이 놓고 이야기할 수 없는 바라. 그것이 세상에 성행하는 것은 당연하다.[132]

발문의 요지는『기재기이』의 주제가 범세(範世)와 경세(警世)로써 민이(民彝)를 진작시키는 데 있다는 것이다. 그래서 명분 있는 가르침(유교)에 공이 있음을 밝히고 있는데, 이는 문학의 교화적 효용성을 중시했던 사림파의 문예관을 표방한 것이다. 이러한 까닭에 소인호는 작품의 내용 또한 심각한 갈등이 아니라 대중에게 교훈적인 의미를 줄 수 있는 방향으로 나아갔기에『기재기이』가 문인들 사이에서 비교적 부담 없이 읽혀질 수 있었고, 〈안빙몽유록〉과 같은 작품은 국문본으로 번역되면서 제한적이나마 전기소설의 향유층을 민간 대중에게 파급시키는 결과를 낳았다고 보았다.[133] 조광조를 영수로 하는 사림파의 일원이었던 기재가 도를 밝히고 경세에 이득이 되는 뜻을 자신의 문학관으로 삼았다는 것은 당연한 일일 것이다.

---

132) 嘗遊戲翰墨 無意於奇而自不能不奇 及其至也 使人喜使人愕 有可以範世有可以警世 其所以扶樹民彝 有功於名敎者 不一再 彼尋常小說不可同年以語 則盛行於世固也,『기재기이』跋文.

133) 소인호, 앞의 책, 212면.

평소 조광조는 도문일치론을 내세웠는데, “도와 문은 본래 두 가지 일이 아니니 어찌 문장으로만 인재를 뽑겠습니까? 중국에서도 인물이 지극히 많으나, 그 가운데서 뽑아서 취하였으므로 어진 이가 많았습니다. 우리나라는 인물이 적은 데다가 출사하는 길은 오직 한 길뿐입니다.”[134]라고 하여 도덕과 문장이 본래 하나인데 우리나라의 현실은 인재 등용을 문장만으로 하고 있어 경계할 일이라고 지적하였다. 사림파의 도문일치론은 기재에게도 영향을 주어 그의 작품을 지탱하는 근원이 되었다. 그는 문덕(文德)으로 세상을 교화시키고자 하는 바람을 『기재기이』에 펼치고자 하였다. 그가 유관의 직에 머물던 생존 당시에 『기재기이』가 출간되었다는 사실도 인세 교화를 목적으로 한 것임을 방증한다.

주목할 점은 문덕의 발화를 위해 전래의 문학적 제재를 적극 활용하고 있다는 사실이다. 세인 사이에 유전해 오던 설화적 요소들이 그것인데, 기재는 인세 교화에 있어 익숙한 공감대로 다가섬으로써 작품의 주제를 보다 밀도 있게 전달하고자 하였다. 그는 우선 전래의 꽃이나 문방사우를 의인화한 가전 기법의 차용을 이행했다. 또한 용궁 설화를 취하였고, 환생과 인귀교환설화를 취하여 작품의 주제를 형상화해 나갔다. 전래의 제재를 바탕 삼아 세사(世事)의 정의 내지는 정도 구현을 실현하였다. 기재가 추구하던 문학의 교화적 효용론을 볼 수 있다.

고려조에 형성된 가전 작품은 무신란 이후 대두한 신흥사대부들의 대 사회적인 이념 표출과 밀접한 관련을 가지고 있으며,[135] 실세한 문

---

134) 道德文章本非二事 豈必以文章爲乎 在中原人物至夥 取 其中拔而取之 故賢者多焉 我國則人物少 而出仕之路只一途, 『중종실록』 권34, 13년 11월 정유조.

135) 김현룡, 『한국가전문학의 연구』, 개문사, 1985.

인들의 울분과 이상 및 계세(戒世)를 우의한 특질을 지니고 있다.[136) 용궁 설화 역시 고래로부터 민간에 유전해 온 수부의 왕이 다스리는 세계 이야기이다. 가깝게는 〈용궁부연록〉의 한생이 수부의 왕과 대면하는 것에서, 좀 더 멀리는 『삼국유사』 속의 거타지가 사미를 죽이고 노룡의 세계를 존립시키는 것에서 볼 수 있다. 수부의 왕과 대면한 인간은 정의의 실현자라는 공통점을 보인다. 환생의 전형은 『삼국유사』의 〈선율환생〉 등에서 발견되는데, 그 환생의 요지 속에 인과율의 법칙이 내재해 있어 계세의 특징이 있다. 중국 육조시대와 당대에 성행한 지괴류 설화 속의 인귀교환설화는 『수이전』의 〈최치원〉, 『삼국유사』의 〈도화녀·비형랑〉에서도 발견되는 바,[137) 인귀를 둘러싼 부당한 세계의 외압을 다루며 계세의 특징을 드러낸다.

그런데 기재가 인세 교화라는 주제 구현을 위해 수용한 전래의 설화적 요소들도 그 연원을 소급하면 다시 불전으로 귀결된다는 사실을 유추해 볼 수 있다. 『백유경』 제48화 '부러진 나뭇가지에 얻어맞은 여우'라든지, 제 95화 '어리석은 수비둘기'의 예에서처럼 가전의 의인화 수법이 불전으로 소급되고, 『법화경』 〈서품〉의 설법 현장에서 보이는 용의 예를 보아도 불전과의 관계를 짚어 볼 수 있다. 용은 현세에 불법이 유행하지 않게 될 때 용궁에서 경전을 수행하는 역할을 담당[138)한다는 점에서 불전 소재의 존재이다. 환생과 인귀교환설화 역시 불가의 연기에 입각한 것이다. 이는 불타가 인세 교화를 위해 내세운 방편이

136) 안병설, 「고려가전의 형성과 그 성격」, 『북악한학』 1, 국민대 부설 한국학연구소 한문학연구실, 1978.

137) 정주동, 『매월당 김시습연구』, 신아사, 1965, 582면.

138) 김영동, 「불교적 세계관의 서사적 수용」, 『불교문학연구입문-산문 민속편』, 동화출판공사, 1991, 146면.

라는 점에서 인심의 교화를 주축으로 한 고전소설의 주제 구현과도 부합한다. 기재는 이러한 점을 적극 활용해 문학의 교화적 효용론을 구가한 것으로 이해된다.

문학을 통해 도를 전달하고, 독자의 성정을 도야하고 순화시키고자 했던 기재의 문학관은[139] 사실 『법화경』의 '방편품'이나 '비유품' 등이 내비치는 불가의 교화적 방편과 다르지 않다. 그렇다면 기재가 불전으로까지 소급되는 인세 교화의 방편을 탐구해 『기재기이』를 창작한 배경에 대해 세심하게 생각해 볼 필요가 있다. 기재는 기묘사화를 겪으며 정법으로 운행되는 않는 세상에 대해 회한을 가진 것으로 보인다. 중종은 훈구 세력을 견제하는 측면에서, 또 왕도정치의 실현을 주창하는 사림파에 경도되어 조광조와 그 명류를 적극 영입하고 신임을 아끼지 않았다. 그러나 기묘사화에 이르러 가장 먼저 등을 돌린 인물 역시 중종이었다. 기묘사화의 발단은 사림파가 밀어 붙인 위훈 삭제로 큰 위기를 느낀 훈구 세력들의 조직적인 도모에서 비롯되었다. 기묘사화 당일에 조광조를 비롯한 사림들을 옥에 가두고 그 죄를 묻는 자리에서였다.

정광필이 묻기를,
"누구를 우두머리로 합니까?"
하니, 임금이 이르기를,
"조광조를 우두머리로 하라"
하매 정광필이 아뢰기를,
"이 사람들에 대한 추고 전지에 상층 사람에게는 격론(激論)하였다

139) 정대림, 『한국 고전문학비평의 이해』, 태학사, 1991, 10면.

는 등의 말로 문죄(問罪)하고, 그 다음 사람들에게는 화부(和附)하였다는 등의 말로 문죄하는 것이 마땅할 듯합니다."
하니, 임금과 좌우가 다 옳다 하매, 정광필이 아뢰기를,
"이들이 늘 한 짓은 다 정의에 핑계 대었으므로 그 죄를 이름 붙여 말하기 어려우니 짐작해서 해야 할 것입니다."
하였다.140)

그래서 조광조에게 내린 죄목이 '간당죄(奸黨罪)'였고, 한 달여 만에 그를 사사하였다. 이는 당시 법전인 『경국대전』에도 없는 죄명으로, 영상 정광필의 말대로 '그 죄를 이름 붙여 말하기 어려우니 짐작해서' 내린 편법적 조치였다. 기재가 꿈꾸었던 유가적 세계의 분열과 해체가 자명하게 벌어진 자리였다. 더 이상 유가적 덕목만으로 자신의 내심을 토로할 수 없는 혼란한 상황이었다. 일찍이 기재는 법에 대해 분명한 소신을 세우고 있던 인물이었다.

임금이 법 하나를 세우려면 반드시 인정과 사리에 맞게 하기를 힘써야 하며, 사형에 이르러서는 더욱 더 신중하게 하여야 하는 것인데, 어찌 한때의 통탄과 미움만으로 경솔하게 큰 법을 의논할 수 있으리까!141)

이러한 철칙을 세우고 있던 기재에게 국전에도 없는 죄목으로 총애하던 신하를 사사시킨 중종의 처사가 허용되지 않았을 것이다. 기재는

---

140) 鄭光弼等曰 以誰爲首乎 上曰 以 趙光祖爲首 鄭光弼曰 此人等推考傳旨 上層人以激論 其次以和附等辭 問之似當, 上及左右皆然之 鄭光弼曰 此輩常時所爲 皆托於正 難以名言其罪 當斟酌爲之,『중종실록』15집, 14년 11월 을사조.

141) 王者立一法 必務求情理 至於死刑 尤加重愼 豈可以一時憤疾 輕議大法乎,『중종실록』14집, 7년 10월 계묘조.

자연스럽게 개인적으로 친분을 쌓고 있던 불가의 사유 속에서 난국 해소의 묘책을 모색하게 되었던 것으로 보인다. 곧 『기재기이』는 군왕마저 절의를 저버린 세상을 정법으로 회귀시키고자 하였던 기재의 열망이 불가적 제재를 통해 발화된 것이고, 인세 교화의 문덕으로써 세간에 출현한 것이라 하겠다.

4. 작품의 형상화와 불교적 의미

1) 시대적 환경과 불교적 우의

『기재기이』는 각 작품마다 불교적 공간을 배치시켜 놓고 있다. 작품의 외적 조건으로 유가와 도가의 사유 체계를 보이고는 있지만, 내적으로는 불가적 사유 체계를 은밀히 포석해 놓았다. 이는 당대의 승려들이 펼치던 '승은문출(僧隱文出)'의 포교 방법을 연상케 한다. 승은문출은 전대와 차별될 만큼 압제를 받던 불교계에서 억불 정책에 대결함이 없이 은둔한 자세로 임하되 대중적 불교 문헌을 유통시켜 포교의 실효를 거두자는 방향[142]에서 나타났다. 『기재기이』는 이러한 승은문출의 성격을 띠고 창작되었기에 전기소설사적 위치에서 거듭 논의되었을 뿐 불교소설사적 위치에의 조망은 이루어지지 않았다.

기재가 불교적 공간을 우의적으로 형상화한 목적은, 비현실적인 괴기 자체를 말하기 위한 것이 아니라 직설적으로 말할 수 없는 문제를 비현실적인 괴기담 속에 기탁[143]하기 위해서였다. 기재의 삶에 있어

142) 사재동, 『불교계 국문소설의 연구』, 중앙문화사, 1994, 18면.

143) 이월영, 「만복사저포기와 하생기우전의 비교 연구」, 『국어국문학』 120호, 1997,

비현실적인 괴기담(내지는 허구담)에 기탁하지 않을 수 없었던 문제는 과연 무엇이었는지 되짚어보지 않을 수 없다. 이를 살피기 위해서는 『기재기이』의 창작 시기와 관련해서 생각해 보아야 할 것이다. 『기재기이』가 창작된 시기는 여전히 정치적 역경 중이었고, 그로 인한 화란(禍亂)을 경계하며 수신하던 때였다. 개인적·시대적 상황에서 자유로울 수 없었던 창작 현실이었다.

기재가 승은문출의 방편으로 불가의 사유 체계를 수용한 첫 번째 원인은 다름 아닌 기묘사화에 연루되었던 정치적 파란을 들 수 있다. 기묘사화는 중종 14년(1519) 11월 15일 밤에 일어났다. 당시 대표적 훈구 세력이었던 남곤과 심정 등은 사림이 주도한 위훈 삭제로 큰 위기를 느끼고 있었다. 대사헌 조광조의 공정한 법 집행에 감동하여 시정 사람들이, "우리 상전이 오셨다(吾上典至矣)"고 감격하는 장면을 목격하고, "온 나라 인심이 모두 조광조에게 돌아가고 있다(一國人心悉歸趙氏)"는 유언비어로써 중종의 심리를 동요시키는 본격적인 모의를 시도했다.[144] 일의 발단은 훈구 세력의 모의에서 시작되었지만 결국 사화를 주동하고 이끈 인물은 중종이었다.[145] 사림에 마음을 돌린 중종이 그들을 제거하기 위해 밀지를 내린 사실은, 『조선왕조실록』 등에 명확하게 기술되어 있다. 중종이 내린 밀지의 내용이라든지, 그러한 사실을

193면.

144) 이상성, 『정암 조광조의 도학사상』, 심산, 2003, 240~243면.

145) 이상성은 중종이 조광조를 비롯한 도학자들의 부단한 추진력에 보조를 맞추기에는 나태한 면이 많은 임금이었다고 지적하며, '(사림들이) 아침에 강론을 시작하면 해가 기울어서야 파하므로, 임금이 몸이 피로하고 괴로워서 하품을 하고 기지개를 펴고 고쳐 앉기도 하였다. 때로는 龍床에서 통하는 소리를 내니 남곤과 심정 두 사람은 임금의 마음속에 선비들을 싫어하는 기색이 있는 것을 짐작하고 드디어 꾀를 내어 일을 꾸미기 시작했다.'는 『연려실기술』의 기록을 사례로 들었다.(위의 책, 241~242면)

중종이 부인하지 않은 사실, 또 조광조에게 죄를 내리는 데 있어 누구보다 강경한 목소리를 냈던 인물이 중종이란 사실도 확인된다.

기묘사화 당일에 중종은 사림을 불시에 하옥하고 추국 과정 없이 처단하려고 하였을 만큼 신의를 저버리고 있었다. 사화 발발 한 달여 뒤인 12월 20일에 조광조는 『경국대전』에도 없는 '간당죄'란 죄목으로 38세의 짧은 생을 종명했다. 그리고 김정(金淨), 김구(金絿), 김정(金湜)은 절도에 안치되고, 윤자임(尹自任), 기준(奇遵), 박세희(朴世熹), 박훈(朴薰) 등은 극변에 안치되는 등 50여 인에 이르는 사림이 축출 당하였다. 기재는 간신히 참화의 위기를 모면하고 삭탈관직을 당한 뒤 15년 동안 은거기로 접어든다. 이때의 기재 심정은 다음의 시를 통해서 잘 드러난다.

同時逐客幾人存	함께 쫓겨난 나그네 몇이나 남았는가
立馬東風獨斷魂	동풍에 말 세우고 홀로 넋을 잃었노라
煉雨介峴寒食路	안개비 자욱한 개현 한식날 길에
不堪聞篴夕陽村	석양 지는 마을의 피리 소리 차마 듣지 못할레라[146]

위 시는 개현(介峴)의 김세필(金世弼) 옛 집을 지나던 기재가 기묘제현을 떠올리며 서러운 감정을 읊은 시이다. 은거 중인 그의 현실처럼 안개비 자욱한 길에서 바라본 과거의 그림자는 처연하기만 하다. 붉은 노을과 피리소리, 또 그것을 애끓는 가슴으로 밀어내는 화자의 심중을 통해 과거의 동류에 대한 회한과 아픈 기억이 형상화된다. 군심의 배

146) 〈寒食後一日過介峴金公舊居有感〉, 『기재집』 別集 권5.

반을 함께 지켜보았던 동류들에 대한 정한을 여전히 품고 있는 화자의 고통이 생생하게 다가온다.

『기재기이』는 이 같은 통한의 시간 속에서 구상된 것으로 추정되는데, 기묘사화를 직설적으로 표현하기에는 아직 이른 시간이었다. 기묘사화의 참화는 그로부터 10여 년이 지난 뒤에도 여전히 사림을 위해하려는 세력의 빌미로 남아 있었기 때문이다. 조정을 잡은 자들이, 사림의 잔존 세력을 와해시키기 위해 기묘년의 일을 빙자한 모사와 흉서를 임금에게 전달했다는[147] 기록이 남아 있다. 훈구 가문의 일원이었지만 사림의 길을 걸었던 기재의 이력은 모사와 흉서의 대상이 될 수 있었다.

> 유운이 나이는 젊으나 학문에 밝으며, 대사성이 되어 마음을 다하여 교회(敎誨)하였습니다. 이제 신광한이 유운을 대신하여 대사성이 되었는데 광한도 운만 못하지 않으니, 운을 동지사로 삼아 광한과 함께 마음을 같이 하여 교육하도록 하는 것이 좋겠습니다.[148]

조광조는 기재를 대사성에 천거할 만큼 교분이 두터웠다. 그런 까닭에 조광조와 붕비 맺었다 하여 정치적 위기를 맞았던 기재로서는 문면에 현실 문제를 그대로 재현할 수 없었다. 그래서 선택한 것이 불가적 사유를 통한 부당한 세계의 우의였다. 그러나 당시 상황 속에서 호불(好佛)을 드러내는 일 역시 쉽지 않았다. 중종만 해도 억불 신념을 내세워 불교를 신봉하지 말 것을 직접 이르고 있었다.

---

147) 『중종실록』, 17년 7월 계해조.

148) 趙光祖曰, 柳雲雖年少 善於學問 爲大司成 盡心敎誨 今申光漢代 爲大司成 光漢亦不下於雲 以雲爲同知 則與光漢同心敎育可也, 『중종실록』, 13년 7월 무신조.

> 대저 창업한 임금은 반드시 후세가 본보기가 되어야 하는데, 왕태조가 '대업을 이룬 것이 반드시 여러 부처의 호위하는 힘을 입은 것이다'고 했으니, 이 때문에 후세에 신돈의 난이 있었던 것이다. 역대로 보더라도 양 무제가 불교를 받들다가 대성의 욕을 면치 못했으니 마땅히 경계할 일이다.[149]

또한 중종 대는 성균관을 중심으로 한 훼불 운동이 극렬했던 시기였다. 일례로 왕실의 불사에 반대하는 유생들이 태조의 비인 신덕왕후의 원찰인 정릉사에 방화하고, 대비가 보낸 내관을 폭행하여 하옥되었는데, 그 인원이 20여 명에 달할 정도였다.[150] 또한 회암사 승려들이 불사를 크게 일으키는 일이 벌어지자 성균관 진사 1백 70여인이 부처를 배척하는 소를 올리기도 하였다.[151] 벽불의 시대적 상황은 기재의 외유내불 성향을 더욱 굳히게 하는 요인이었다. 기재는 신숙주의 손자이자 김안로의 조카로서 훈구가계의 일원인 동시에, 또 조광조와 협류하여 도학자로서의 면모를 보인 사림의 일원이었기에 유자로서의 삶은 타고난 숙명과도 같았다. 그런 기재였기에 비록 사적으로 친분을 두고 있었다고 하더라도 불가에 대한 개방적인 언로는 쉽지 않았을 것이다.

그러나 유가적 신념만으로 세사가 공의롭게 조율될 수 없다는 사실을 기묘사화의 파란 속에서 체득한 기재였다. 그래서 『기재기이』에 불가적 공간의 형상화를 꾀했지만 부득불 우의적 방도를 취해야 했다. 기재는 불가적 사유를 유가나 도가적 사유의 이면에 장치시켜 발화하

149) 大抵創業之君 必爲後世法 王太祖云 '成大業 必資諸佛護衛之力' 是以後世有辛旽之亂 以歷代觀之 梁武帝崇信佛敎 未免臺城之辱 宜監戒也, 『중종실록』, 9년 5월 임오조.
150) 『중종실록』, 5년 4월 신묘조.
151) 『중종실록』, 19년 6월 임자조.

는 방법을 모색했다. 조선전기의 외유내불 성향을 고스란히 간직한 기재에게 승은문출의 소설적 차용은 또 다른 창작 욕구의 발현이었다. 당대의 예민한 정치적 실화를 표면화할 수 없었던 기재는 불가의 공간을 문면에 내세우지 않고도 그 사유 체계를 구현하는 문학적 역량을 선보인다. 이는 마치 기재가 유가적 현실을 우의하고 이상을 형상화하기 위한 하나의 방편으로 도선적 초세(超世)를 수용한(유기옥) 것과 같은 맥락이다.

기재가 불교적 공간을 형상화하는 데 우의적 방편을 썼던 또 다른 이유는 당시 세간을 떠들썩하게 했던 채수(1449~1515)의 비극 때문이기도 하였다. 채수가 쓴 〈설공찬전〉의 여파로 인해 작품 전면에 불교적 색채를 드러내지 못한 채 승은문출과 같은 비법을 썼던 것으로 보인다. 〈설공찬전〉이 조정에 논란을 불러일으키며 정치적 충격을 준 것이 중종 6년의 일이다. 그때 기재의 나이는 26세로 승문원권지를 역임하고 있었다. 채수의 소설이 발본되어 소각되고 극형까지 운운되다 파직되는 상황을 같은 일선에서 지켜본 기재였다.[152] 게다가 채수는 기재의 이모부인 김안노의 장인이었으므로 결코 무관한 입장일 리 없었다. 『기재기이』의 창작시기를 중종 15년(1520)부터 잡는다면, 채수가 죽은 지 5년 후의 시간이 되므로 〈설공찬전〉의 여파가 사라졌다고 보기엔 이른 때였다. 기재는 바로 전 해에 기묘사화의 참화를 간신히 모면한 이력까지 있으니 불교적 작품 창작에 있어 더더욱 채수와 동궤

152) 사헌부가 민중을 미혹시키는 요망한 논설로 〈설공찬전〉을 탄핵한 것은 중종 6년의 일이다. 탄핵이 일어나고 사흘 뒤 〈설공찬전〉을 모아 소각하고, 숨기고 내어 놓지 않는 자는 妖書 隱葬律로 치죄할 것을 명했다. 꼭 일 년 뒤 파직이 되고, 채수는 그 후 5년 동안 고향에서 한거의 삶을 살다 졸하였다. 『중종실록』, 6년 9월 기유조, 9월 임자조, 6년 9월 을축조, 10년 11월 경인조 참조.

의 길을 걸을 수 없었을 것이다.

사헌부에서 채수를 탄핵한 이유는, "내용이 모두 화복이 윤회한다는 논설로, 매우 요망한 것인데 중외가 현혹되어 믿고서 문자로 옮기거나 언어로 번역하여 전파함으로써 민중을 현혹시킨다.(其事皆輪回 禍福之說 甚爲妖妄 中外惑信 或飜以文字 或譯以諺語 傳播惑衆)"는 것이었다. 소인호는 〈설공찬전〉이 『금오신화』의 〈남염부주지〉와 『용천담적기』의 〈박생〉이 동일하게 지옥 체험담의 구성을 취하고 있다는 사실을 들어, 채수가 문제 삼으려 했던 당대 현실의 정치 현안이 현 자료에서 누락된 후반부의 내용에 있지 않을까 추정하였다. 그리고 그것이 요서로 몰린 탄핵의 원인이자 작품의 주제라고 보았다.153) 그러나 한글번역본 〈설공찬이〉의 주전충(852~912, 당나라 인으로 반란을 통해 양나라를 세우고 황제가 된 인물)과 민후(연산조의 문신)를 단서로, 기재가 중종 반정을 우의적으로 작품화하였고 이로 인해 연산군을 몰아내고 중종을 옹립한 신진 사림의 탄핵을 받은 것으로 이해하였다.154)

"부정한 도로 정도를 어지럽히고 인민을 선동하여 미혹케 한 율에 의해 사헌부가 교수로써 조율했는데 파직만을 명했다(依左道亂 正扇惑人民律 憲府照以當絞 只命罷職)"는 채수의 예만 들더라도 기재가 불가적 사유체계를 『기재기이』의 외면에 내세우는 일이 쉽지 않았을 것으로 추정된다. 더군다나 기재가 의도한 것은 중종과 위정자들이 함구하고 있는 기묘사화의 정치적 현실이었다. 채수가 필화 사건으로 교수율을 받고 죽음의 문턱까지 갔던 사실은 기재에게 우의화란 완곡한 문필을 강구하게 하였다. 그래서 승은문출의 창작을 시도했고, 문면에 불가

153) 소인호, 『한국전기문학연구』, 국학자료원, 1998, 178면.

154) 소인호, 위의 책, 179~180면.

적 사유체계를 내세우지 않으면서도 불교적 공간을 포진한 문력(文力)을 이루었다.

살펴본 바와 같이 『기재기이』의 창작 배경은 작가의 개인적·시대적 상황과 긴밀히 맞물려 있다. 물론 이 양자의 상황으로부터 분리되어 논의되는 작품은 없겠지만, 특히 이 소설은 정치적 실화를 바탕으로 구상되고 전개된다는 점에서 작가 의식이 보다 강조된 작품이라고 하겠다.

2) 작품에 나타난 불교적 공간의 의미

(1) 〈안빙몽유록〉과 신원(伸寃) 산화의식(散花儀式)

『삼국사기』 소재 설총의 〈화왕계〉는 의인문학의 효시로 거론되며, 후대의 꽃을 의인화한 여타 작품의 표본이 되었다고 평가된다.[155] 그 이후 김수항(1629~1689)의 〈화왕전〉과 이이순(1754~1832)의 〈화왕전〉, 윤치영(1803년경)의 〈매생전〉, 이가원의 〈화왕전〉으로 이어진다. 이들은 공통적으로 왕을 풍간(諷諫)하거나 부귀와 번화 등을 경계하는 계훈성을 지니고 있다. 〈안빙몽유록〉은 설총의 〈화왕계〉를 이어 꽃을 의인화한 문학적 전통을 잇고 있으며,[156] 현실 문제에 충실하고자 했던 작가의 고심을 다룬 작품이다. 앞서의 작품들은 다만 꽃 자체를 의인화하여 현실에 대한 풍자성을 나타내고 있는 반면, 〈안빙몽유록〉은 이를 다시 몽유의 액자 속으로 끌고 가 작품의 주인공이 몽유세계의 주인공으로 활동하고 있다.[157]

---

155) 김광순, 『한국의인소설 연구』, 새문사, 1987, 68~70면.

156) 유기옥, 「신광한의 기재기이 연구」, 전북대학교 박사학위논문, 1990, 96면.

157) 소재영, 『기재기이 연구』, 고려대 민족문화연구소, 1990, 27면.

기재가 안생을 화원의 꽃들과 조우시키며 의도하고자 하였던 것은, 자신과 직접 관련이 있는 기묘사화(1519)의 참화자들이고, 또 그들을 위한 신원의식(伸寃儀式)이었다. 정치적 쟁점을 소설화하여 세간에 유포하기 위해서는 우의적 공간이 필요했다. 더군다나 그것이 중종이 주도했던 사화의 전모를 드러내고 그 참화자들을 위한 신원이라는 점에서 그 우의적 형상화는 더욱 절실했다. 화복지설을 내세워 중종반정을 우의화 했던 채수의 예를 전거로, 자신 역시 정치적 실화를 재조명하는 인간적 양심을 표출하고 싶었던 것이다. 그것이 기묘사화 참화자들의 신원을 풀어주는 의식(儀式)으로 나타나는데, 이 의식의 장이 불가의 산화의식을 연상케 한다는 점에서 불교적 공간의 접근을 허용한다. 작품 분석을 위해 사건 전개를 살펴보면 다음과 같다.

① 서생 안빙은 잇따라 과거에 낙방하고 남산 오두막집에 한거하였는데, 날마다 후원의 화초들 사이를 거닐며 시와 더불어 세월을 보낸다. 어느 늦은 봄날, 안생은 화원을 거닐다 회화나무에 기대어 문득 풋잠이 든다.

② 나비를 좇아 도이(桃李)가 만발한 동구에 이르러, 안생을 마중 나온 청의동자와 두 시녀의 안내로 조원전에 나아가 단주(丹朱)의 후손인 여왕을 만나는데, 직접 당(堂)에서 내려와 답배하고 안생을 영접한다.

③ 여왕은 안생과의 연회에 이부인과 반희를 초청하고, 이어 조래선생과 수양처사, 동리은일을 부른다. 이부인의 청으로 옥비와 부용성주 주씨도 찾아와 함께 한다.

④ 좌정(坐定)이 끝나고 연회가 시작되자, 악기(樂妓) 수십 명이 음악을 울리고 금실옷과 깃털옷을 입은 기생 두 명이 춤을 추며 절

양류와 접연화를 부른다.

⑤ 여왕은 기생들의 음악이 사람의 귀를 어지럽히는 속된 음악이라 하여 중지시키고, 가보(家寶)로 전해오는 악보를 연주하게 한다. 이에 오현금을 든 기생이 남훈곡을 타 좌중을 감동시킨다.

⑥ 여왕이 각기 시를 한 수씩 지어 여흥을 즐기자고 하여, 옥비를 선두로 안생, 주씨 순으로 자작한 화답시를 나눈다.

⑦ 이어 조래선생, 수양처사, 동리은일의 시가 이어지는데, 여왕이 수양처사와 동리은일의 고고함과 소방함이 과연 주나라에서도 꺾이지 않을 것인가 풍자하는 뜻으로 묻는다. 이에 두 인물은 요순시절에도 소보나 허유 같은 은자가 있었음을 말하며 자신들의 절개가 불변할 것임을 주장한다.

⑧ 안생이 작별을 고하니 여왕이 연회를 연장해 반희와 이부인의 뜻을 펴게 한다. 반희와 이부인의 가무에 여왕이 금전두를 내리려고 하자 조래와 수양이 언짢아하며 나가버린다.

⑨ 안생도 하직을 고하자 여왕이 많은 선물을 주고 극진히 배웅하는데, 춘관(春官)에게 명하여 전별의식을 행하였다.

⑩ 안생은 문 밖에서 한 미인이 조상의 죄를 입어 당에 오르지 못했다는 읍소를 듣다가 뇌성에 놀라 꿈을 깬다.

⑪ 안생이 후원으로 나가보니, 모란 한 떨기가 비바람에 시달려 꽃잎이 땅에 다 떨어진 채 서 있었고, 그 뒤에는 복숭아와 오얏, 대나무, 매화, 연꽃, 국화, 작약, 석류, 수양, 소나무가 있는 것을 본다. 섬돌 밑에 심어 둔 출당화는 읍소하던 여인임을 알고, 안생은 그 모든 것이 꽃들의 변괴로 이루어진 것임을 깨닫는다.

⑫ 안생은 그 뒤로는 오직 글만 읽고 다시는 화원으로 눈을 돌리지 않았다고 한다.

등장인물이 보여 주는 대화나 태도가 작품의 창작 동기를 은연 중 암시하고 있기 때문에 주의 깊게 볼 필요가 있다. 주인공 안생은 관운이 박복하여 산 중 오두막집에 거하며 시나 읊는 서생이다. 한 마디로 남산 밖 세상에서는 그의 존재가 미미하기만 할 뿐이다. 그렇다면 안생에 투사된 기재의 상황 역시 관운과는 거리가 먼 상태라고 유추할 수 있다. 기재가 유관의 직에서 멀리 떨어져 있던 때는 여주 원형리에서 은거하던 15년 동안이었다. 그 전후의 삶은 관계(官界)를 떨어트리고 논할 수 없을 만큼 관운이 좋았던 인물이었다. 기재는 여주에서 지내는 동안 상당량에 이르는 한시를 지으며 한거했던 만큼 안생과 기재의 중첩은 자연스럽게 이루어진다.

남산 밖 세상에서는 이름 석 자 알아주지 않는 안생이었지만 화계로 들어선 순간 명망을 떨치는 인물로 존숭된다. 청의동자와 시녀가 안생이 오기를 기다리고 있다가 정중하게 안내하고, 또 조원전에 이르러서는 여왕이 직접 당에서 내려와 답배를 할 만큼 영접을 받는다. 여왕은 안생의 맑은 덕을 마음에 두어 깊이 경모해왔다고 밝힘으로써 이미 화계 밖의 안생을 알고 있었다는 것을 시사한다. 또한 이부인과 반희의 뒤를 이어 찾아온 조래와 수양, 동리도 안생을 보곤 놀란 눈으로 반기며 자신들보다 상석을 권한다. 세 인물은 안생을 우연히 만난 일이 행운이라고까지 말하며, 안생과의 교분이 각별했음을 시사한다. 이어 화계의 연회장에는 옥비와 주씨까지 찾아와 성연(盛宴)이 이루어진다.

안생이, 기재의 삶을 투사한 인물이라면 여왕과 그가 초청한 일곱의 인물들에 대해 고민해 볼 필요가 있다. 먼저 이부인과 반희를 통해 그 윤곽이 드러나기 시작한다. 이부인은 총애를 받았지만 반희는 총애를 받지 못했던 과거의 일을 여왕이 거론하자 반희는, "그것은 다만 남편이 변덕스럽고 난폭하기 때문이었습니다. 예전의 반희가 어찌 이 부인만 못하였겠습니까? 또 첩이 들으니, 조정에서는 벼슬 높은 사람이 우선이라고 하였습니다."라고 반론하였다. "남편이 변덕스럽고 난폭하기 때문"이라는 말에 함의된 존재는 '조정'에서 찾아야 할 것이다. 두 미녀를 가까이 두고 변덕스럽고 난폭한 총애를 한 조정의 인물은 중종이라고 헤아려진다.

중종은 훈구와 사림의 총애에 있어 변덕스럽고 난폭한 태도를 보인 인물이었다. 국정 운영의 중책을 맡기며 신임하던 사림을, 그 자신이 직접 사화를 촉발시키는 주동자가 되어 몰아내고 훈구세력을 다시 영입하는 변심을 보였다. 중종은 '간당죄'라는 국전에도 없는 조항의 죄목을 만들어 조광조를 사사하고 50여 인에 이르는 그 명류를 축출하였다. 반희가 탄식한 남편은, 중종을 우의한 인물일 가능성이 매우 높다. 그렇다면 〈안빙몽유록〉의 연회에 모인 여덟 명의 인물들도 기묘사화와 관련 있는 인물로 접근해 볼 수 있다.

특히, 조래와 수양, 동리를 통해 사화의 참화자들을 유추해 볼 수 있는데, 그들의 용모가 하나같이 높은 기개와 절조, 덕성을 상징하고 있다는 점 때문이다. 참화자들의 성정을 드러내는 표현들이다. 뒤이어 등장하는 옥비가, '왕비나 공주의 부류인 듯(侍衛若王妃公主之屬)'한 것으로 표현된 대목에서도 사화의 참화자들을 떠올려 볼 수 있다. 대사헌 이항이 기재를 비롯한 23인의 이름을 열거해 조광조와 붕비 맺은 죄를 물었던 상소를 보면 그 표현의 진의가 가려진다.

> 종친은 조정의 정사에 간여할 수 없는 것인데, 시산부정(詩山副正) 이정숙(李正叔) 등은 조사와 교통하고 또 동류의 말을 들어 상소까지

> 하였는데, 그 소의 뜻도 매우 그르며 공론이 아닙니다. 또 파릉군(巴陵君) 이경(李璥)은 조광조 등이 죄 받던 날 종친부에 가서 종친을 죄다 모아서 아뢰어 구제하려다가 못하고 또 궐정에 나아가 한 밤에 무리로 모여서 아뢰어 구제하려 하였으니 매우 놀랍습니다. 저들과 그 죄를 같게 하소서.[158]

왕가의 종친인 시산부정과 파릉군이 사림을 구제하기 위해 백방으로 뛰어다닌 이력을 탄핵하는 내용이다. 옥비가 연회장으로 흰 말을 타고 왕가의 사람으로 비유되어 출현하는 것은 바로 이와 같은 역사적 사실에서 형상화된 존재이기 때문이다. 이와 같은 유추를 통해 연회장의 등장인물들은 기묘사화에 관련된 참화자들임을 간파할 수 있다. 즉, 화계의 연회장은 기묘사화의 실존 인물이었던 기재와 중종, 피화자를 형상화한 공간임을 알 수 있다. 그 피화자들의 영수가 조광조였던 점을 상기시켜 본다면 화계의 여왕은 곧 그를 상징한 것이라는 사실도 드러난다. 기재의 의중은, 화계의 연회장에 기묘사화 인물들을 모아 놓고 자신의 작심을 펼치는 것이다.

기재의 작심은 다름 아닌 신원의식(伸寃儀式)이다. 기재는 사화의 피화자들을 화계의 연회장에 불러 모아 주연(酒宴)과 시연(詩宴)을 베풀어 과거의 상흔을 달랜다. 연회의 성격은 흥겨운 연석(宴席)의 형상화에서 그치는 것이 아니라, 그 의식을 불가의 산화의식(散花儀式)과 연접시켜 펼치고 있다는 사실이 주목된다. 기재가 산화의식을 펼치기 위한 공간으로 조원전을 장치한 사실에서도 그 실마리가 잡힌다. 조원전은

---

158) 且宗親不得干預朝政 而詩山副正等 交通朝士 且聽同類之言 乃至上疏之意 亦甚非矣 非公論也 且巴陵君 當趙光祖等被罪之日 詣宗親府 盡會宗親 而欲啓救之不得 又詣闕廷 夜半群聚 欲啓救之 甚可經幄 請與彼類同其罪, 『중종실록』, 14년 12월 갑술조.

이미 선대의 작품 속에서 맺힌 것을 푸는 장소로 선범을 보인다.『삼국유사』 권5의 '월명사 도솔가'의 기록이 바로 그것이다. 경덕왕은 일괴(日怪)를 물리치기 위한 산화공덕(散花功德)을 치루고자 조원전에 제단을 차리고 인연 닿는 승려를 기다렸다. 이윽고 월명이 나타나 산화공덕을 한 결과 일괴가 즉멸하였다. 〈안빙몽유록〉의 조원전은 기묘사화 참화자들의 맺힌 원을 푸는 화계의 제단과 다르지 않다. 그렇다면 기재가 구체적으로 어떠한 형상화를 통해 산화의식을 치렀는지 보다 면밀히 살펴 볼 필요가 있다.

산화의 주체는 기묘사화에 관련된 모든 피화자들이지만, 그 구체적인 산화의 모습은 화계의 여왕인 모란을 통해 밝혀진다. 여왕은 화계 밖의 안생을 초청하고, 이어 이부인, 반희, 조래, 수양, 동리, 옥비, 주씨 등을 청하여 연회를 주도하는 인물이다. 생전에 사림의 거두로서 그 명류를 이끌고 도학 정치의 실현을 꿈꾸었던 조광조의 주도적인 삶과 다르지 않다. 안생은 연회를 파한 뒤 꿈에서 깨어 화원에 나갔다가 만화의 흐드러진 모습을 보고, 그 모든 것이 꽃들이 만든 변괴였다는 사실을 깨닫는다. 이때 안생은 비바람에 꽃잎을 모두 떨어트린 모란을 보게 된다. 다른 꽃들이 모두 제 모습을 갖추고 늘어서 있던 것과 달리 모란만은 꽃잎을 모두 땅바닥에 흩은 채 서 있었다. 화초들의 연회를 주최했던 여왕의 낙화는 흡사 기묘사화의 주동자로 몰려 절명한 조광조의 마지막과 유사하다.

그 순간 여왕의 낙화는 비극적인 삶의 단절을 의미하는 것이 아니라 천상의 공덕의식을 환기시키며 장렬한 죽음으로 탈바꿈한다. 비록 비바람에 져 땅으로 흩어졌지만 이미 모란은 화계에서 만화의 연회를 열고 기꺼이 즐겁고 기쁜 때를 누렸다. 그것은 기재가 의도한 조광조의 신원의식인 동시에 불가의 산화의식을 상징한 것으로 이해할 수 있다. 산화(散花)는 산화(散華)라고도 하는데, 본래 불타에 대한 공양으로 불전에 꽃을 흩는 것을 의미한다. 기재는 여왕의 낙화를 통해 불타의 희유한 위신력을 연상시키며, 자신과 함께 했던 사림파 명류의 희생을 장엄한 신원의식으로 탈바꿈하고 있는 것이다. 황패강이 밝힌 일본 승려 원인(圓仁)의 『입당구순례행기(入唐求法巡禮行記)』 소재 산화 기록[159]을 보면, 산화의식이 이미 신라 때부터 존재해 오던 불교의 전통 의식임을 알 수 있다.

> 창경(唱經) 하는 동안에 대중은 세 번 산화(散花) 한다. 산화 할 때마다 각기 송(頌)하는 바가 있다.[160]

이러한 산화의 연원은 불전에서 그 전통적 근거를 찾을 수 있다.

> 만약 선남자 선녀인이 있어 다만 꽃 한 송이를 허공에 흩으며, 부처를 염한 즉 곧 고(苦)를 마치고 그 복이 다하지 않는다.[161]

속세 범부의 산화는 불전 속에서 천상천인의 산화로 나타나기도 한다. 불타가 사리불에게 수기를 주는 순간 일어나는 산화가 그것이다.

---

159) 원인이 중국 赤山 法花院에서 그곳에 머무는 신라인들의 불교의식을 보고 기록한 것이라 하는데, 꽃을 흩으며 頌하는 것이 이른바 산화가의 종류라고 밝혔다. (황패강, 『향가문학의 이론과 해석』, 일지사, 2001, 432~433면)

160) 황패강, 위의 책, 각주 11 재인용.

161) 若有善男子善女人 但以一華散虛空中念佛 及至畢苦其福不盡, 『대품반야경』 권21, 三慧品.

석제환인과 범천왕들도 수없는 천사와 더불어 또한 하늘의 묘한 옷과 하늘의 만다라꽃과 마하만다라꽃들로부터 부처님께 공양하니 ……〈중략〉…… 많은 하늘꽃을 비오듯이 하며 …….[162)]

뿐만 아니라 경을 설하고 삼매에 들며 불타가 직접 산화를 일으키기도 한다.

이때에 하늘에서 만다라꽃과 마하만다라꽃과 만수사꽃과 마하만수사꽃이 비오듯이 떨어져, 부처님 위와 그리고 또 모든 대중에게 흩어지며 넓은 부처님의 세계는 여섯 가지로 진동하여 움직였소이다.[163)]

산화는 불타의 위신력을 나타내는 동시에 범부와 천인의 공덕의식이기도 하였다. 기재는 산화의식을 통해 동류였던 조광조와 그 일원의 맺힌 원을 풀어주고자 하였으며, 그 근원이 불세계에서 행해지는 신이한 경지의 산화에서 의거한다는 사실을 들어, 기묘사림에 대한 정당한 역사적 평가를 내리고자 하였다. 경덕왕이 일괴의 즉멸을 위해 차린 조원전을 〈안빙몽유록〉의 신원의식 공간으로 계승한 것도 그와 같은 내심에서라고 이해된다. 양희철은 조원전의 명칭이 새로운 출발과 정화를 보여준다고 지적하며 그 역사적 사례를 언급했다.[164)]

진덕왕 5년 봄 정월 초하루에 왕이 조원전에 납시어 백관의 신년 하

162) 釋提桓因 梵天王等 與無數天子亦以天妙衣 天曼陀羅華 摩訶曼陀羅華等 供養於佛 …… 雨中天華, 『법화경』, 〈비유품〉.

163) 是時 天雨 曼陀羅華 摩訶曼陀羅華 曼殊沙華 摩訶曼殊沙華 而散 佛上 及諸大衆 普佛世界 六種震動, 『법화경』, 〈서품〉.

164) 양희철, 『삼국유사 향가연구』, 태학사, 1997, 269면.

례를 받았다. 신년 하례는 이에서 시작되었다.165)

조원(朝元)은 '하늘을 찾는다' 또는 '일년의 첫날을 찾는다'는 의미로, 여기에 단을 설치했다는 것은 새로운 시작과 정화를 의식한 처사라고 했다. 〈안빙몽유록〉에 형상화된 조원전은 이러한 맥락으로 풀이된다. 기재가 사화의 참화자들에 대한 정당성을 재평가하는 정화의식의 장소로 조원전을 형상화한 것은 우연의 일치라고만 단정 지을 수 없다. 현실에서 좌절된 조광조와 그 동류의 꿈을 화계에서 실현시키고 있음은, "나는 왕도를 크게 넓혀서 초목이 모두 내 교화에 잘 자라게 되기를 바라고 있습니다. 비록 하나의 미물이라도 내 교화에 순응치 않는 것이 있으면 마음에 부족함이 느껴집니다."라는 여왕의 말 속에서도 드러난다.

조원전은 궐내의 공간이다. 궐내의 공간을 신원 산화의식의 장으로 형상화해 낼 수 있었던 현실적인 원인을 살피자면 아무래도 기묘사화를 전후로 한 꽃들의 이변이 아니었을까 추정된다. 『중종실록』에 따르면, 재변(災變) 으로 인한 꽃들의 이변이 중종 9년부터 시작되어 24년까지 계속되었는데, 그 횟수가 27여회에 이른다. 제 철을 잊고 만개하고 또 열매까지 맺는 형국의 화변(花變)이었다. 특히 기묘사화가 벌어진 중종 14년(1519)에만 8회에 걸친 화변이 일어났다.

- 8월 1일 임술조

  경상도 진해현에서 복숭아와 오얏꽃이 피어 열매를 맺었다.

165) 德王五年春正月朔 王御朝元殿 受百官正賀 賀正之禮始於此. 『삼국사기』 권제5, 신라본기 제5.

• 8월 8일 기사조
홍문관 앞 뜰 배나무에 꽃이 피었다.
• 9월 18일 기유조
전라도 전주 인가(人家)의 장미꽃이 피고, 담양과 무장에서는 배꽃이 피고, 고부군에서는 복숭아 및 옥매(玉梅)가 만발했다.
• 9월 18일 기유조
전라도 담양과 무장에 배꽃이 피었다.
• 9월 29일 경신조
전라도 흥양현 정암리에 아가위꽃과 배꽃이 피었다.
• 10월 1일 신유조
경상도 남해현에 배꽃이 한창 피었다.
• 10월 15일 을해조
경기 안성군의 객사에 있는 장미 몇 그루에 꽃이 피었다.
• 11월 15일 을사조
강원도 강릉부에 동백꽃이 피었다.

궐내의 화변은 8월 8일 기사조의 기록이 될 것이다. 바로 전 해인 중종 13년 7월에도 궐내에 때 아닌 배꽃이 피어 중종은, "철 아닌 시기에 꽃이 피었으니 매우 놀랍다. 외방에서 피었더라도 오히려 괴상한 일인데 하물며 궐내임에랴!" 하고 전교를 내렸다. 꽃들의 재변은 바로 전대인 연산조에서 두 차례의 기록으로 그치는 것[166]과 비교해 보더라도 월등히 많은 횟수이다. 화변이 일어날 때마다 조정에서는 중종에게 치도(治道)를 다시 살필 것을 간하였다. 중종 12년 11월에도 봄꽃이 피어 황효헌이 재변을 그치게 하는 방도로 옥송(獄訟)을 지체하지 않는

166) 『연산군일기』, 10년 7월 계축조, 12년 3월 병신조 참조.

것보다 앞세울 것이 없다고 간하였다. 사형을 받아야 할 자가 10여 년에 이르도록 옥중에서 고생하니 인자(仁者)의 마음에 측은하다고 고하였다. 이때 기재 역시 나서서, "형조(刑曹)에, 사간(事干)이 형장을 받고 정범(正犯)은 형장을 받지 않는 일이 있습니다. 관리가 억지로 승복을 받은 것은 그릅니다." 하여 화변이 억울한 옥사의 요인이 됨을 간하였다. 이러한 와중에 기묘사화 당년에 궐내에 일어난 화변은 차후 여주로 물러난 기재에게 〈안빙몽유록〉의 구상을 돕는 영감을 주었으리라 짐작된다. 그것이 조원전의 만화로 형상화되었고, 현실 속의 재변이었던 화변은 작품 속에서 희유한 문학적 장치로 차용된 것이라 보인다. 그래서 화계의 등장인물들이 더욱 실체감 있는 존재로 부각된다.

살펴본 대로 만화의 가운데 연회를 주최한 여왕은 조광조의 분신이다. 기재는 그 화계의 조원전에서 조광조의 함께 자신이 꿈꾸었던 왕도국가 건설을 실현하고자 하였다. 이러한 일면은 화계의 등장인물들이 좌정하는 가운데 그 좌석의 위치를 놓고 상당한 시간을 지체하며 고민하는 것에서 살필 수 있다. 이부인과 반희가 남쪽의 자리를 서로에게 양보하느라 오래도록 자리가 정해지지 않는 장면이라든지, 안생이 굳이 사양해도 조래와 수양, 동리가 그의 자리를 자신들보다 상석으로 잡는 장면이라든지, 옥비가 남녀칠세부동석을 거론하며 수양 다음 자리에 앉길 거부한다든지 하는 장면 등이 그것이다. 이는 체통과 기강으로써 정도를 구현하고자 하였던 기재의 관료로서의 소신에서 발화된 대목이라 하겠다.

대저 넓은 땅과 많은 백성을 한 사람의 지혜로 두루하기가 어려우므로, 반드시 여러 관청을 설치하여 나누어 맡기는 것인데 관청이 많고

업무가 번잡하게 되면 사람이 각각 이론을 가지게 되어 정권이 분산됩니다. 그러므로 이를 통제하고 정돈하여 각각 조리에 따라서 감히 어기는 자가 없게 하려면, 반드시 체통으로 바루고 기강으로 유지하여야 합니다.[167]

화계의 인물들이 서로 양보하며 서열을 존중해 연석을 찾는 과정은 바로 이와 같은 체통과 기강이라는 유가적 덕목의 실현이다. 기재는 동류들을 위한 산화의식의 장에서 자신의 못 다한 관료적 소신까지 풀어내고 있는데, 이러한 면모는 그가 〈안빙몽유록〉에 배치한 음악적 요소를 통해서도 나타난다. 기생들이 절양류와 접연화를 부르자 여왕은 그것이 사람의 귀만 어지럽히는 속된 음악이라 하여 중지시킨다. 그리곤 자신의 선조가 지어서 물려 준 남훈곡을 타게 하는데, 그 곡조가 고아하고 오묘하여 좌중이 크게 감동한다. 이와 관련된 기재의 음악에 관한 소신을 살펴보면 여왕의 생각이 곧 그의 생각을 반영한 것임을 알 수 있다.

시독관 신광한이 정위(鄭衛)의 음(音)이라는 설로 말미암아 아뢰기를, "그것이 난세의 음악이므로 공자가, '정나라의 음악을 버리고 말재주 있는 자를 멀리 한다' 하였는데 임금이 나라를 다스리는 것이 워낙 이러하여야 마땅합니다."[168]

167) 夫四海之廣 兆民之衆 一人之智 有所難周 必則庶司 以分職之 官曹碁布 理務絲棼 人各異論 政分勢散 乃欲摠攝而齊整之 使之各循其理 而莫敢違者 則必有體統以正之 紀綱以持之也, 『중종실록』, 9년, 9월 신사조.

168) 侍讀官申光漢因 鄭衛之音之說 啓曰 以其爲亂世之音 故孔子曰 '放鄭衛聲 遠佞人' 人君治國 固當如是, 『중종실록』, 11년 5월 기해조.

기재는 음악과 치도의 관계를 통해 순정한 음(音)의 효용론에 대해 공론하고 있다. 그리고 그것을 〈안빙몽유록〉에서 발화하고 있는데, 이러한 음악적 요소는 산화의식의 장을 더욱 숭고하게 만드는 역할을 한다. 3장에서 살펴본 바와 같이 〈안빙몽유록〉의 음악적 요소는 불전의 희유한 음악 성격에서 기인한다. 불타나 그 제자들이 신이한 경지를 내 보일 때는 으레 산화와 함께 음악이 등장한다. 『법화경』에서는 앞서 예로 들었던 〈비유품〉이나 〈보현보살권발품〉의 음악적 요소 외에도 악기의 실례가 더 발견된다.

여래께서 열반에 드실 때도 마찬가지로 꽃비를 뿌려 여래를 덮었다. 한편 사대천왕에 속하는 천자들은 훌륭한 깨달음의 자리에 오르신 여래께 경의를 표하기 위하여 천상에 있는 신들의 큰북을 꼭 10중겁 동안 끊임없이 울렸고, 다시 여래께서 완전히 열반에 드실 때까지 그 천상의 악기를 쉴 새 없이 울렸다.[169)]

세존께서 이 보살들을 위하여 가르침을 이해할 수 있는 기초를 설하자마자 하늘에서는 만다라바와 대만다라바의 꽃비가 내렸다. 그리고 수천만 억 나유타의 세계에서 보석나무의 밑동에 있는 사자좌에 앉아 있던 수많은 부처님에게도 꽃비가 내렸다. 또 석가여래와 다보여래께서 앉아 계시는 사자좌 위에도 꽃비가 내렸다. 또 모든 보살들과 사중들 위에도 꽃비가 내렸다. 이 밖에 하늘의 전단과 침향의 가루가 뿌려졌으며 하늘 높은 데서 두드리지 않았는데 기분 좋고 감미롭고 심원한 큰북소리가 울렸다.[170)]

---

169) 『법화경』, 〈화성유품〉.
170) 『법화경』, 〈분별공덕품〉.

산화가 일어나는 자리에는 늘 천상의 음악이 연주되었다. 〈안빙몽유록〉의 여왕이 조원전으로 등장하는 대목에서도 선악(仙樂)이 흐르고, 흥취 어린 연회장에서 가보로 전해 온 남훈곡이 연주되는 것도 불전의 산화 공간에서 일어나는 음악의 등장과 무관하지 않다. 신이하고 희유한 공간의 형상화를 위해 장치된 음악적 요소로, 여왕인 모란의 산화는 더욱 신비한 분위기로 상승되었다. 산화공덕을 통해 해의 변괴가 사라지듯, 여왕인 모란의 산화를 통해 조광조와 그 명류의 억울함이 일시에 신원되기를 바란 기재의 내심이 담긴 상징이다.

그러나 기재는 작품에서와 달리 당대의 현실 속에서는 동류의 참화에 침묵으로 일관했다는 지적을 받는다. 조광조를 비롯한 기묘년 도학자들에 대한 신원 운동이 이미 중종 생전에 시작되었는데 기재는 이와 유관한 정치적 쟁점에 개입하지 않았다. 그래서 그를 선뜻 사림파/도학파의 지위로 거론할 수 없기에 중간자적 현실 이해를 보여 준 인물로 파악[171]하기도 하였다.

사림의 동류이기도 하였지만 부정할 수 없는 훈구 가계의 일원이기도 했던 기재는 결국 〈안빙몽유록〉에서 자신의 위치를 출당화로 환치시키고 있다. 양귀비에게 죄를 얻어 당(堂)에서 쫓겨났다는 출당화의 말은 기묘사화의 연루자로서 은거 중인 자신을 표현한 것이기도 하지만, 그보다는 쟁쟁한 훈구 가계의 도움으로 자신만 사화의 참화를 모면하였다는 자괴감을 토로한 것으로 이해된다. 그리하여 안생이 두 번 다시는 화원에 눈을 돌리지 않은 것처럼, 기재는 적어도 은거기 동안은 김안노 같은 권세인의 회유에도 불구하고 정계 복귀에 눈을 돌리지 않았을 뿐더러 사림의 동류를 위한 신원 운동에도 개입하지 않았다.

171) 윤채근, 『기재 신광한의 한시 연구』, 『어문논집』36, 고려대학교 어문학회, 1999.

기재의 이러한 중층적인 태도는 결국 〈안빙몽유록〉에 자신의 분신을 안생과 출당화로 양분시켜 형상화하는 기법을 선보이게 되었다.

기재가 형상화한 신원 산화의식의 불교적 공간은 가장 현실적이고도 실사적인 문제였던 기묘사화라는 정치적 쟁점을 우의화한 곳이다. 그가 불세계의 희유한 산화를 인세의 산화의식으로 변모시킨 것은, 동류의 삶과 죽음이 장엄한 세계의 이적과 비견된다는 것을 피력하기 위해서였다. 또한 불전의 산화 희법을 문학적 의장으로 삼을 만큼 기재의 불가적 사유체계가 깊었음을 방증한 것이기도 하다. '궐내의 화변'이라는 현실적 제재를 통해 〈안빙몽유록〉을 구상하고, 전래의 가전기법을 융숭하게 수용하는 한편 그 주제 구현을 위해 불전의 산화의식을 습용하는 문학적 역량을 선보인다.

(2) 〈서재야회록〉과 연극적 공사상

우리나라의 가전사는 초기부터 일반 문인과 승려에 의해 창작된 작품의 구분이 명료하였던 바, 일반 문인에 의해 지어진 '유교계 가전'과 승려에 의해 만들어진 '불교계 가전'으로 양분되었다.[172] 이러한 논의는 가전이 신라 대 이래로 서사문학의 한 지류를 형성했던 승전(僧傳) 작품과 동계의 서사 작품이라는 사실에서 출발한 것이다. 아울러 〈죽존자전〉, 〈빙도자전〉, 〈정시자전〉 등의 작품을 불교계 가전으로 지목하고, 이 작품들이 가전적 수법으로 창작된 '의인적 승전(擬人的 僧傳)'이라 일컬었다.[173] 불교계 가전은 당·송의 가전 양식에 대한 모방 흔

172) 경일남, 「불교계 가전의 시가 수용 양상과 특징」, 『고전소설과 삽입 문예 양식』, 역락, 2002, 204면.

173) 경일남, 위의 책, 210면.

적이 별로 없을 뿐만 아니라, 여타의 유교계 가전 작품들과 비교할 때도 독창적이다.[174] 〈서재야회록〉은 그러한 불교계 가전이 지닌 불교문학적 면모를 적극 수용한 작품이면서, 노장사상을 동시에 발화한 작품이다.[175]

〈서재야회록〉은 사화로 얼룩진 세사의 시비를 공사상으로 조율하는 작품임을 이미 짚어 보았다. 그런데 공사상을 진설하는 데 있어 가전 기법을 활용하는 한편, 연극적 전개를 도모하고 있어 주목된다. 〈서재야회록〉의 인물과 사건, 그리고 그 무대 장치에 있어 당시의 연극 실상을 알려주는 소학지희의 공연방식[176]과 유사한 점에서 그 실마리가 잡힌다. 물론 기재가 한편의 완성된 희곡으로서 〈서재야회록〉을 창작하였다고 단언하는 것은 무리이다. 그러나 적어도 당대를 풍미하는 언로적 시각물로, 연극적 요소를 가미한 창작을 꾀했을 개연성은 충분하다. 그리고 그 안에서 공사상을 발화함으로써 불교적 공간을 표출한 것이

174) 조수학, 「전문학 연구-한국의 탁전과 가전을 중심으로-」, 계명대학교 박사학위논문, 1986, 148면.

175) 〈서재야회록〉은 문방사우의 속성과 노장사상을 수용하여, 현실적으로 소외된 유가적인 삶을 극복하고 절대적인 道의 세계를 추구하는 새로운 합일점을 모색하는 인생관을 보여 준다고 하였고(유기옥 앞의 논문, 1990, 143면), 유정일은 〈최생우진기〉의 최생과 도가적 성격을 비교하면서, 주인공인 안빙이 서책과 꽃을 완상하는 등 자연적이고 소박하며 정적인 분위기의 은사적인 모습으로 형상화되어 가는 노장사상의 은자적 분위기를 보여 준다고 분석하였다.(유정일, 「최생우진기 연구 : 전기적 인물의 특징과 작가의식을 중심으로」, 『어문학』83, 한국어문학회, 2004, 346면)

176) 소학지희라는 말은 『문종실록』2권 10장 기사에서 유일하게 쓰였다. "광대, 서인의 주칠, 농령, 근두 같은 규식이 있는 놀이(규식지희)는 예전대로 하고, 수척, 승광대 등의 웃고 희학하는 놀이(소학지희)는 늘여세워서 그 인원수만 갖추어 놓기만 하면 될 것이다" 이두현은 소학지희를 '배우들이 일정한 인물과 사건에 관련된 주제를 전개하는 연극'의 실체로 규정한다.(이두현, 『한국연극사』, 학구사, 1987) 사진실은 소학지희가 '다른 놀이에 비해 문학적 측면이 탁월하다는 사실을 부정할 수 없다'고 밝혔다.(사진실, 『한국연극사 연구』, 태학사, 1997, 43면)

라 하겠다. 이와 같은 작품 이해를 위해 사건 전개를 살펴보기로 한다.

① 고풍스러운 것을 좋아하고 기개가 높아 세인들이 멀리하는 무명선비는, 달산촌 오두막에서 문 밖 출입을 끊고 오직 독서삼매에 빠져 살아간다.
② 어느 가을밤, 뜰을 거닐다 해묵은 오동나무에 기대어 앉아 시를 읊는데 문득 서재에서 두런거리는 말소리가 들려 엿보게 된다.
③ 주인이 없는 서재에서는 각기 다른 복색의 사인(四人)이 서로의 처지를 하소연하며 작시(作詩)를 한다.
④ 사인의 시문을 엿듣던 무명선비는 그들이 도둑이 아니라 지필연묵의 정령들이라는 사실을 깨닫고 인기척을 낸다. 그 소리에 놀라 형체를 감추어 버렸던 정령들은 무명선비가 축문을 지어 청하자 다시 모습을 드러낸다.
⑤ 선비가 먼저 자신의 가계가 고양씨로부터 시작되었음을 알리자, 정령들도 자신들이 감배씨, 수인씨, 구망씨, 포희씨의 후손이라는 가문의 내력을 밝히고, 작금의 현실을 토로한다.
⑥ 정령들의 술회가 끝나자, 무명선비가 작시로써 남은 회포를 풀고자 청한다. 이에 정령들이 차례로 시를 읊자 선비도 화답시를 읊는다. 정령들은 선비에게 자신들의 존재를 잊지 말아 달라고 부탁하고 작별한다.
⑦ 날이 밝자 선비는 깨어진 벼루와 뚜껑이 없이 닳아빠진 붓, 갈다 남은 먹, 장독대를 덮는 데 썼던 닥종이를 발견하고, 정령들의 뜻을 깨닫는다. 이에 선비는 닥종이에 벼루와 붓, 먹을 싸서 담장 밑에 묻어 주고 제문을 지어 제사 지낸다.
⑧ 그날 밤 꿈에 지필연묵의 정령들이 나타나 선비의 수명이 앞으로 40년 더 연명되었다고 사례한다. 그 뒤 다시는 이런 변괴가 없었다고 한다.

〈서재야회록〉은 나머지 세 작품에 비해 대사적 기능이 강조된 작품이다. 무명선비의 입몽과 각몽만 보더라도 대사적 효용을 앞세운 작품이란 사실이 드러난다. 무명선비의 입몽은 서재 안에서 흘러나오는 정령들의 대화에 이끌려 시작되고, 각몽 역시 정령들이 자신들의 후사를 부탁하는 작별 인사와 함께 이루어진다. 〈안빙몽유록〉이 풋잠과 뇌성으로, 〈최생우진기〉가 실족 추락과 현학을 탄 이동으로, 〈하생기우전〉이 도성 남문 밖으로의 족행과 무덤 속에서 저자거리로의 족행으로 입몽·각몽이 이루어지는 것과 다른 점이다.

입몽과 각몽의 대사적 기능 외에도 무명선비와 정령들의 대사 처리가 장문의 호흡을 취하고 있다는 사실도 특징으로 들 수 있다. 사인의 정령들은 각각 자신의 가계와 작금의 현실에 대해 술회하는데, 그 분량이 나머지 세 작품의 등장인물들과 비교해 볼 때 상당량에 이르는 장문이다. 또한 이들을 제사 지내 주는 무명선비의 제문도 정령들의 장문에 버금가는 분량이다. 이처럼 대사적 기능이 두드러지는 특징은 〈서재야회록〉의 연극적 전개를 환기시킨다.

기재가 유관의 직에 머물던 중종 대에 실재로 〈탐관오리놀이〉 같은 소학지희가 공연되었던 사실[177]을 감안한다면 연극적 전개의 추정은 가능하다. 〈탐관오리놀이〉는 정평부사 구세장의 탐욕스러운 행위에 대해 배우가 놀이로 만들어 공연한 것인데, 중종이 그것을 보고 구세장을 처벌하였다는 기록이 있다. 이러한 일면은 소학지희가 성현지도(聖賢之道)의 구현책으로서 존립하며 정치적 기능을 한 것[178]임을 드러

177) 사진실은 세조부터 명종 대까지의 소학지희 자료 열 가지를 소개하고 있다.(사진실, 앞의 책, 46~51면)

178) 최정여, 「산대도감극 성립의 제문제」, 『한국학논집』1, 계명대 한국학연구소, 1973, 23면.

낸다. 연극적 상황이 정치적 언로의 기능을 하였던 기록은 전대의 연산군조에서도 발견된다. 배우 공길(孔吉)이 벌였던 〈노유희(老儒戲)〉가 바로 그것이다.

> 배우 공길이 늙은 선비 장난을 하며 아뢰기를,
> "전하는 요순 같은 임금이요, 나는 고도(皐陶) 같은 신하입니다. 요순은 어느 때나 있는 것이 아니나 고도는 항상 있는 것입니다."
> 하고 또 『논어』를 외워 말하기를,
> "임금은 임금다워야 하고 신하는 신하다워야 하고 아비는 아비다워야 하고 아들은 아들다워야 한다. 임금이 임금답지 않고 신하가 신하답지 않으면 아무리 곡식이 있더라도 내가 먹을 수 있으랴."
> 하니, 왕이 그 말이 불경한 데 가깝다 하여 곤장을 쳐서 먼 곳으로 유배하였다.[179]

왕의 면전에서 한낱 우인이, '임금은 임금다운 도리를 다해야 한다'는 비판적 발언이 가능했던 것도 언로적 기능의 소학지희가 있었기 때문이었다. 기재는 세간에 회자되었던 이 사건의 내막을 알고 있었으리라 짐작된다. 사화의 여파로 은거 중이던 기재에게 소학지희의 정치적 언로 기능은 그에게 매우 유용한 문학적 장치로 다가섰을 것이다. 〈서재야회록〉의 연극적 전개의 구상을 촉발시켰을 예화로는 그가 삼척부사로 좌천되어 지내던 시기에 행해진 관나(觀儺)의 기록이 있다.

179) 優人孔吉 作老儒戲曰 "殿下爲堯舜之君 我爲皐陶之臣 堯舜不常有 皐陶常得存" 又誦論語曰 "君君臣臣父父子子 君不君臣不臣 雖有粟 吾得而食諸?" 王以語涉不敬 杖流遐方, 『연산군일기』, 11년 12월 기묘조.

전교하였다.

'농사일 하는 모양은 모름지기 빈풍(豳風) 칠월장에 의해서 한다'고 하였으니, 수령들이 굶주리는 백성을 구제하는 모양도 아울러 해야 한다. 또 급제한 유생에 대한 지시(指儒生及第)의 한 조목에, '비록 이런 일이라 하더라도 선생이 신래(新來)를 희롱하는 모양이나 희부가 채색 옷을 입는 일 등을 착실히 해야 한다'고 했으니, 아이들 장난처럼 하지 말아야 한다.[180]

중종은 직접 『시경』을 바탕으로 공연할 것과 연극적 동태의 섬세함, 희부의 복채를 착실히 갖추는 것까지 상세히 전교하고 있다. 그래서 아이들 장난처럼 하지 말 것을 이르고 있다. 관나가 행해지는 가운데 실연되었을 이와 같은 기록만 보아도 당시의 연극적 풍토가 읽혀진다.

필력이 있던 기재가 위의 연극적 풍토를 기반으로 소설화 작업을 꿈꾸는 일은 자못 의미심장한 일이었다. 기묘사화로 관계에서 물러나기 전만 하더라도 기재는 이조참판에 제수되며, "의리로는 비록 군신의 관계이나 친근하기는 부자와 같다"라는 말을 들을 만큼 중종과 각별한 사이였다.(문간공 행장) 그러나 중종이 조광조와 그 명류를 정치적 파란 속으로 몰고 감으로써 기재는 유관의 직을 잃었다. 유자로 살아온 삶은 치열한 현실인 동시에 한바탕 연극 같은 회한의 시간들로 다가섰을 것이다. 그래서 그에 대한 회의와 자문을 어떠한 통로를 통해서든 발설하고 싶었던 기재는 연극적 언로 작업을 꿈꾼 듯하다.

〈서재야회록〉의 연극적 전개는 또한 소학지희의 극중인물이 주로

180) 傳曰 '農作刑狀 須依豳風七月章' 而守令賑救飢民之狀 并爲之可也 且指儒生及第一條目 '雖如此事 先生弄新來之狀 戲夫服綵等事 著實爲之' 毋如兒戲爲也, 『중종실록』, 16년 12월 임진조.

전형성을 띤 익명의 인물이나 실제로 존재했던 특징적인 인물의 모습을 흉내 내어 형상화되었다는 점, 그리고 그 인물에 맞는 분장과 복색이 완비되어 있었다는 점[181]에서도 발견된다. 이 작품의 연극적 전개는 우선 지필묵연이 정령으로서 형상화되는 것에서 살펴진다. 정령의 형상이 의인화된다는 점은 곧, 연극적 상황으로의 변모를 뜻한다. 그런데 그 변모가 다름 아닌 복색과 관(冠)을 삼아 이루어진다는 점이 주목된다. 이는 전형성을 띤 인물의 연극적 분장이자 복색을 의미한다.

치의자(벼루)는 치의(緇衣)에 현관(玄冠)을 쓰고, 흑의자(먹)는 흑의(黑衣)에 흑모(黑帽)를 쓰고 등장한다. 치의는 일반적으로 검은 물을 들인 승려의 옷을 의미하거나 승려를 비유하는 말이다. 흑의 또한 승려의 법의 가운데 잿빛의 검은 옷을 이르거나 속세를 떠나 중이 되는 것을 비유하는 말이다. 그러므로 치의자와 흑의자는 불가와 관련 있는 인물의 연극적 등장으로 연결해 보아도 무방할 것이다. 한편 탈모자(붓)는 반의(班衣)에 탈모(脫帽)의 형상으로, 백의자(종이)는 백의(白衣)에 윤건(輪巾)을 쓴 형상으로 등장한다. 반(班)은 양반의 지위를 함의하고 있지만, 탈모의 상황으로 보아 유관의 직에서 벗어나 있는 사람을 상징한 것으로 이해된다. 또 탈모자의 말 속에서 소상반죽의 가계가 드러나는데, 절조를 지키다 관계에서 멀어진 유자를 환기시키고 있기도 하다. 백의는 불가에서 속인을 지칭하는 말이니 현실적인 삶을 영위하는 인물이다. 게다가 윤건을 쓰고 있어 탈모자와 반대되는 상황이므로 이는 현재 유관의 삶을 사는 인물의 등장을 뜻한다.

치의자와 흑의자는 불가와 관련된 인물들인데, 머리에는 관을 쓰고 있다. 이는 현실 속에서 핍박과 배척의 대상이던 승(僧)의 지위를 소

181) 사진실, 앞의 책, 85면.

설 안에서나마 격상시켜 놓은 복색으로 추정해 볼 만하다. 흠모와 경외의 삶을 살던 유자의 관은 당시의 지위를 드러내는 표상이다. 그런 유자(탈모자)의 머리에서 관이 벗겨져 있다. 무명선비와 대면하는 자리에서 탈모자는 관을 쓰지 않았다 하여 나타나길 꺼린다. 그러자 선비가 산 속 서재에서 밤에 모이는 것이니 예법은 따질 게 못 된다며 형체를 드러내 주길 바란다. 선비의 말은 그것이 세간에서의 일이라면 예법에 어긋나는 일임을 알리는 것이다. 그러므로 '탈모'의 상황은 유자의 지위를 격하시키는 장치로 삼았다는 것을 알 수 있다. 곧 탈모는 승의 지위에 반대되는 상황의 묘사이다. 이는 당대의 현실 상황과는 반대되는 것이다. 군액(軍額)의 충당을 위해 승도를 군역에 충원시키는 논의가 중종 대 내내 계속되었을 만큼 불승에 대한 예우는 격하되어 있었다.

그런데 〈서재야회록〉에서는 불승의 지위를 유자보다 격상시켜 놓음으로써 전복된 세계를 다루었다. 이와 같은 전복된 세계의 구현은 〈탐관오리놀이〉처럼 시사지사(時事之事)의 사건을 다룬 연극적 성격을 도모하기 위해서라고 이해된다. 정령들의 술회 속에서 시사지사의 실마리를 엿볼 수 있다. 치의자는 흙의 신 감배씨 후손으로, "처음 제가 태어나던 날, 산모가 찢어지지도 터지지도 아니하고 순조롭게 아기를 낳았는데, 지(池)라는 글자가 손바닥에 새겨져 있었습니다. 그래서 지로 이름을 삼았습니다"라고 자신의 행적을 밝힌다. 이는 조화와 생성의 법을 담고 있는 순행의 도를 상징하는 행적이다. 그러나 시간이 흘러, "다만 지금은 너무 늙어 쓸모없게 되어 온갖 일이 다 기와조각처럼 깨져버렸으니……." 하는 지경에 이르렀다고 술회하는 부분에서 억불 속의 불교 현실을 유추해 볼 수 있다.

흑의자의 술회는 불승의 상징화로 접근해 볼 수 있다. 흑의자는 불을 담당했던 수인씨의 후손으로, "현조(곧, 오대조)에 이르러 성을 진씨로 바꾸고 소나무와 잣나무 사이에 몸을 감추고 숨어 지내며 세상에 나오지 않았습니다"라고 가계의 행적을 밝힌다. 세상을 뒤로 하고 자연에 의지하여 살았던 행적을 통해 속세와 떨어진 산야의 불승을 표현한 것으로 짐작된다. 또한, "나를 갈고 닦으면 쓸 만하게 될 자질이 있으니……"라는 표현도 수양과 구도의 상징으로 보인다. 『금강경』의 무아법(無我法)은, 나로부터의 빚어지는 집착은 형이상학적이고도 일상적인 경계에 걸쳐 두루 일어난다는 것을 설한다. '나를 갈고 닦는다는 것'은 형이상학적인 문제가 될 수도 있고, 일상적인 문제가 될 수도 있다. 전자라면 구도자의 삶과 관련지을 수 있고, 후자라면 수기치인하여 명리를 얻는 현실적인 삶과 관련지을 수 있다. 그러나 불가에서 보면 전자이든 후자이든 '나'라는 생각에 갇히면 공의 경지로 들어갈 수 없다. 흑의자의 연극적 역할은 이러한 무아법의 경지로 이입하는 불승의 삶을 형상화한 것이고 할 수 있다.

백의자는 나무의 신인 구망씨의 후손으로, "등(藤)이라는 분이 계셨는데, 총명하여 기억력이 좋아 경서와 역사책들을 줄줄 외워서, 무제(武帝)가 없어진 책들을 구할 때 바쳐 올린 바가 많았습니다"라고 가계의 행적을 밝힌다. 이는 유가적 삶의 이상점을 드러내는 말이기는 하나, "본래 채색을 받아들일 바탕이 아닌지라 경박하다는 참소를 받아 결국 장단지 덮개가 되었습니다"라는 표현은 기재가 직면해야 했던 유가 내의 병폐, 직설하면 붕당의 모순을 꼬집는 풍자라 하겠다. 기재 자신도 이미 서로의 채색을 받아들일 바탕이 못 되는 현실 속 당파 싸움에서 참소 받아 낙향하여 있었던 것이다.

탈모자의 행적은 관직에서 물러난 은거기 기재 자신의 상징화이다. 탈모자는 팔괘와 글자를 만든 포희씨(복희씨)의 후손으로, "순 임금께서 남쪽으로 순행을 나가셨다가 창오에서 돌아가셨습니다. 그때 두 분의 왕비께서도 따라갔었는데, 피눈물을 흘리며 애통해하다가 상강에 뛰어들어 죽었습니다. 두 왕비의 후손들이 초나라 땅에 흩어져 살다가 드디어 관씨의 아내가 되었는데, 저의 15대조 할아버지께서 취하여 아내를 삼았습니다. 이로부터 관씨가 아니면 아내 삼지 않았으니……"라고 가계의 행적을 밝힌다. 이비와 자신의 선조가 보이는 절조를 통해 유가적 이상점을 전면에 부각시키고 있다. 그러나 내면은 이미, "젊었을 적에 품었던 뜻은 다 꺾여버렸습니다. 무덤이나 지어 주시면 영광이겠고 탑전에 올리는 시를 쓰려고 하지는 않겠습니다"라고 하여 과거의 유가적 삶에 대한 회한을 드러낸다.

기재는 작가의 인격을 사분(四分)하여 투사[182]한 결과 사인의 정령들을 구상해 냈다. 그런데 그들 가운데로 무명선비를 등장시킴으로써, 정령들이 술회한 시사지사를 현실로 전달하는 장치를 취했다. 이때의 무명선비야말로 시사지사에 통달하고자 한 기재의 본신이다.

궁벽진 조선땅에 늦게야 태어나서 홀로 외로이 마음은 옛것을 사모할 줄만 알고 행실은 허물을 숨기지 못하여 아홉 번이나 죽을 고비를 넘기고 깊은 함정에서 겨우 빠져나왔는데 친구들도 나를 버렸고 집안 사람들까지도 다투어 비난했습니다. 이처럼 횡액을 당했는데도 일찍이 원망한 적이 없습니다. 네 분도 어찌 그렇다 하지 않겠습니까?[183]

182) 윤채근, 「기재기이:우의의 소설미학」, 『한국한문학연구』24집, 한국한문학회, 1999, 179면.

183) 地偏生晚 踽踽凉凉 心知慕古 行不掩過 濱於九死出於重坎 賓朋相棄 室人交讁 危窮

'아홉 번이나 되는 죽을 고비와 깊은 함정'은 무명선비로 자처한 기재의 정치적 역경의 비유이다. 그럼에도 그는 '횡액을 당했는데도 일찍이 원망한 적이 없'이 달산촌 오두막에 한거하고 있다. 그러며 정령들에게 묻는 말이, '네 분도 어찌 그렇다 하지 않겠는가?'라고 하여 동지의식을 표출한다. 무명선비의 말에 정령들은 그렇다고 수긍한다. 세사의 시비로부터 선비의 의식만 초탈해 있는 것이 아니라 서재의 객으로 찾아온 정령들의 의식까지 초탈해 있는 것이다. '죽음의 고비'와 '함정', 그리고 '배반'이라는 현상계의 온갖 고통도, 원망마저 넘어선 선비의 자유로운 경지에는 비할 바가 못 된다. 이는 기재 자신이 처한 현상계의 온갖 시비들로부터 자유로워지기를 바라는 내심을 표현한 것이자, 〈서재야회록〉을 통해 진설하고자 하였던 공의 경지를 표방한 것이다.

사화로 점철된 어지러운 시대 상황과 은거 중인 막막한 작가의 현실은 분명 '아홉 번에 이르는 죽을 고비와 함정, 그리고 배반'을 연상시키는 제재로 다가선다. 또한 불가에 친연성을 두고 있으면서도 유가적 처세관으로 자유롭지 못한 사상적 고뇌도 작품 내에 유가와 불가의 전복을 꾀하게 한 제재가 되었을 법하다. 기재는 그 모든 현실적 질곡으로부터 벗어나는 길을 불가의 공사상에 의탁하였고, 그것을 보다 입체적으로 발화하기 위해 연극적 전개를 시도했다. 형이상학적인 사유를 시각적으로 구현해 내기 위해 소학지희적 무대 공간을 차용한 흔적이 보인다. 소학지희가 행해졌던 관나의 무대가 궁전의 뜰이었다는 점, 공연물의 시작과 끝이 단일 공간에서 이루어져 관객인 임금과 재상 등 신하들의 주의를 집중시키기에 유리하다는 점은[184], 기재가 〈서재야

如此 曾不怨悶 四君豈不謂然乎, 『기재기이』, 〈서재야회록〉.

회록>을 언로적 시각물로 창작한 가장 중요한 목적이 아닌가 싶다.

무명선비와 정령들의 만남, 그리고 이별은 늦은 밤 달산촌 오두막 서재에서 모두 이루어진다. <안빙몽유록>의 안생은 호랑나비를 따라서 몇 리나 되는 길을 떠나 화계에 이른 뒤에도 수십 개의 중문을 지나서야 조원전에 닿는다. <최생우진기>의 최생은 두타산 벼랑에 올라 추락한 뒤에야 용추에 들고, 현학을 타고 이동해 올 만큼 먼 거리 밖의 배경이 펼쳐진다. <하생기우전>의 하생은 가연을 만나기 위해 도성 남문을 지나 야밤 숲에 이르러 명계에까지 발을 들였다가 돌아온다. 그런데 <서재야회록>에서는 그러한 공간 이동이 극도로 절제되어 있다. 무명선비의 동선은 오직 서재와 뜰 사이의 거리뿐이다. 물론 입몽-몽유-각몽의 구성방식에서 보면 네 작품 모두 형식상 일정한 거리를 유지하고 있다. 그러나 그 서사 전개적 동선에 있어서는 상당한 원근법을 선보이고 있다.

<서재야회록>은 나머지 작품과 달리 장행(長行)의 공간을 이동하지 않는다. 선비가 정령들이 하는 말을 들을 수 있을 만큼 근접한 거리의 뜰과 서재가 주요 공간이다. 이것은 가청적이고 가시적인 거리 확보로 <노유희>에서처럼 배우가 직접 임금에게 말을 건넬 수 있었던 소학지희의 무대공간을[185] 수용한 것으로 짐작된다. <서재야회록>을 읽게 될 관객으로서의 독자에게 심리적으로 가까운 거리에서 보다 더 곡진하게 자신이 진설한 주제를 이해시키고자 하는 의도로 파악된다. 기재가 이런 연극적 무대 의장을 갖춘 것은 중종과 조정의 위정자들을 연극 상황의 관객으로 상정한 까닭 때문이 아닐까 싶다. 그리고 그 무대

---

184) 사진실, 앞의 책, 145~150면.

185) 사진실, 위의 책, 157면.

위에서 시사지사가 공(空)하다는 함의를 피력하고자 하였던 듯싶다.

연산군 대에서 명종 원년에 이르는 약 50여 년 간 '12사화'가 일어났는데,[186] 기재는 은거기 직전까지 모두 세 번의 사화를 직간접적으로 겪었다. 중종 원년(1506)의 병인사화, 중종 14년(1519)의 기묘사화, 그리고 2년 뒤인 중종 16년(1521)의 신사사화가 그것이다. 훈구파가 사림파를 탄압한 성격을 띤 사화들이었다. 세상은 유가적 덕목의 구현과 상관없이 흉서와 모사가 난무하는 혼란을 거듭하고 있었다. 혼탁한 세상을 향해서 기재는 정령들의 시를 빌어 말하고 있다. 산문 서술이 〈서재야회록〉의 연극적 전개를 도모하고 있는 역할을 담당하고 있다면, 운문 서술은 앞서 살펴본 바와 같이 공사상을 점진적으로 전개시키며 진설하는 역할을 하고 있다. 기재는 부조리한 세사의 시시비비를 통관하는 공사상을 연극적 전개로 풀어감으로써 세간의 관객을 의식한 소설로 거듭나게 하였다.

橫雲却月競嬋姸　구름 사이 밝은 달이 아름다움을 다투는데
擧世誰憐舊姓甄　온 세상에 누가 옛 견씨를 돌봐줄까
莫笑石腸今化盡　돌창자가 변하여 닳았다고 비웃지 마라
眼看韓子作銘春　눈으로 한유가 명 짓던 봄을 보도다

화려한 명성도 돌창자가 닳듯 세월이 흐르면 '명 짓던 봄'처럼 무상해진다. 당송 팔대가라는 한유의 명성도 한낱 돌창자에 못 미친다. 작금에 이르러 한유는 가고 없으나 견씨는 창자가 닳아서도 아직 그 '명 짓던 봄'을 기억하고 있는 것이다. 불가를 상징하는 치의자가 간곡하

186) 이덕일, 『사화로 보는 조선 역사』, 석필, 1998, 272~429면.

게 이르고 있는 것은 다름 아닌 유가적 삶의 유한성이다. 불세계의 상징으로 등장한 치의자의 입장에서 유가적 삶의 한계를 설함으로써 불가와 유가의 전복을 꾀했고, 흑의자의 시에 이르러 치의자가 설한 무상함은 곧 무아설(無我說) 직결된다.

搗盡玄霜白兎愁　검은 서리 방아 찧어 다하니 흰토끼 근심스럽고
幻形蒼黠學書秋　바뀐 모습은 창힐(蒼黠)이 글을 배우던 가을이로다
從敎磨頂能兼濟　교화를 따라 이마가 닳도록 함께 도울 수 있지만
不爲楊朱讓一頭　양주(楊朱)를 위하여서는 한 치도 겸양하지 않으리

불승을 상징하는 인물로 등장한 흑의자가 하는 말이, 세상을 구제하는 일을 이마가 닳도록 할 수 있지만 양주를 위해서는 마음을 움직이지 않겠다고 한다. 이 말은 내가 없으면 세상 사물도 없다는 양주의 무아설에 대한 단호한 부정이다. 이와 상반되는 개념을 흑의자가 분한 불승의 입장에서 생각해 보면 무아설이다. 자기를 남과 동등하다거나 남보다 못하다거나 혹은 뛰어나다고 생각하는 것은 대상에 대한 집착과 아집이다. 이미 가지고 있던 견해를 버림으로써 집착하지 않으며 지혜에도 특별히 의존하지 않는 것이 무아설의 핵심이다. 위아설은 유가의 비판을 받았던 도가적 사유 체계이지만, 불가의 무아설을 상기시키는 방도로 기재가 활용한 것이다. 정계에서 물러난 유자의 삶을 상징하는 인물인 탈모자에 이르러 이 무아설은 다시 공사상의 발화를 의도한다.

傳得詩書歲月長　시·서를 전수해 얻느라 세월은 길었고

豪眼不駐鬚毛蒼　호걸스런 얼굴 사라지고 허옇게 수염만 세었네
風流舊事無人管　풍류롭던 옛일 아무도 관심 없으니
難得樽前作戰場　술 마시며 글재주 다투는 일 만들기 어려워라

유자의 상징 인물로 등장한 탈모자는 전자의 치의자와 흑의자가 분한 불가의 삶과 대비되는 것이다. 치의자와 흑의자는 세상의 유가적 허명과 집착의 허탄함을 마음껏 기롱하고 있다. 우주의 변화 속에서는 수기치인하여 이루어 낸 고매한 명리도 영화도 한때의 꿈일 뿐이다. 이러한 기롱은 현실 세계에서는 있을 수 없는 일이지만, 기재가 유가와 불가의 전복된 공간을 꾀함으로써 가능했다. 탈모자는 관계(官界)로부터 밀려난 인물로, 기재 자신의 우의화이다. 유자의 관점에서 일생을 두고 누리던 일들, 예컨대 시서(詩書)라든지, 풍류라든지 하는 의기양양한 삶도 지나고 나니 남은 것은 더부룩한 수염이요, 아무도 관심을 두지 않는 허탄함이다. 지극히 단조로운 유와 무의 대립을 통해 공이 이입되고 있는 것이다.

悠悠竹帛燼成煙　많고 많은 서적들 다 연기로 변하니
百孔千瘡自我傳　백 구멍 천 상처 나로부터 전하도다
磊落石渠收汗馬　뜻이 큰 석거각의 책들 짐바리로 거둬들이는데
月明誰負剡溪船　밝은 달은 섬계의 배를 등지도다

유가적 삶의 상징인 백의자의 고뇌는, 유자의 처세적 가치인 서적의 한계도 연기 같은 존재라는 것이다. 그가 유전하기는 하였으나, '백 구멍 천 상처'가 자신으로부터 비롯되었음을 간파하며 연기(緣起)의 실체를 깨닫는다. 공은 연기의 이법이다. 불교가 설하는 존재의 법칙은

무자성(無自性), 불생불멸(不生不滅), 불상불단(不常不斷)이므로 실체적인 자성은 존재하지 않는다는 중심 교리이다. 보통 공을 무, 허무, 텅 빈 허공 등 존재의 덧없음을 표명하는 용어로 쓰고 있지만, 어원적으로 공은 '증가한다' '확장한다'라는 의미를 가지고 있다. 따라서 공은 허무가 아니라 모든 현상이 연기적인 관계에서 끊임없이 운동, 변화하는 존재의 역동적인 실상을 의미한다. 백의자는 이러한 깨달음을 마지막 구에 이르러, '밝은 달이 섬계의 배를 등지다'라는 표현으로 나타낸다. 어느덧 자연계로 확장된 천계(天界)와 하계(下界) 사이의 연기법를 설한다. 본래 천공의 달이 섬계의 배를 등지거나 저버리는 일은 벌어지지 않지만, 다만 그것에 자성이 있어 서로 대치한다고 본 백의자의 관념이 일으킨 연기의 결과이다.

〈서재야회록〉은 이처럼 전래의 가전 기법을 수용해 의인화된 지필연묵을, 관과 복색으로 치장한 연극적 등장인물로 재차 탈바꿈시키는 전개를 선보인다. 그런 가운데 당대에 핍박받던 불가의 사유를 격상시켜 정도(正道)와 정행(正行)의 가치 대신 붕당의 조류로 흔들리던 유가의 세사가 공한 것임을 진설하였다. 현실과 이상 사이의 괴리를 조율해 주는 공사상의 발화를 위해 소학지희의 연극적 전개를 수용하였고, 위정자를 관객으로 삼아 펼치고자 하였던 언로적 시각물로써의 효과를 거두었다.

(3) 〈최생우진기〉와 선적(禪的) 구도 구현

〈최생우진기〉는 도가적 서사 전개와 등장인물의 형상화로, 그 창작 배경에 대해 거듭 신선사상을 발화한 작품[187]으로 논해진다. 그런데 〈서재야회록〉처럼 그 구성 방식이나 산운교직의 문체, 인세 교화적 주제 측면에서 불교소설적 이해도 용인되므로 도불습합적 접근을 시도해 보고자 한다. 이 작품의 선계(禪界) 액자는 도가의 신선계이자 불가의 화두적 공간을 형상화한 것으로 이해된다. 최생의 진경 탐색에 최초로 일조하는 당사자이자 또 그 일화를 구전하는 인물로 승려인 증공이 등장하기 때문이다. 또한 진경 탐색이 시작되는 곳이 무주암이란 사찰이고, 또 그 탐색이 끝나는 곳도 무주암이란 사실 역시 그 진경의 실체가 불가와도 무관하지 않다는 것을 방증한다. 비록 문면상으로는 최생이 도가의 선계를 탐색하는 것으로 표출되지만 불가의 공간을 탐색한 것으로도 이해된다. 불승과의 교분을 쌓고 지내던 기재는 불가적 사유와도 가까웠던 인물로 그 속에서 체득한 화두적 공간을 〈최생우진기〉 안에 형상화하는 일이 가능하였을 것이다.

기재는 관직에 나아가기 전부터 산사에 유숙하며 공부하였고(문집 권1, 104면), 불문(佛門)을 정신적 안주처로 삼고자 하는 속내를 자주 내비쳤다. 억불이 단행되는 시대적 상황 속에서도 그는 당대의 명찰에 유숙하였는데, 상사유숙(上寺留宿)하는 가운데 기재가 불서를 숙독했으리라 생각된다. 그는, "어릴 때부터 산가(山家)의 고요함을 늘 좋아하여, 절간 서창에 자주 머물며 옛 경서(經書)를 읽었는데(少年常愛山靜

187) 유기옥은 이 작품이 근원으로 돌아가 무위자연의 도를 배움으로써 체득하는 虛靜의 경지와, 만물을 齊同視하는 장자의 一如的인 사상에 기초하여 천지자연의 理法을 추구하였다고 보았다.(유기옥, 「신광한의 기재기이 연구」, 전북대학교 박사학위논문, 1990, 33면) 유정일은 도교에서 궁극적으로 추구하는 가치인 불로장생에 대한 인간 본연의 소망을 소설적 허구의 시간을 이용하여 구현하였다고 보았다.(유정일, 앞의 논문, 「최생우진기 연구」, 349면) 최삼룡은 『어우야담』에 수록된 기재와 전우치의 교우를 예로 들며, 이를 통해 기재가 도가적 사유로의 굴절을 일으켰을 것으로 보고 〈최생우진기〉에 그러한 도선적 사유를 수용한 것으로 이해했다.(최삼룡, 「조선전기소설의 도교사상」, 『한국서사문학사의 연구』, 중앙문화사, 1995, 1216~1217면.)

多在禪窓古經)"[188]라고 밝힌 바, 고경(古經)의 실체가 유가의 경서일 수도 있지만 불서일 가능성도 배제할 수 없다. 기재가 숙독한 불서 가운데에는 선가(禪家)의 귀중한 문헌으로 애송되어 오던 『벽암록』[189]도 있었으리라 추정된다.

기재의 선가적 사유를 『벽암록』을 통해 접근하고자 하는 것은[190], 그 안의 화두 기술 방식이 〈최생우진기〉의 기술 방식과 흡사하다는 점 때문이다. 『벽암록』의 '문수전삼삼文殊前三三)' 화두는 이러한 맥락에서 선택한 것이며, 〈최생우진기〉의 원형이 화두적 공간의 형상화에 있음을 논증해 보기 위한 단서이다. 작품 분석을 위해 〈최생우진기〉의 사건 전개를 살펴보면 다음과 같다.

① 진주부 서쪽 두타산에 있는 용추동은 세상에 진경이라 알려져 오지만, 그 곳을 찾은 이는 없었다.
② 임영(강릉)에 사는 최생은 속세의 영화를 멀리하고 산수 유람하기 좋아하여, 두타산 무주암에서 선(禪)을 배우는 증공선사와 우

188) 投宿山寺, 『기재집』 권3, 67면.

189) 『벽암록』은 선종의 종조 달마대사와 양나라 무제의 문답 이래 선가의 조사들이 남긴 선문답을 모아 편찬한 공안집이다. 道를 깨닫게 된 機緣과 그 오도의 경지를 정리해 선의 전범이 된 『벽암록』은, 예로부터 전해 오는 선문의 1700가지 공안 가운데 대표적인 100가지를 선별해 싣고 있다. 송대의 선승 雪竇重顯이(980~1052)이 백 개의 禪話를 추려서 本則으로 소개하고 그에 대한 頌을 붙여 『송고백칙』을 찬술하였다. 그 뒤 圜悟克勤(1063~1135)이 垂示·評唱·着語를 붙여 『벽암록』을 완성했다.

190) 현재 보물 제 1093호로 지정되어 있는 『벽암록』은 조선 세조 11년(1465)에 을유자로 찍은 것이다. 이러한 기록은 기재가 이 선서를 숙독했을 가능성을 더욱 높여 주는 자료이다. 그는 선승들과 지음 관계였고, 또 『벽암록』이 선가의 '종문제일서'로 인정되며 수백 년째 이어져 왔던 사실을 감안한다면, 기재가 숙독했던 경서들 가운데 이 선서가 있었을 가능성은 매우 높다. 게다가 『벽암록』은 세조 때의 유구국 사신과(13년 8월 정미조) 연산조의 일본국 사신에게(7년 9월 임진조) 하사하는 물품 목록 속에 포함되어 있었던 만큼 당시에 지명도 있는 불서였다.

거하다.

③ 최생은 증공선사로부터 용추동의 신비와 진인의 존재 이야기를 듣고 선계체험을 할 의지로 용추동 반석으로 오르다.

④ 그러나 용추동 반석이 뒤집혀 최생은 동굴로 추락하고, 증공은 절로 돌아와 혐의를 막기 위해 최생이 창기를 따라 환속했다고 거짓으로 알리다.

⑤ 70일이 지난 어느 겨울 달밤에 최생이 현학을 타고 무주암으로 돌아와 증공에게 용궁선계 체험을 말하다.

⑥ 최생은 용추동굴을 통해 용궁의 만화문으로 들어가 용왕 뵙기를 자청하고, 조종전 청령각으로 인도되다.

⑦ 동선(洞仙, 신선) 도선(島仙, 도사) 산선(山仙, 승)이 초대되어 있는 자리에 최생도 함께 자리하여 연회를 즐기다.

⑧ 검은 옷을 입은 사람들(玄夫)의 문명가와 갑옷 입은 군사(介士)의 무성무에 어울려 즐거움을 누리며 기연을 나누다.

⑨ 용왕의 청으로 최생이 용궁회진시 30운을 짓자, 용광과 삼선(三仙)이 칭탄하다. 이에 동선이 30운 율시를 짓고, 도선과 산선도 화답시를 짓자, 용왕도 이들과의 기연을 시로써 기리다.

⑩ 잔치가 파하고 작별할 때 동선이 최생에게 연명의 선약을 주며 10년 후 봉래에서의 재회를 기약하다.

⑪ 용궁선계에서의 일을 비밀에 부칠 것을 약속하고, 최생은 현학을 타고 다시 무주암으로 돌아오다. 용궁선계에서 하루를 지낸 사이 인세의 시간은 70일이 흘러 있음을 깨닫고, 증공에게 겪은 일을 말해 주다.

⑫ 최생은 속세를 뒤로 하고 입산채약(入山採藥)하였는데, 그 마친 바를 아무도 모르다.

⑬ 증공은 무주암에 오래도록 거하며 최생의 일을 자주 이야기하다.

〈최생우진기〉는 작품 도입 부분에 있어 나머지 세 작품과 다른 서술 전개를 취한다. 나머지 세 작품의 주인공이 한미한 가계의 일원이거나 자신의 기개를 펼치지 못하고 세상과 유리되어 살아가는 처지에 대해 언급하는 것으로 시작하는 반면, 〈최생우진기〉는 진주부 서쪽의 두타산 배경 묘사와 더불어 그 안에 존재하는 용추동 진경에 대해 언급하며 시작한다. 전자의 경우, 주인공들의 불우한 환경을 부각시킴으로써 앞으로 전개될 주요 이야기가 그들을 둘러싼 현실적 외압의 해소라는 사실을 암시하는 것이다. 물론 〈최생우진기〉의 최생도 현실 속에서는 풀 수 없었던 문제를 몽유 세계에서 해결하는 양상을 보인다. 그런데 그 문제의 성격이 나머지 세 작품에서 중점을 둔 문제의 성격과 다르다는 점이 이채롭다. 나머지 세 작품의 문제가 현실적인 것이라면 〈최생우진기〉의 문제는 형이상학적인 것이라는 데 특징이 있다. 이러한 작품 성격을 부각시키기 위해 진경의 진인 이야기를 도입 부분에 언급한 것이다.

최생이 마주하게 된 형이상학적인 문제는 다름 아닌 화두 참구를 통한 선적 구도 구현에서 비롯된다. 선의 경지에 들어 정각의 자리에 오르는 구도자의 수행 과정을 보여주는 것이다. 최생은 두타산의 선계 탐험을 감행하는데, 그곳에서 용왕과 삼선을 만나 기연을 맺고 10년 뒤 봉래에서의 재회를 기약한다. 문면의 외피로는 도가적 이상향의 구유(具有)로 다가온다. 그러나 억불이라는 시대적 상황을 도외시할 수 없었던 기재로서는 불가적 사유보다는 문인들의 작품 속에 유연하게 수용되어 형상화되던 도가의 사유를 문면에 내세우고, 내적으로는 불가의 사유를 포진한 것이다. 그런 까닭에 〈최생우진기〉는 도불습합적 성격을 띤다. 이러한 단서는 최생과 용왕, 삼선의 대화와 한시들이 선적 경지의 면모를 드러내 주는 선문답과 선시적 성격을 띤다는 점에서 잘 드러난다. 그리고 무엇보다 그 사건 전개 과정이 '문수전삼삼' 화두와 일치한다는 점이 진기하다.

'문수전삼삼' 화두는 무착(821~900)이 오대산에 갔다가 꾼 꿈속에서 문수보살을 만나 나눈 대화라고 전한다. 최생이 두타산 진경을 찾아가 진인의 경계인 용왕과 삼선을 만나 오도하는 사건 전개와, 무착이 오대산 불도장(佛道場)을 찾아가 진인인 문수를 만나 활연대오(豁然大悟)하는 사건 전개는 매우 흡사하다. 또한 몽유 구조를 통한 구성 방식도 긴밀한 관계를 보여 주고, 용궁 설화의 흔적도 동일하다. 뿐만 아니라 문면에서 그 몽유담을 세간에 전하는 인물들이 승려라는 점도 동일하다. 이러한 동궤의 서사와 구성 방식은 〈최생우진기〉가 '문수전삼삼' 화두와 긴밀한 관계라는 사실을 시사한다. 『벽암록』[191]의 '문수전삼삼' 화두는 다음과 같은 서사 단락을 따른다.

① 원오극근의 수시
② 설두중현의 본칙
③ 원오극근의 본칙에 대한 평창[192]
④ 설두중현의 송
⑤ 원오극근의 송에 대한 평창
⑥ 본칙과 송의 각 구마다 삽입한 원오극근의 착어[193]

191) 全文을 싣고 있는 백련선서간행회 번역(1993), 『벽암록』 中(47~53면)을 텍스트로 한다.

192) 본 논문에서는 長文의 평창 부분을 모두 예시하지 않고, 〈최생우진기〉와 관련 있는 평창 ③을 택정하고 평창 ⑤는 加外의 것으로 한다.

193) 착어는 별도로 예시하지 않고 논의 과정 중에 언급하기로 한다.

두 문면의 서술 구도는 크게 네 단락으로 일치되어 나타난다.

- 첫째 단락 : 〈최생우진기〉(1)~(4) = '문수전삼삼'의 수시
- 둘째 단락 : 〈최생우진기〉(6)~(10) = '문수전삼삼'의 본칙과 송
- 셋째 단락 : 〈최생우진기〉(12)~(13) = '문수전삼삼'의 평창
- 넷째 단락 : 〈최생우진기〉(5)·(11) = '문수전삼삼'의 착어

우선 두 문면의 첫째 단락을 짚어보기로 한다. 〈최생우진기〉 (1)~(4)의 요지는 진경의 진인을 찾아가게 된 경위와 그 과정 중에 최생과 증공의 견해가 마찰을 빚는 것이다. 인세에 전하는 진인을 만나기 위해 최생은 용추동 반석 위에서 몸을 던지고, 증공은 육신의 두려움을 이기지 못해 진경의 진입을 포기한 채 암자로 돌아온다. 진경의 진입을 위해서는 육신의 소멸도 두려워하지 않는 최생을 보며, 증공은 같은 구도자로서 자괴감을 느꼈으리라 생각된다. 그래서 무주암으로 돌아와 죽음마저 극복한 최생을 두고, 환속이라는 상반된 상황으로 몰고 간다. 이때 증공의 인격은 다중적으로 분열된다. ①선(禪)을 수행하는 승려이자, ②진인이 존재하는 진경의 세계로 최생을 이끄는 스승과 같은 존재이면서도, ③막상 그 정각의 자리에 드는 순간에는 용맹한 수행력을 보이지 못하는, ④게다가 진경에 진입한 최생을 모함하는 신의 없는 인물로 인격이 분열된다. 증공의 다중적인 인격을 통해 〈최생우진기〉가 의도한 바는 '문수전삼삼'의 수시와 결부지어 볼 수 있다.

【수시(垂示)】

용과 뱀을 구별하고 옥과 돌을 가리며 흰 것과 검은 것을 알아보고 망설임을 결단하려면 이마 위에 또 하나의 눈이 있거나 겨드랑이 아래

부적이 있어야 한다. 그렇지 않으면 언제나 처음부터 실수를 저지르게 된다. 지금 보고 듣는 것이 어둡지 않고 흐리지 않다면 소리도 빛깔도 순수하고 참다울 것이다. 자 말해 보라. 이것은 검은 것인가 흰 것인가. 굽은 것인가 곧은 것인가. 여기에 이르러서 그것을 어떻게 알아보겠는가.

垂示云 定龍蛇 分玉石 別緇素 決猶豫 若不是頂門有眼 肘臂下有符 往往當頭蹉過. 只如今見聞不昧 聲色純眞. 且道 是皁是白 是曲是直. 到這裏 作麼生辨.

수시는 이 화두에 대한 문제 제기에 해당하는 부분이라는 측면에서 〈최생우진기〉의 도입 부분과 연계된다. 앞서 살펴보았듯 최생이 경험하게 될 형이상학적 문제를 제기하기 위해 작품 도입 부분에 세간에 회자되는 진경의 실체에 대해 언급하고 있다. 수시에서 용과 뱀, 옥과 돌, 흰 것과 검은 것, 굽은 것과 곧은 것을 대비시켜, 현상계의 분별들이 과연 옳은 것인가 반문하고 있다. "지금 보고 듣는 것이 어둡지 않고 흐리지 않다면 소리도 빛깔도 순수하고 참다울 것이다"라는 부분은 수시가 드러내고자 하는 쟁점이다. 치우침 없는 중도사상[194]의 정맥을 드러낸다.

〈최생우진기〉 (1)~(4)에 등장하는 최생과 증공은 상반된 구도행으로 진경 진입 과정에서 이견을 보인다. 증공의 입장에서 진경은 직접

194) "인연에 의해 생기는 것(因緣所生法)은 공이라는 취지이다. 이것은 분명히 진리이다. 그러나 우리들은 공이라는 특수한 원리를 생각해서는 안 된다. 공이라는 것도 가명으로서 공을 실체시해서는 안 된다. 그러므로 공을 다시 공으로 한 경지에 중도가 나타난다. 인연에 의해 생긴 사물을 공으로 하기 때문에 非有이며, 그 공도 공으로 하기 때문에 非空이며, 이와 같이 해서 '비유비공의 중도'가 성립한다. 즉 중도는 이중의 부정을 의미한다." 나카무라 하지메, 『용수의 삶과 사상』, 불교시대사, 1993, 171면.

경험하지 않아도 이미 두타산 용추동굴에 존재하는 공간이다. 그래서 굳이 생명의 위험을 감수하면서까지 진입할 곳은 아니라고 믿고 있다. 이에 반해 최생은 진경의 실체를 직접 체험하기 위해 주저 없이 천길 벼랑 위로 오른다. 최생이 의도한 것은 언어를 넘어선 깨달음의 직접 체험이라는 점이 부각되는 곳이다. 최생은 증공이 두려워 피했던 벼랑 끝 흔들리는 돌이 마치 평탄한 길을 밟는 것과 같다는 말과 함께 용추를 향해 떨어진다. 진법(眞法)을 구하는 길이 과연 증공의 것처럼 관념적인 것인지, 최생의 것처럼 실행을 앞세운 것인지 작품의 방향이 기로에 선 부분이다. 그러나 아직 기재는 양자의 구도행에 대해 옥석을 가리지 않은 상태이다. '문수전삼삼'의 수시처럼 '只如今見聞不昧 聲色純眞 且道 是皁是百 是曲是直'의 문제를 제기하고 있을 뿐이다.

두 문면의 둘째 단락은 문체상, 그리고 구조상 서로 면밀하게 얽혀 있다. 우선 산운교직의 문체를 띤다는 점에서 서로 상응하며, 그것이 선문답 형태와 선시적 성격을 띤다는 점에서 더욱 이채롭다. 또한 그 속에서 동형의 서사 구조가 유추되고 있다는 사실도 흥미롭다. 〈최생우진기〉의 최생이 용왕 및 삼선과 대면하는 선계(禪界) 액자와 '문수전삼삼'의 무착이 문수와 독대하는 몽유 액자는 선문답이 이루어질 가능성을 미리 제시한 것이다.

【本則】

문수보살이 무착에게 물었다.

"여기 오기 전에 어디 있었나?"

"남쪽에 있었습니다."

문수가 다시 무착에게 물었다.

"남쪽의 불법은 요즘 어떻게 되어 가고 있나?"

"말법의 시대라 비구들은 계율을 조금만 받들 뿐입니다."

"그 계율을 받드는 자가 얼마나 되나?"

"한 3백에서 5백 정도 될까요."

이번에는 무착이 문수에게 물었다.

"이곳에선 어떻게 되어 가고 있습니까?"

"성인과 범부가 함께 살고, 용도 뱀도 다 함께 뒤범벅이지."

"그 수행자 수가 얼마나 됩니까?"

"앞에도 셋셋, 뒤에도 셋셋 정도일세."

擧. 文殊問無着 近離什麽處. 無着云 南方. 殊云 南方佛法 如何住持. 着云 末法比丘 少奉戒律. 文殊 多少衆. 着云 或三百 或五百. 無着問文殊 此間如何住持. 文殊 凡聖同居 龍蛇混雜. 着云 多少衆. 殊云 前三三 後三三.

〈최생우진기〉의 용왕이 주재하는 두타산 용추동의 용궁과 '문수전삼삼'의 문수가 화현시킨 오대산의 불도량은 문자 그대로 구도를 위한 상징적 선(禪)의 세계이다. 그 안에서 이루어지는 행적들은 모두 선화(禪化)되어 선문답 형태의 산문 서술을 성립시킨다. 선계(禪界)라는 이계는 〈최생우진기〉의 작품적 성격이 불교문학과 불가분의 것이라는 단서를 제공하고 또한 기재가 명징한 의도로 장치한 것으로 이해된다. 작품에서 이계 인식의 수용은 소재나 인물의 발언뿐 아니라, 작품의 구조화 과정에서 어떠한 방식으로든 영향을 주었을 것[195]이기 때문이다. 선시적 성격의 운문 개입에 있어서도 그 행보가 유사하다. 〈최생우진기〉에 최생과 용왕, 그리고 삼선의 선시적 성격을 띤 한시가 삽입

195) 이지영, 『금오신화』와 『기재기이』의 비교 연구-공간 구조를 중심으로-, 서울대학교 석사학위논문, 1996, 23면.

된 것처럼, '문수전삼삼'에서도 문수와 무착의 선적 대면이 산문으로 서술된 후미에 불전의 중송(重頌)과 같은 선시(禪詩)가 삽입되고 있다.

> **【頌】**
> 천 개의 봉우리 굽이굽이 쪽빛으로 푸른데
> 누가 문수와 얘기했다고 말할 수 있겠는가.
> 우습구나. 청량산에 대중이 얼마나 되냐고?
> 앞에도 셋셋이고 뒤에도 셋셋이라네.
> 千峰盤屈色如籃 誰謂文殊是對談 堪笑淸凉多少衆 前三三後三三.

선의 세계가 현상이나 분별에 의해 변별되는 것이 아님을 밝히고자, 불도량을 화현시켰던 오대산 봉우리를 제시함으로써 우선 문수의 진의를 송덕한다. 그리고 이어 무착이 중도(中道)에서 길을 잃고 현상에 매달려 법의(法意)에 다가서려는 우매함을 탄식하며, 마지막에 이르러 '前三三 後三三'의 선어(禪語) 속에서 오도의 자리를 내비치고 있다. 일천 봉우리는 일천 봉우리임에도 그 속에서 문수와 이야기하였다고 믿는 무착의 분별심을 경계하는 선시이다. 똑같은 현상이면서 그 현상을 초월해서 진리를 보는 눈, 이것이 선자(禪者)의 눈이며 이 눈 속에 나타나는 표현이 선적 상징이 된다. 그러나 선의 상징은 그 현상에 있지 않고 보는 자의 투철한 밝은 눈에 있는 것이다. 또한 이 상징의 언어는 그 자체의 뜻이 아닌, 그 언어자의, 즉 표현자의 마음에 뜻이 있는 것이다.[196)]

이러한 구조의 선시 개입은 〈최생우진기〉에서도 나타나 등장인물의

196) 김운학, 『불교문학의 이론』, 일지사, 1981, 107면.

선적 경지를 나타내는 역할을 한다. 최생은 용궁회진시 30운에서, "태극은 움직임과 고요함을 머금고, 음과 양은 서로 나뉘어 널리 퍼지는구나. 양에 근거하여 고요함을 낳으니, 고요함 속에 양이 있도다 ……(중략)…… 아! 만년 억년토록 만물을 생장시키는 공덕 오래 창성하도다." 라고 하여 진경의 자리를 송덕한다. 그리고, "아, 나는 어리석은 바탕으로 멀리 진흙탕에 가로막혀 우러르도다"라고 하여 구법의 과정에 허상이 있었음을 탄식하고, "우연히 한 번 엿보다가 천길 언덕에서 날아 내렸도다. 어찌 구덩이에 진경이 있을 줄 알았으랴?" 하는 말로, 구덩이와 진경이 분별되어 존재하는 것이 아니라는 사실을 체득한다. 이는 최생이 도의 원형이 현상과 분별을 떠난 중도에 있음을 깨닫고 있는 경지이다. 뒤이어 나오는 삼선의 시들도 이러한 선시적 성격을 지니고 있는데, 최생의 시처럼 송덕과 탄식, 오도의 구도를 지니고 있다.

훌쩍 용궁을 유람하고
높이 天人과 더불어 노닐게 되었네 (송덕)
…… (中略) ……
서생은 응당 명이 있는 법이나
조물주는 본래 인자함 지녔어라
다시 주머니 속 비결을 배웠으니
석상진[197]이 고상하다고 자랑치 말라
무궁화는 치성히 피기 어렵고

---

197) '석상진'은 『예기』, 〈儒行〉에 나오는 말이다. "유학자는 자리 위의 보배를 가지고서 물음에 대비한다.(儒有席上之珍以待聘)" 요순의 도를 펼쳐놓고 물음에 대비하고 있다가 왕이 물으면 이것으로 대답해야 한다는 의미인데, 뒤에는 복고적인 유학자를 풍자하는 뜻으로 쓰였다.

인간 세상은 더욱 수건을 적시도다 (탄식)
구름과 비가 진경에 날고
서신은 붉은 물고기에 있도다[198]
십 년 뒤 봉래섬의 약속
맑은 꿈에 높은 언덕을 돌도다 (오도)

주인공 최생은 유한한 현실의 세속적 가치를 비웃으며 신선이 사는 무한진경(無限眞境)의 세계를 적극적으로 갈망하는 인물인데,[199] 그런 연유로 동선의 시에 보이는 진경이나 봉도(蓬島)는 오도의 경지에 부합한다. 유학의 명리는 인간적 욕구 실현의 가치였으므로 그것을 벗어난다는 것은 초월적 진인의 세계에 든다는 것을 의미한다. 유자의 탈 현실은 곧 세속적 욕망의 진원지로 유관의 삶을 지목하였음을 의미한다. 이러한 양상은 도선과 산선의 시에서도 나타난다.

동선과 함께 학을 부려 날고
우연히 강의 사신을 따라 용궁을 참배하도다 (송덕)
남생(南生)이 단사(丹砂) 글자를 그릇되이 써서 (탄식)
헛된 명성이 대동(大東)에 가득하도다 (오도)

남생(南生)은 송대 주희(朱熹)를 이름이니, '丹砂字'를 그릇되이 썼다는 것은 정주학(程朱學)으로 일군 세상의 명리가 부질없음을 드러내는 바이다. 오히려 세상에는 그로 인한 허명만 가득할 뿐이다. 이러한 풍진 같은 세사의 변화는 불도를 닦던 산선에게도 초탈을 희구하게 하

198) 잉어의 뱃속에서 흰 비단에 쓴 편지가 나왔다는 '音信有赤鱗' 고사.
199) 소인호, 앞의 책, 225면.

고[200], 마침내 '티끌 같은 만겁의 인연'에서 벗어나도록 하는 오도의 경지를 심어 준다.

> 일찍 부처를 배우다가 늦게 신선을 배우니
> 한 평생의 종적은 머무름이 가이 없도다 (송덕)
> 어수선한 세상의 변화 삼국을 보고
> 용호 내단을 이룸이 몇 년이던가 (탄식)
> 이제 다시 청령각 모임에 다달아
> 티끌 같은 만겁의 인연 다 씻어 버리리 (오도)

최생과 삼선의 선적 경지는 마지막으로 용왕에 의해 구체적으로 제시된다. 용왕은 하늘과 땅, 무극과 태진, 동과 정, 풍운과 음양, 성제와 만생(萬生), 문선(文宣, 孔子)과 사람의 도리, 그리고 만고(萬古)와 일일(一日)의 상응하는 바가 결국 여여(如如)한 자리에서 비롯됨을 설파한다. 앞서 최생과 삼선이 보여 준 변증법적 사유의 정점은 곧 이 불변하는 자리를 말하고 있는 것이다. 이는 최생이 꿈꾸는 진경이자, 작가인 기재가 희구하는 이상적인 세계의 상징이다. 〈최생우진기〉의 한시들은 곧 선적 경지를 구현하고자 하는 기재의 바람에서 개입된 것이다. 무착이 현상과 분별에 빠져 정각의 경지를 놓치는 대목에서, 기재는 자신을 둘러싼 당대의 가치관들이 어떠한 오판을 일으키는지 반추해 보았을 법하다. 유자로서의 투철한 삶 끝에 들이닥친 기묘사화, 그로

---

200) 산선이 '부처를 배우다가 늦게 신선을 배'웠다는 것은, 불가적 사유를 저버렸다는 의미가 아니라 도가적 사유의 수용을 통한 범사유적 경계를 취한 의미로 이해해야 한다. 산선의 이러한 고백을 통해서도 〈최생우진기〉의 도불습합적 성격이 드러난다고 하겠다.

인한 기묘사림과의 절분한 이별과 통한, 앞날이 불투명한 은거의 고립 속에서 이상과 현실의 간극을 조율하는 중도적 사유에 대한 고심을 하였던 듯싶다.

두 문면의 셋째 단락은 화두 전승의 의미라는 측면에서 살펴볼 수 있는데, 이 부분에서도 진기한 동형이 발견된다. 우선 〈최생우진기〉(12)~(13)에 해당하는 '문수전삼삼'의 【평창】은 다음과 같다.

【평창】

무착이 오대산을 유람하는 도중 황량하고 외딴 곳에 이르렀다. 문수는 하나의 절을 화현시켜 그를 맞이하여 자고 가도록 하였다. 그리고서는 이렇게 물었다.

"요즈음 어디에 있다 왔느냐?"

"남방에서 왔습니다."

"남방에서는 불법을 어떻게 수행하더냐?"

"말법시대의 비구가 계율을 조금 받드는 정도입니다."

"대중은 얼마나 되는가?"

"삼백 명 또는 오백 명 정도입니다."

무착이 도리어 문수에게 물었다.

"여기서는 불법을 어떻게 수행하는지요?"

"범부와 성인이 함께 있고 용과 뱀이 뒤섞여 있다."

"대중이 얼마나 됩니까?"

"앞도 삼삼, 뒤도 삼삼이지."

(그 뒤) 차를 마신 후 문수는 파리(玻璃) 찻잔을 들고서 말하였다.

"남방에도 이런 물건이 있느냐?"

"없습니다."

"평소 무엇으로 차를 마시느냐?"

무착이 아무 말도 못했다. 그리고는 하직하고 떠나려고 하였다.

문수는 균제 동자에게 문 밖까지 전송하도록 하였다. 무착은 동자에게 물었다.

"조금 전에 '앞도 삼삼, 뒤도 삼삼'이라고 말하였는데, 얼마나 되는가?"

"대덕이여."

무착이 대답을 하자, 동자는 말하였다.

"'이것'은 얼마나 됩니까?"

무착은 또 물었다.

"여기가 무슨 절인가?"

동자가 금강역사의 뒤를 가리켰다. 무착이 머리를 돌리는 찰나에 동자와 화현으로 나타난 절까지 하나도 보이지 않고 오로지 텅 빈 산골짜기만 있을 뿐이었다. 그곳을 후세에 금강굴(金剛窟)이라고 불렀다.

〈최생우진기〉 (12)~(13)은 최생이 현실로 돌아와 입산채약 부지소종한 뒤, 증공이 이를 후세에 증언하는 부분이다. 이에 대비되는 '문수전삼삼'의 평창은 무착이 문수와 독대한 뒤 균제 동자의 배웅을 받는 가운데 오도한 바를 원오가 증명하는 부분이다. 이때 두 문면의 주인공들은 진경에서 물러나 '하산'하는 특징을 보인다. 최생은 두타산 너머의 진경에서, 무착은 오대산 너머의 진경에서 각각 하산한다. 이때의 하산은 체득한 바가 있는 의미 있는 하산이다. 하산 직전에 최생은 '선약'을 받고 '봉래'라는 생사초월의 경지를 체득한다. 무착은 균제 동자와의 문답 속에서 분별의 세계에 갇힌 자신을 봄으로써 오도의 경지를 체득한다. 두 문면의 주인공이 오도의 세계에 그대로 안착하지 않고 다시 하산을 하는 이유는 체험으로서의 깨달음은 인정하면서도 그 깨달음은 고정되어 있는 것이 아니라는 의미이다. 모든 깨달음은 그 깨달음을 체험하는 자에게 단 일회적일 수밖에 없다는 것[201]을 상징한다.

문수와 균제 동자가 무착의 분별을 깨트리는 장면은 네 곳에서 발견된다. ①은 한낱 수에 갇혀 상법과 말법의 비구를 분별하던 무착이 불도량의 대중 수를 묻자 문수가 일갈한 '前三三, 後三三'이다. ②는 네 것과 내 것의 상(相)에 빠진 무착이 남방에는 파리 찻잔이 없다고 하자 문수가 '그럼 무엇으로 차를 마시느냐?'고 일갈하는 부분이다. ③은 '前三三, 後三三'의 수가 얼마냐고 되묻는 무착을 균제 동자가 불러놓고, '그렇게 대답하는 수는 몇입니까?' 하고 일깨우는 곳이다. ④는 상에 대한 집착으로 빚어지는 분별심을 여전히 버리지 못한 무착이 지금 이곳이 무슨 절이냐고 묻자 균제 동자와 불도량이 일시에 사라지고 텅 빈 산골짜기만 남는 대목이다.

'문수전삼삼'의 평창이 본칙과 송에 대한 총평이라는 점에서 또 다른 의미의 화두 전승을 의미한다. 즉 원오가, "그곳을 후세에 금강굴이라고 불렀다"고 최후 진술을 함으로써 오대산의 문수보살 화현처를 화두로 전승하는 셈이다. 마찬가지로 〈최생우진기〉도, "증공이 무주암에 오래도록 거하며 최생의 일을 자주 이야기하였다"고 최후 발언함으로써 역시 선가적 의미의 화두 전승을 꾀하고 있다. 금강굴과 용추동 진경은 분별과 허상을 떠난 중도의 자리이다. 최생이 오도의 세계에서 정신적 희유를 즐기고 돌아온 진경과, 무착이 현상이라고 믿었던 불도량이 공으로 돌아감으로써 대오의 순간을 전한 불도량은 세상의 어떤 가치도 분별과 허상에 빠지면 진실을 보전하기 힘들다는 것을 전승하는 화두적 공간이다.

---

201) 김호성, 『책 안의 불교, 책 밖의 불교』, 시공사, 1996, 19~23면.

〈최생우진기〉 넷째 단락인 (5)와 (11)은 '문수전삼삼'의 착어에 해당된다. 착어는 본칙과 송의 각 구마다 할주처럼 붙은 원오의 주석이다.202) 본칙의 두 구절만 예를 들어보면 다음과 같다.

> 문수가 무착에게 물었다.
> "여기 오기 전에 어디 있었나?"
> (묻지 않을 수 없구나. 이러한 소식도 있었구나.)
> "남쪽에 있었습니다."
> (번뇌의 굴속에서 나왔구나. 하필이면 눈썹 위에서 짐을 올려놓느냐. 허공은 원래 방위가 없는데 어떻게 남방이 있겠느냐.)

원오가 작어를 붙인 이유는 수행자를 한두 마디로 격발시켜 일깨워 주기 위해서라고 한다. '자신'이 아닌 '상대'를 위한 배려라는 의미이다. 〈최생우진기〉의 (5)·(11) 역시 이러한 배려 차원에서 장치된 것으로 이해된다. 사실 (5)·(11) 대목은 생략되어도 문면의 흐름에 큰 지장을 주지 않는다. 최생이 찾아가는 진경의 시간 자체가, '세월은 천 년이 흘렀는데 술잔은 이제야 한 순배 돌'고, '만 년이 마치 하루같이 지'나는 특성을 보이므로, 굳이 (5)·(11)에서처럼 하루 사이 70일이 흘러 있었다는 설명은 불필요한 것이다. 이러한 예시 없이도 최생의 입몽과 각몽은 충분히 설명되고 있는 상황이다. 그럼에도 두 대목을 넣어 시간의 변화를 나타내고, 최생의 용궁 입성과 출성을 부연한 것은 독자

---

202) "원오스님은 당시의 구어와 속어를 종횡무진하게 사용하여 수행자들을 일깨워 주고 있다 ……(中略)…… 설두스님이 표전(表전)의 논리로 본분의 소식을 알린 반면, 원오스님은 차전(遮전)의 방식으로 일체의 사량분별을 뛰어넘어 자기의 본래면목을 단박에 깨치게 하였다."(『벽암록』, 백련선서간행회, 9면)

를 위한 기재의 배려에서 기인한 것으로, 그의 효용론적 문학관이 드러난 장치이다.

또한 선계(禪界) 액자를 입체적으로 살리기 위한 문학적 의장으로도 접근할 수 있다. 이것은 전래의 액자소설 구조를 수용하는 과정에서 여느 몽유 체험과 달리, 입몽–각몽–입몽–각몽의 중층 구조를 취하는 변모를 보였다. 이러한 구성 방식은 기재가 보다 자유자재로 최생의 역할에 참여하겠다는 의지이다. 또한 이를 통해 독자에게 진경에 대한 신비감과 호기심을 배가시키고자 하는 의중을 나타낸 것이다. 다시 말해 기재는 자신의 의중을 보다 정밀하게 전달하고자 (5)·(11) 대목을 의도적으로 설치한 것이며, 이러한 의도적 개입은 '문수전삼삼'의 착어와 같은 성격을 띤다는 점에서 두 문면의 동궤를 추정해 볼 수 있다.

이와 같이 〈최생우진기〉와 '문수전삼삼' 화두는 오도의 경지를 구현하는 주제적인 측면에서 상응하는 바가 크며 그 서술 전개에 있어서도 흡사하다는 사실을 밝혀보았다. 이러한 유사성으로 〈최생우진기〉의 소설적 모태를 '문수전삼삼'에서 유추해 내는 긍정적 효과를 획득해 낼 수 있었다. '문수전삼삼' 화두는 또한 이 작품이 선문학적 작품으로 접근될 수 있는 단서를 제공한다고 하겠다.

최생의 화두적 공간인 진경은 곧 기재가 꿈꾸는 진경이다. 그것은 분별에 빠진 현실을 초월한 진인의 세계이자 이 세상이 중도사상으로 운영되어 더 이상 상실과 비애가 없는 세계로 변모해 주길 고대한 기재의 소망처이기도 하다. 정치와 사상, 종교 등에서 파생된 획일된 가치와 관념이 오히려 모순을 드러낸다는 것을 질타한다. 그래서 그는 '성인과 범부가 함께 살고, 용도 뱀도 함께 뒤범벅인 세상'을 꿈꾸며 〈최생우진기〉를 창작해 내기에 이른 것이다. 그 안에 포석한 중도 사상은 기재가 화두적 공간의 형상화를 통해 담고자 하였던 불가적 사유의 정수이다.

(4) 〈하생기우전〉과 천도재의(遷度齋儀)

〈하생기우전〉은 명혼계 전기를 계승한 작품으로 논의되며, 〈만복사저포기〉와 관련하여 자주 언급되었다. 그 전체적인 서사 진행 과정의 유사성 때문이다. 불우한 서생과 명계의 여인이 만나 가연을 맺고, 또 그것을 징표하는 신물인 은주발과 황금자를 가지고 그녀들의 부모와 재회함으로써, 이승의 못다 한 한을 푸는 과정을 공유한다. 차이점이라면 서사의 종국에 이르러 두 작품의 결말이 서로 다르다는 것이다. 〈만복사저포기〉는 귀녀의 극락왕생과 양생의 입신으로 종결되고, 〈하생기우전〉은 하생과 귀녀의 부부연이 맺어져 화락한 삶을 40여 년 누리는 결말을 보인다는 점이다.[203] 서로 다른 결말을 보인다고 하더라도 두 작품 사이에는 동질의 내적 지향점이 존재하고 있다는 사실을 부인할 수 없다. 그것은 바로 불가의 연기 사상과 망자 구원을 위한 천도의식(遷度儀式)이다.

하생과 만나는 귀녀의 환생은 『수이전』의 〈최치원〉에서 볼 수 있는 바와 같이 부친의 악업에 따른 인과응보를 주축으로 환생을 보여 준다. 그러나 〈최치원〉에 등장하는 귀녀들의 부친이 저지른 횡포와 〈하생기우전〉의 귀녀 부친이 보여준 악업은 본질적으로 다른 조건에서 행해진 것이다. 전자의 횡포가 두 딸을 강혼시키려는 데서 빚어진 것

203) 그런 까닭에 소재영은 그 이후에 오는 〈운영전〉 · 〈영영전〉 등보다 현실적인 전기, 염정류의 구성법과 견주어 볼 때 전기 발달 과정에서 이 작품이 가교 역할을 하고 있어 주목된다고 보았다.(소재영, 『기재기이 연구』, 고려대 민족문화연구소, 1990, 81면)

이라면, 후자의 악업은 권세가로서 사소한 원한과 복수를 일삼은 데서 빚어진 것이다. 쌍녀분의 귀녀들과 달리 〈하생기우전〉의 귀녀는 부친이 옥사를 심의해 죄 없는 수십 명을 살려 주는 선업을 지어 이승으로 환생하게 된다. 이 즈음에서 주목할 점은 이러한 일련의 서사 진행이 망자의 구제를 위한 불가의 천도의례 절차와 매우 흡사한 전개를 보인다는 사실이다.

망자의 구제를 위한 재(齋)가 문학적으로 형상화된 천도 의례는 이미 『삼국유사』 권5, 월명사조의 〈제망매가〉에서도 확인된다. 월명이 죽은 누이를 위해 재를 올리며 향가를 지어 제사하였더니 문득 광풍이 일어 지전을 서쪽으로 날려 사라지게 하였다. 이러한 재의 모습은 후대의 〈만복사저포기〉에서도 문학적으로 구현되었다.[204] 양생이 마련한 재로써 귀녀가 타국에서 극락왕생하는 서사는 불가의 천도 의례에 기반을 둔 것이다. 〈하생기우전〉은 전대의 이러한 문학적 재의 활용을 수용한 작품으로 볼 수 있다. 그 천도 의례가 〈만복사저포기〉에서는 작품의 결미에서 문학적 의장으로 등장했다면, 〈하생기우전〉에서는 작품 전면에 걸쳐 내적 조건으로 편재해 있다.

기재가 불교 의례를 과연 문학적 의장으로 삼았겠는가 하는 점은 그가 살았던 상황을 통해서 보다 긴밀한 추리가 가능하다. 억불이 극대화되었던 중종 대였지만 왕실의 불교적 상례(喪禮)인 기신재가 지속되고 있었다. 당시의 위정자들은 정책적으로는 이단, 이교, 사도 등으로 폐불을 외치고 있었지만, 자신의 부모 상을 당하면 그 묘가 있는 산

204) 장례를 지낸 후 양생은 슬픔을 견디지 못해 토지와 가옥을 다 팔아 보련사로 가서 연달아 사흘 저녁 재를 올렸다. 後極其情哀 盡賣田舍 連薦再三夕, 『금오신화』, 〈만복사저포기〉.

아래 재궁을 만들고 불단을 만든 뒤 승려를 불러 망자를 천도하는 일이 빈번했다.[205] 이미 살펴 본 기재의 외유내불적 처세와 다르지 않음을 알 수 있다. 이런 가운데 기재는 귀녀의 환생을 통해 조광조의 신원을 풀어내는 소설화 작업을 이룬 것이다. 기재가 천도 의례에 관심을 둘 수밖에 없었던 상황을 밝히자면 다시 조광조와의 관계를 언급하지 않을 수 없다.

기재는 기묘사화의 거수로 몰려 절명한 조광조와 지음의 관계였다. 조사수의 〈문간공행장〉을 보면, 기재와 조광조의 각별한 관계에 대해 언급하고 있다. 기재는 평소 조광조와 친근하여 함께 강론하였는데, 과오가 있을 경우 기재가 정색하고 조광조를 책망하기를, "내가 아니면 누가 바로잡아 드리겠습니까?" 하였다. 조광조는 그때마다 안색을 고치고 사과하며, "내가 공을 공경하는 것은 이 때문입니다."라고 하여 기재에 대한 깊은 신뢰를 보였다. 뿐만 아니라 조광조는 항상 탄복하여 이르기를, "가령 공께서 타국에 있을 때 사람들이 혹시 공이 남을 해치고 재물을 탐한다고 참소하더라도 나는 믿지 않을 것입니다." 라고 하였으니 두 사람의 각별한 관계를 짐작할 수 있다. 당시의 조정 상황은 연속된 사화의 여파로 깊은 교분을 쌓기 어려웠다. 혹 사화의 파장이 서로에게 미칠까 사우와 사승의 관계 쌓기를 주저하던 때였다.

> 연산조 이후로 사우의 도가 끊어지고 간혹 스승을 찾거나 벗을 사귀는 사람이 있으면 화(禍)의 씨라고 지목하고 있습니다.[206]

---

205) 이희재, 「조선 중종대 왕실의 불교의례-기신재를 중심으로-」, 『불교문화연구』 3, 한국불교문화학회, 2004.

206) 自廢朝以後 師友之道頓廢 間有或就師或就友則指以爲禍胎, 『중종실록』, 12년 2월 을축조.

옛사람이 사우연원(師友淵源)이라 하였는데 우리나라는 연산조를 거치는 동안 사람들이 사우의 도리가 있음을 알지 못하게 되었습니다. 스승이니 제자니 하고 부르는 자가 있으면 사람들이 모두 두려워하기만 합니다.[207]

참화의 우려로 사우의 도리를 지키는 일보다 보신에 힘을 쓰던 때였다. 이러한 시세(時世)였음에도 기재와 조광조는 동류로서 서로를 보듬고 있었다. 그만큼 각별했던 조광조가 참화를 입고 절명하자 기재는 〈안빙몽유록〉과는 또 다른 신원 의식을 소설화하고자 염원한 듯싶다. 그것은 곧 조광조 일인만을 위한 천도재였고, 그것을 통해 불우하게 생을 마친 조광조의 삶을 완성시키고자 하였다. 그 죽음이 국전에도 없는 '간당죄(奸黨罪)'라는 죄목이었고, 그 모든 사화의 과정에 관여한 인물이 중종이라는 사실은, 기재의 내면에 충격을 주었다. 조광조에게 사약을 내리는 조정의 논의에서 중종과 사화를 모의한 남곤마저 그가 죽을 죄를 지은 것이 아니라고 고하였다. 그러나 중종은 조광조의 죽음은 아까워할 것 없는 일이라며 처형할 뜻을 굽히지 않았고,[208] 조광조는 기묘년이 저물기 전 사약을 받고 절명하였다.

행장에 이르길, 기재는 조광조 등이 옥에 들어갈 때에는 달려가서 함께 이야기하였고, 귀양을 떠날 때에도 멀리 교외에 나아가 송별하였으며, 조광조가 전라도에서 사사되자 부의를 전하였다고 한다. 이 모든 과정을 지켜본 기재의 내적 고심은 매우 큰 것이었으리라 짐작된다. 그래서 기재는 조광조를 위한 소설화 작업을 꿈꾸었는데 그것이

207) 古人云 師友淵源 我國自經廢朝 人不知有師友之道 有名爲師爲弟子云者 則人皆畏之, 『중종실록』, 13년 1월 무오조.

208) 『중종실록』, 14년 12월 병자조.

전래의 문학적 재를 재구성한 〈하생기우전〉이었다. 사회적으로는 여전히 왕실에서조차 불교 의례가 지속되고 있었고,[209] 기재 개인적으로도 불가와 연을 맺고 있었던 까닭에 조광조를 위한 문학적 천도 의례의 형상화는 가능했으리라 추정된다.

흔히 49재라고도 일컬어지는 영혼천도의식은 원래 영축산에서 석가모니불의 설법 모임을 뜻하는 영산회상을 상징화한 의식이었다. 그래서 영산재라고도 불리는 바, 조선 중기에 증보 편찬된 〈범음집〉에 영산재의 절차가 수록되어 있다. 그 내용들은 당시에 새로 정한 의식 절차의 양식이라고는 볼 수 없으며 그 이전부터 전해 왔던 의식 절차였다.[210] 기재가 성균관 대사성·이조참의에 제수되었던 중종 13년(1518) 악장 속의 음사나 석교(釋敎)에 관계있는 말을 고치라는 명이 내렸다. 그때 처용무(處容舞) 영산회상(靈山會上) 본사찬(本師讚) 미타찬(彌陀讚) 등의 불교 가사를 남곤이 고쳤는데, 이때 영산회상은 새로 지은 수만년사(壽萬年詞)로 대신하여 그 가사를 싣고 있다.

기재는 새로 지은 가사가 나오기 전까지는 영산회상을 통해 불가적 재의 연원을 살필 수 있었거나 그에 익숙한 상황에 있었을 것이다. 이듬해 조광조의 절명을 보며 영산회상에서 비롯된 천도재를 통해 지음의 사후를 빌어 주고자 하였던 듯싶다. 기재가 불가의 천도 의례를 문

209) 조선초기의 수륙재 또한 기재에게 문학적 영향을 미쳤으리라 생각된다. 특정인을 한정하여 재를 지내는 칠칠재와 기신재를 합설하여 법제화 한 불교의례가 수륙재였다. 이 재는 세상에 흩어져 극락왕생을 이루지 못하고 있는 모든 망자에게 재를 올려 명복을 비는 공동 追薦齋였다. 수륙재는 중종조(중종 11년)에 폐지될 때까지 국가공식의례로 성행했던 조선초기의 대표적 불교의례였다.(이영화, 「조선초기 불교의례의 성격」, 한국정신문화연구원 석사학위논문, 1992, 34~39면)

210) 영산재는 중요무형문화재 제50호로 지정되어 있다.(홍윤식, 『영산재』, 대원사, 1991, 8~9면)

학적 재로 수용한 것은 그 의례의 과정이 맺힌 것을 풀고 좋은 세상으로 거듭나는 것을 주축으로 하기 때문이다. 모사와 흉서로 얼룩진 사화 가운데서 절분하게 생을 마친 조광조를 위한 공간으로 적절한 장치였음에 분명하다. 기재가 형상화한 천도 의례적 전개[211]를 살펴보기 위해 사건 단락을 나열하면 다음과 같다.

① 고려시대에 한미한 가문의 한생은 곤궁한 살림에 일찍 부모마저 여의어 장가들기도 쉽지 않다. 그러나 모습이 준수하고 행실이 반듯하며 재주가 뛰어나 고을에 명성이 자자했는데, 수령이 이를 듣고 태학에 천거하다.

② 국학에 나아가 예능을 겨루매 그를 능가하는 자가 없다. 그러나 조정에서는 인재 선발이 공정하게 이루어지지 않았고, 하생은 울적한 심사로 사오 년을 허비하다.

③ 하루는 낙타교 가의 복자를 찾아가 자신의 명수화복을 묻다. 복자는 하생에게 도성 남문 밖으로 나가면 액땜을 할 수 있고 또 가연을 얻게 된다는 점괘를 주다.

④ 하생은 도성 남문을 나서서 깊은 밤 산 속으로 들어섰는데 그곳

211) 천도의례는 ①시련 ②대령 ③관욕 ④신중작법 ⑤상단권공 ⑥시식 ⑦봉송 ⑧소대의식 ⑨식당작법 순서로 전개된다. 시련은 천도 받을 영혼을 사찰 입구에 나가서 경내의 의식 도량 안으로 모셔오는 절차이고, 대령은 의식 도량에 모셔진 영혼에게 간단한 접대를 하고 불보살 전에 나아갈 차비를 하는 의식이다. 관욕은 영혼이 불단에 나아가 불법을 듣기 전에 더럽혀진 몸을 깨끗이 목욕한다는 의미를 상징화한 의식이고, 신중작법은 불법을 들을 청정한 도량을 만들기 위해 수호신인 사천왕 등의 각종 신중을 청하여 공양 드리는 의식이다. 상단권공은 천도재의 핵심으로 영혼이 불법에 의지해 가피력을 입을 것을 발원하는 의식이며, 시식은 상단권공 후 영혼에게 음식을 대접하는 절차이다. 봉송은 천도 도량에 모셔진 영혼을 돌려보내는 의식이며, 소대의식은 천도재 의식에 사용된 영혼에게 입힌 옷가지와 갖가지 장엄 용구 등을 불사르는 의식이다. 끝으로 식당작법은 괘불을 내리고 마당을 치운 다음 공양에 들게 되는 의식이다.(홍윤식, 앞의 책, 39~42면) 이 순서에 따라 〈하생기우전〉을 분석해 보기로 한다.

의 외딴 집에서 귀녀를 만나다. 하생과 귀녀는 서로 구애의 시를 나누고 그날 밤 부부 연을 맺다.

⑤ 날이 밝아오자 귀녀는 자신이 죽은 지 사흘 되었는데 옥황상제의 선처로 다시 환생할 기회를 얻었다고 알린다. 그리고 하생에게 황금자를 주며 자신의 환생을 도와 달라고 부탁하다.

⑥ 하생이 황금자를 들고 저잣거리로 가기 위해 문을 나서다 뒤돌아보니 그곳엔 새로 쓴 무덤이 하나 보인다.

⑦ 하생은 귀녀가 이른 대로 큰 절 앞에서 황금자를 들고 서 있었는데, 이 소식을 들은 그녀의 부친이 무덤을 파내자 여인이 살아나다.

⑧ 시중 부부는 하생의 가문이 낮다 하여 딸과의 혼인을 반대하다. 이에 하생은 환생해서도 맺기로 한 부부 연을 여인이 저버린 것으로 오해하다.

⑨ 모든 사실을 알게 된 여인은 병을 빌미로 자리에 누운 채 명계에서 맺은 하생과의 약속을 부모에게 하소연하다. 이에 시중 부부는 두 사람의 혼인을 허락하다.

⑩ 여인은 불가의 삼생설에 따라 부부 연을 맺게 되었음을 기뻐하고, 이로부터 부부가 되어 서로 공경하고 사랑하다. 이듬해 하생이 외과에 합격해 보문각에서 첫 벼슬살이를 시작해서 뒤에 상서령에 이른다. 두 사람은 무릇 사십여 년을 함께 살며 두 아들을 두었는데 세상에 자식들의 명성이 자자하다.

⑪ 한생이 혼인을 정한 날에 예전의 복자를 찾아갔더니 이미 자리를 옮기고 보이지 않았다고 한다.

하생은 태학생으로 난정(亂政) 속에서 공정한 인사 선발이 이루어지지 않자 울분에 쌓여 지낸다. 하생이 겪는 불우한 등관(登官) 시절은 기재 자신이 처해 있던 정치적 환란기이다. 하여 낙타교 가의 복자를 찾아가 명수화복을 물으니, 도성 남문 밖으로 나가면 액땜을 하고 배필을 얻을 것이라는 점괘를 받는다. 기재는 기묘사화의 여파를 피하기 위해 도성을 떠나 삼척부사 외직을 나갔으니 정치적 환란의 액땜을 상징화하고 있는 셈이다. 그래서 만나게 된 귀녀 역시 복자의 말대로 액땜을 하기 위해 그곳에 왔다고 한다. 하생이 귀녀를 찾아가 조우하며 장차 그녀를 현실계로 이끌게 되는 이 대목은 시련 의식에 해당한다. 시련의 대상은 곧 조광조이다. 기재는 사화에 피화를 입고 단명한 조광조를 귀녀로 환치시켜 놓음으로써, 생전의 지음에 대한 연민과 곡진한 정을 배가시키는 한편 위해자들의 이목을 피해가고자 하였다.

겨우 참화에서 벗어났다고는 하나 기재 역시 기묘사화의 여파로 은거 중이던 어려운 시기였으므로 생전의 지음을 귀녀로 우의화하는 대안을 마련하였던 것이다. 기신재에 관한 기록을 보면, '비록 혹 선왕을 위해서 베푸는 것이나 중들이 선왕의 수용(睟容)을 손으로 잡고 제사를 지내니 이것이 어찌 선왕을 존중하는 도리입니까. 진실로 고쳐야 합니다'[212]라고 밝히고 있는 바, 시련 의식의 영가 위패상을 모시는 절차가 확인된다. 선왕의 화상으로 제사 지내는 기신재에서 조광조를 귀녀로 화현시켜 제사 의식에 동참시킨 문학적 구상을 하였을 개연성도 간과할 수 없다.

그런데 시련 의식의 장으로 도성 남문 밖 장소를 설정한 것은 작품에 있어 매우 중요한 의미를 지닌다. 〈만복사저포기〉에서 양생과 귀녀가 만나 가연을 맺고 다시 재회하는 공간이 사찰과 묘지를 벗어나

212) 雖或爲先王設 僧徒手執先王睟容而祭之 是豈重先王之道乎? 固當革之, 『중종실록』, 9년 4월 술오조.

지 않고 진행된다는 점과 구별된다. 이는 작품의 창작이 이루어지던 시기의 공간이자 김시습이 방외자의 삶을 살던 시절의 공간과 크게 다르지 않다. 〈하생기우전〉의 두 남녀의 만남과 가연은 도성 남문 밖의 묘지이다. 그리고 그들이 완전히 결합되는 장소는 다시 도성 내의 장소이다. 이것은 기재가 은거 중이던 도성 밖의 여주 지역을 소설 속에 접맥시킨 것이다. 그가 여주를 귀거래 할 곳으로 선정한 이유는 한양과 그다지 멀리 떨어져 있지 않고 교통이 편리하여 조정에서 부르면 언제든지 달려갈 수 있는 곳이었기 때문이다. 결국 여주에서의 정착은 정치적 재기를 위해 후일을 기약한 의도 때문이었으며,[213] 이러한 내심이 〈하생기우전〉에 그 공간적 배경의 시종(始終)을 도성으로 설정한 것이다.

하생과 귀녀의 하룻밤 가연은 귀녀가 명계에서 현실계로 넘어오는 환생을 유도하는 장치이다. 짧게 끝났던 귀녀의 생이 하생과의 관계로 다시 확장되고 있다. 다시 말해 조광조의 분신인 귀녀가 명계를 벗어나 현실계로 진입하게 되는 것을 뜻한다. 이때 하생과 귀녀는 시를 나누게 되는데 서로의 가연을 허락하는 시였다. 이 대목은 천도 의례의 대령 의식과 상응한다. 영가가 불보살전으로 나아갈 채비를 하듯 조광조의 분신인 귀녀 역시 하생을 만나 현실계로 나아갈 채비를 하는 단계이다. 하생과 귀녀가 나눈 시들은 귀녀가 현실계로 나아가는 데 심리적 안정을 주는 장치이다. 이는 마치 의식 도량에 모셔온 영가에게 간단한 접대를 하고 천도 도량으로 들게 하는 대령 의식의 절차와 흡사하다.

그런데 귀녀는 현실계로 환생하기 전, 하생에게 자신은 명혼이며

213) 임채명, 「기재 신광한 한시 연구」, 단국대학교 박사학위논문, 2004, 25면.

부친의 악업으로 단명하였다는 사실을 밝힌다. 그러나 다행히도 부친이 옥사를 심리하여 죄 없는 사람 수십 명을 살려 주는 선행을 하여 다시 인간 세계로 오게 되었다는 것이다. 이 대목은 천도 의례에서 영가가 불법을 듣기 전에 더럽혀진 몸을 깨끗이 목욕하는 '관욕의식'에 해당한다. 특히 이 부분은 기재가 〈하생기우전〉을 천도 의례적 전개로 이끈 목적을 함의한 곳으로, 인과응보설을 전면에 내세워 불가의 사유관을 드러낸 곳이다. 기재는 관욕 의식을 통해 단명을 초래한 부친의 악업까지 소멸시키고 있다. 권세의 요직에 앉아 사소한 원한과 복수로 많은 살상을 한 업보로 다섯 아들마저 요절시킨 부친은 바로 중종을 우의화한 것이다. 중종의 변심을 지켜본 기재로서는 자신의 작품 속에 그러한 일면을 담지 않을 수 없었을 것이다. 기재는 귀녀의 부친을 관욕 의식에 동참시킴으로써 조광조와 그를 따르던 명류에게서 변절한 중종의 과거를 불식시킨다. 관욕을 통해 조광조의 삶과 죽음을 정당화하고자 한 의중에서였다.

> 지금은 비록 불교를 존중하지는 않지만 기신재는 매양 사찰에서 베푸는데 신자(臣子)들이 차마 볼 수 없는 일이 많습니다. 바야흐로 부처를 공양할 때에는 선왕과 선후의 신주를 먼저 욕실에 보내어 목욕을 시킨 뒤에 뜰에 꿇어앉아 절하게 하니 생사가 다름없거늘 어찌 임금에게 이런 굴욕을 줄 수가 있겠습니까?[214)]

흥왕사의 기신재를 두고 논핵이 이루어졌던 기록이다. 선왕과 선후

214) 今雖不重佛敎 忌(晨)[辰]재 每設於寺刹 臣子所不忍見之事多矣. 方其供佛之時 以先王 先后神主 先入於浴室 沐浴然後跪拜於庭. 生死無異 豈以人君 而屈辱至此乎, 『중종실록』, 10년 1월 신사조.

의 신주를 관욕시키는 의식으로 말미암은 기신재 혁파 주장이다. 이러한 과정을 통해 기재가 관욕 의식에 대해서도 그 윤곽을 의식하고 있었기에 소설 속 관욕 의식으로 수용하였을 가능성도 크다. 〈하생기우전〉의 관욕 의식은 귀녀의 부친이 지은 악업을, 다시 그 자신이 선업을 지음으로써 귀녀까지 관욕시키는 서사를 갖는다. 귀녀의 부친이 행한 악업은 '요직을 차지하고 사소한 원한까지 복수'한 데서 빚어진 것이다. 그런데 중종이 조광조를 사사로 몰고 간 간당죄의 내용이 이와 동일하다는 사실이 주목된다. "조광조를 비롯한 도학자들이 붕당을 맺고서 그들에게 붙는 자는 천거하고 뜻이 다른 자는 배척하여 요직의 자리를 다 차지하"였다는 죄목이 그것이다. 기재는 〈하생기우전〉에서 요직을 차지하고 권세의 횡포를 휘두르는 인물로 귀녀의 부친을 선택함으로써 중종을 상징한다. 그 부당한 횡포에 단명한 조광조를 귀녀로 환치시켜 산 자와 죽은 자 모두 관욕 의식에 참여시키고 있다.

신물인 황금자는 귀녀가 현실계로 환생하는 것을 이승에 알리는 신표이자 환생 후 재회하게 될 하생에게 주는 징표이다. 귀녀는 그 신물로써 생전에 인연 있던 자들을 한 자리로 운집시킨다. 비녀와 노복, 부친과 모친, 유모, 마지막으로 하생과의 재회까지 그 신물 하나로 성사시킨다. 산 자와 죽은 자를 연결하는 황금자가 없었다면 사흘 안으로 예정되어 있었던 귀녀의 환생은 힘들었을 것이다. 신물이 아니었다면 그녀의 부친인들 하생이 말하는 무덤 속의 일을 믿지 않았을 것이다. 이렇게 볼 때 황금자는 단순히 징표 역할에서 그치는 것이 아니라 귀녀의 환생을 돕는 역할까지 맡고 있다. 이는 불사(佛事)가 원만히 이루어지길 소망하며 사천왕 같은 수호신을 도량으로 모시는 불가의 신중작법의식과 무관하지 않다. 황금자는 곧 귀녀가 정해진 기일 안에 환생하는 데 장애가 없도록 하는 불가적 신물과 같은 역할을 한다. 조광조의 소설적 환생을 도모하는 데 있어 외부로부터의 위해나 장애가 발생하지 않기를 바란 기재의 내심에서 비롯된 것이다. 조광조를 위한 소설화 작업이란 사실이 세상에 드러나면 〈설공찬전〉 같은 필화 사건을 면할 수 없기 때문이다.

황금자를 매개로 귀녀는 환생하여 우여곡절 끝에 하생과 부부 연을 맺는다. 가문을 중시하는 부모가 하생과의 혼인을 반대하는 과정이 있었지만, 귀녀가 명계에서의 언약을 저버릴 수 없다는 간절한 원을 고함으로써 부부 연을 맺는다. 이때 여인은 하생과의 인연이 불가에서 이르는 삼생설에서 비롯되었다고 여긴다.

> 일찍이 들으니 불가에 삼생설이 있는데, 과거, 현재, 미래가 바로 이것이라 합니다. 과거에 이미 낭군과 더불어 부부가 되었고 현재 또 낭군과 더불어 부부가 되었는데 다만 미래에는 어찌 될지 모르겠습니다. 삼생의 인연을 맺은 일이 예전에도 있었습니까?[215]

이 부분은 천도 의례에서 불법의 가피력을 입을 것을 발원하는 '상단권공의식'의 문학적 형상화로 접근할 수 있다. 관욕 의식에 이어 불가의 사유를 드러낸 곳이기도 하다. 하생과 귀녀가 윤회를 통해 거듭 만남을 반복하는 것은 불가의 인연법에 의해서이다. 귀녀는 이 불법의 가피력을 입어 하생과 내세의 인연까지 이루어지길 소망한다. 모든 현상이 무수한 원인과 조건으로 서로 관계해서 성립되고 또 소멸한다는

---

215) 嘗聞釋氏有三生之說 是謂去來今 過去已與君爲夫婦今生又與君爲夫婦 第未知方來何如 三生結緣 古亦有之乎, 『기재기이』, 〈하생기우전〉.

연기설을 들어 조광조의 문학적 환생을 정당화하고 있다. 유가적 신념 아래서의 괴리와 번민을 해소하는 곳으로 불가적 사유의 공간를 마련한 것이다. 이는 기재의 인생관이 불가적 사유의 영향을 받고 있다는 사실이며, 〈하생기우전〉의 소설화 역시 불가와 접맥시켜 창작된 것임을 시사한다.

이후 여인은 하생과 더불어 40여 년을 화락하게 산다. 두 아들을 낳았는데 모두 세상에 이름이 드러났다. 이 속엔 천도 의례의 시식 의식과 봉송 의식이 형상화되어 있다. 시식은 영가에게 음식을 대접하는 절차요, 봉송은 초청되었던 영가를 불보살의 세계로 보내는 의식이다. 여인의 화락한 여생은 곧 조광조의 단명한 생애를 연명해 준 시식 의식이자, 맺힌 원을 풀어 주고 불보살의 세계로 거듭나길 축원하는 봉송 의식이다. 40여 년의 삶은 조광조의 단명한 삶을 연명해 주는 장치이다. 아울러 조광조의 학풍이 세상에 유용한 학문이라는 것을 알리는 절차이기도 하다. 하생이 여인과 살기 시작한 이듬해 외과에 합격해 보문각에서 첫 벼슬살이를 시작하고 뒤에 상서령에 이른다는 것은 조광조 생전의 학맥을 하생이 이어 준 것으로 해석된다. 하생이 명계에서 환생한 여인과 부부 연을 맺은 뒤에서야 벼슬길이 열렸다고 하는 것은, 조광조의 학풍이 세상에 풍미되기를 바라는 기재의 희구에서 비롯된 것이다.

『기재기이』의 인물들은 『금오신화』의 인물들에 비해 유독 연명의 기회를 많이 얻는다. 〈서재야회록〉의 무명선비는 40년의 연명을, 〈최생우진기〉의 최생은 10년의 연명을, 〈하생기우전〉의 하생과 여인은 40여 년의 연명을 받는다. 〈안빙몽유록〉을 제외한 작품 속 주인공들이 모두 연명의 기회를 얻고 있다. 이것은 이계를 경험한 『금오신화』의

인물들이 부지소종의 미완을 취하거나 두서너 달 만에 단명 하는 것과 대조적이다. 이러한 일면 역시 작가적 특성과 결부지어 볼 수 있는데, 세상과 유리되어 방외자의 삶을 살았던 김시습과 달리 언제고 때가 되면 정계에 복귀할 내심을 갖고 있었던 기재였기에 자신의 분신들이기도 한 소설 속 인물들의 연명을 형상화함으로써 그러한 현실적 의지를 강조한 것이다.[216)]

그러나 이러한 바람은 어디까지나 문학적 발화 속에서 꿈꾼 일이었다. 전술한 것처럼 기재는 은거기는 물론 그 이후 정계에 복귀해서도 조광조의 신원 운동에 침묵으로 일관했다. 〈하생기우전〉이 창작된 은거기 당시 그는 불가의 연기 실체를 파악하고, 모든 것이 공하다는 사유 체계를 접한 것으로 보인다. 그래서 이 작품의 말미를 화락한 40여 년의 여생을 서술하는 데서 그치지 않고, 다시 시간을 하생이 복자를 만났던 40여 년 전으로 역행시킴으로써 공사상을 강조한다. 이 대목은 소대 의식에 보이는 공사상과 연결해 볼 수 있다. '하생이 혼인을 정한 날에 예전의 그 복자를 찾아갔더니 이미 자리를 옮기고 없었다고 한다'는 결미는 바로 천도 의례의 소대 의식이다. 소대 의식은 소번재라고 해서 중종 대의 기록을 찾아볼 수 있다.

근일 이래로 두세 승니(僧尼)가 머리를 땋아 늘이고 속인의 복장으로 몰래 내지(內旨)라 일컬으며 산중에 있는 절에 출입하며, 쌀과 재물을 많이 가져다가 재승(齋僧)을 공양하고, 당개(幢蓋)를 만들어 산골에 이리저리 늘어놓고, 또 십왕(十王)의 화상을 설치하여 각각 전번(牋幡)

216) 유기옥은 〈서재야회록〉과 〈하생기우전〉에 장치된 40년의 연명을 작자 자신이 40대 전후에 관직에서 물러나 은거한 생활의 단편이 심적 동인이 되어 장차 주인공의 원망과 역구를 표면화한 것으로 이해하였다.(유기옥, 앞의 논문, 1990, 135면)

을 두며, 한 곳에 종이 1백 여 속(束)을 쌓아두었다가 법회를 설시(設施)하는 저녁에 다 태워 버리고는 소번재(燒幡齋)라 이름합니다.[217]

『삼국유사』 소재 월명의 천도재에서, 죽은 누이동생을 위해 지전을 불사르는 장면이나, 〈만복사저포기〉에서 양생이 귀녀를 위한 재를 올리며 지전을 불사르는 장면이 연상되는 대목이다. 시주자의 이름을 써서 내 거는 전번을 한꺼번에 불사르는 의식은, 영가에게 입혔던 옷가지와 갖가지 천도재 장엄 용구 등을 불사르는 소대 의식처럼 발복하는 것이다. 기재는 이러한 의식이 세간에 행해진다는 사실을 접하고 있었으며, 그것을 문학적으로 구현하는 데 있어 걸림이 없었으리라 짐작된다. 기재는, 자신의 분신인 하생을 통해 조광조의 분신인 귀녀를 환생시켜 40여 년간의 화락한 여생을 지낸다. 그러나 그것은 문학적 천도재를 차용한 환생이라는 사실도 기재는 잊지 않고 있었다. 천도 받은 영가가 더 좋은 세상으로 향해 가는 것처럼 조광조 역시 이승의 한을 풀고 편히 눈을 감기를 소원하였기에 소대 의식을 치른다. 한편으론 소대 의식을 통하여 연기로 이루어진 변화무쌍한 현실계의 집착을 불태워 자신의 고심 역시 해소되기를 바라는 내심도 드러난다.

기재는 이처럼 불가의 인연설에 의지한 작품을 소설화해서 그의 생존 당시에 세간에 유포해 그 의중을 세인들에게 전하니, 이는 천도 의례의 마지막 절차인 식당작법의식을 행한 것이라 하겠다. 식당 작법은 모든 의식 절차 뒤에 괘불을 내리고 공양을 들게 되는 의식이다. 기재

217) 近日以來 二三僧尼 辮髮俗服 潛稱內旨 出入山寺 多載米貨 飯佛齋僧 造爲幢蓋 羅絡山谷. 又設十王畫像 各置牋幡 一處積紙百有餘束 設會之夕 悉以焚之名曰燒幡齋, 『중종실록』, 13년 7월 갑인조.

는 조광조의 천도재를 꾀한 한 편의 우의화된 소설을 세인들에게 유포하고자 하는 것에서 일종의 문학적 식당 작법을 행한 것이다. 물론 『기개기이』의 발문 말미에서 확인되는 것처럼 그 목판본 간행은 명종 8년(1553)이지만, 창작을 구상한 그 순간부터 이미 세간의 독자를 염두에 두었을 것이 분명하다. 그런 의미에서 조광조의 문학적 천도재를 통한 연기 설파는 하나의 법(法) 공양과도 같다. 이는 평소 기재가 갖고 있던 문학의 교화적 효용론과도 일치한다.

살펴본 바와 같이 〈하생기우전〉은 인과응보에 따른 환생담을 서사전개로 하는 가운데, 지음 조광조에 대한 문학적 천도재를 치르며 작가 자신의 심회를 풀어낸 불교소설이라 할 만하다.

5. 『기재기이』의 소설사적 의의

『기재기이』의 창작은 기재가 여주 원형리에서 한유의 삶을 살던 시기에 이루어진 것으로 회자된다.[218] 비록 정치적으로는 실의의 시간을 보내고 있었으나, 『기재기이』의 출현을 본 비옥한 시간이었다. 부연하자면 조정에서 유리된 상황과 달리 문학적 전통과는 더욱 근접한 시기였다는 것이다. 기재는 세인들이 탐독하고 있던 『전등신화』와 『금오신화』, 〈설공찬전〉과 근접해 있었고, 〈안빙몽유록〉과 함께 본격적

---

218) 『기재기이』의 목판본 간행은 명종 8년(1553)으로, 소설집의 발문 말미에서 확인된다. 기재가 기묘사화의 참화를 겨우 모면하고 삼척부사의 외직으로 나간 때는 37세 되던 1520년이다. 백성들의 교화에 힘쓰는 한편 공무가 없을 때는 거문고를 뜯고 詩文을 읊는데 게을리 하지 않았다고 한다. 2년 뒤(1522) 母夫人이 卒하자 高陽 여묘에서 시묘살이를 하였다. 41세 되던 해(1524)에 상복을 벗고 여주 원형리에 집을 짓고 이후 55세(1538)가 되던 해까지 은거의 시간을 가졌다.

인 몽유록의 효시로 자리 잡는 심의의 〈대관재몽유록〉과도 불가분의 관계에 있었다.[219] 기재는 이처럼 이미 유형화되어 있던 작품과의 대면은 물론이고, 그 속에 내장되어 온 전통적인 문학적 형상화 기법까지 섭렵하고 있었다. 『삼국유사』와 『수이전』계의 근원설화는 물론 육조시대와 당대에 성행한 인귀교환설화, 그리고 여말 가전체의 전형 등 체득된 전래의 창작 기법을 통해 마침내 완숙한 『기재기이』의 탄생을 보았다.

그런데 『기재기이』가 습용한 전래의 유장한 창작 기법은 불전으로 그 원형이 소급된다는 사실이 발견된다. 그 구성 방식이나 문체, 주제의 구현에 있어 고전소설이 수렴한 불전의 영향은 심대하다. 일찍부터 고전소설의 문학사적 단초를 『금오신화』에서 벗어나 나말여초의 작품들 속에서 참구하고 불교소설에 진중한 의의를 둔 선행 연구들이 있었다.[220] 이는 우리 소설사의 장구한 역사성을 도출시키며 설화의 소설화 과정을 보다 다기한 장르적 관습에서 추적하고, 그 안에 수용된 형

---

219) 신광한이나 심의는 기묘사화와 깊은 관련성을 맺고 있다. 심의의 형 심정은 기묘사화의 주동인물이었고, 신광한은 조광조와 함께 그때 정치적 실의를 맛보았다. 또 〈대관재몽유록〉을 1529년의 작품으로 보면 심의도 현실적으로 정치적 실의를 맛본 때이며, 신광한도 원형리의 은둔 생활을 하던 시기였다.(소재영, 『기재기이 연구』, 고려대 민족문화연구소, 1990, 84면)

220) 김태준, 『조선소설사』, 학예사, 1939.
황패강, 「부설전연구」, 『신라불교설화연구』, 일지사, 1975.
지준모, 「전기소설의 효시는 신라에 있다」, 『어문학』32, 한국어문학회, 1975.
장덕순, 『한국문학사』, 동화문화사, 1977.
임영택, 「라말여초의 전기문학」, 『한국한문학연구』5, 1981.
사재동, 「불교계 서사문학의 연구」, 『어문연구』12, 어문연구회, 1983.
김승호, 「고려 승전의 서술방식 연구」, 동국대학교 박사학위논문, 1990.
경일남, 「고려 불교소설의 형성 전개」, 『한국서사문학사의 연구』, 아세아문화사, 1995.
박희병, 『한국전기소설의 미학』, 돌베개, 1997.

이상학적 사유의 흐름을 검토해 전기소설 혹은 불교소설의 문학적 형질의 계류를 출발시켰다는 데 의의가 있다. 『수이전』 소재 〈최치원〉이나 〈김현감호〉, 『삼국유사』 소재 〈조신전〉을 소설의 발생으로 보는 견해가 그것이다. 이 가운데 〈조신전〉은 소설 발전의 초기과정을 보여 주는 동시에 불교소설의 맹아라는 위치를 선점했다.

〈조신전〉이 구현한 불가적 사유의 구상과 산운교직의 문체는 〈백월산양성성도기〉에서도 실현되는 바, 한시가 삽입되고 인물의 심리적 갈등이 두드러지는 등 장르상 설화에서 이미 탈피해 있다.[221] 이와 같은 불교소설의 맥은 〈부설전〉으로 이어진다. 불교적인 높은 차원에서 일관된 주제의식을 가지고 사건을 엮어 나갔다는 점에서 본격적인 불교소설로 간주된다.[222] 이러한 일련의 불교소설은 작가의 형이상학적 사유의 전개에 밀착된 작품성을 보여 준다. 그러나 뒤를 이어 불교소설의 꽃을 피운 『금오신화』는 그간의 작품들이 취하지 못했던 작가 자신의 현실적인 문제를 문면에 중첩시키는 변모를 보여 준다. 자신을 둘러싼 현실 속의 외압들을 풀어내는 공간으로 이계의 구체적인 형상화를 시도했고, 그를 통해 숙련된 자아와의 조우를 이끌었다. 그 뒤를 이어 출현한 〈설공찬전〉은 작품의 무대와 인물이 한국화 되었고, 따라서 그 구성 양식이 한국적으로 변용, 정착되어 후대의 불교계 한문소설이나 일반 한문소설의 형성과 전개에 적지 않은 영향을 끼쳤다.[223]

221) 박희병은 〈최치원〉에서 마련된 전기소설의 전통을 계승하되 그것을 불교적인 방향으로 가져간 것이라고 하였다. 「조신전」, 「김현감호」 등에서도 그런 면모가 다소 인정되긴 하나 「백월산양성성도기」의 경우 가히 불교소설이라 할 수 있을 만큼 불교적 색채가 농후하다고 밝혔다.(박희병, 위의 책, 69~70면.)

222) 황패강, 위의 책, 376면.

223) 사재동, 앞의 책, 237~238면.

『기재기이』는 이러한 소설사적 연원을 토대로 출현한 작품이다. 『기재기이』는 전술한 작품들처럼 그 구성 방식과 문체, 주제의 구현에 있어 불교소설적 면모를 갖추었다. 특히 산운교직의 서술 문체는 고려 불교소설의 특징으로서 후대 조선조 한문소설의 문체뿐만 아니라 국문소설의 문체에 영향을 주었다.[224] 불교적 경험을 가진 작가가 찬술한 작품에는 산문과 운문이 혼합되어 서술되는 문체양상이 상당히 적극적으로 나타나는[225] 특징이 있는데, 이는 『기재기이』의 문체적 특징과 무관하지 않다. 기재의 불교적 경험을 토대로 불교적 문체를 발화한 작품이기 때문이다. 또한 액자 구성을 따른다는 점에서도 불교소설의 맥을 잇는 작품이다. 아울러 주제적인 측면에서도 고려 불교소설이 신라대 이래 불가를 중심으로 하여 불법의 홍포를 위해 통속적으로 행해지던 설법·법회의 화본격인 변문적 강창 문학에서 연원한다는 대중 포교의 측면[226]과도 연계되므로 불교소설의 후신이라 하겠다.

전술한 작품들은 고려 불교소설에서 다시 선대의 불전으로 연원이 소급되어 그 원형을 재생할 수 있다는 점에서 주목된다. 『기재기이』가 이러한 불교소설 작품이라는 사실을 방증하지 못했던 이유는 그 원형의 재구성을 유가나 도가의 사유체계 안에서만 모색했기 때문이다. 그런 까닭에 『기재기이』의 불교소설사적인 논의는 아직까지 심도 있게 이루어지지 못했다. 기재는 많은 佛僧들과의 교유를 통해 불가적 인식론을 쌓은 인물이다. 그럼에도 『기재기이』 전면에 불교적 색채를 발설하지 못했던 것은 개인적이고도 시대적인 상황이 있었기 때문이다.

---

224) 경일남, 「고려 불교소설의 형성 전개」, 『한국서사문학사의 연구』, 1995, 946~948면.

225) 정규복, 「한국 고전문학에 나타난 偈의 역할」, 『어문논집』24·25 합집, 고려대 국어국문학연구회, 1985, 794~795면.

226) 경일남, 위의 책, 1995, 939, 949면.

연속된 사화의 기로에서, 그리고 억불 상황 속에서, 작품에 불교적 발화를 심는다는 것은 난제였다. 그러나 기재는 불가의 사유 체계를 문면에 드러내지 않고도 그 내적 조건으로써 발화하는 탁월한 문재를 선보였다. 그것은 마치 〈서재야회록〉이나 〈최생우진기〉가 도가적 사유를 발화하면서도 그 이면에서는 유가적 이상점의 우의를 장치한 것과 같다.

『기재기이』의 불교소설적 가치는 3장 12분교의 훈습을 보인다는 점에서도 드러난다. 〈안빙몽유록〉은 외면상 전래의 가전 기법을 수용해 안생의 화계 체험을 다룬 이야기지만, 내적으로는 불타와 그 제자들의 희유한 위신력을 설한 〈희법〉을 연상케 할 만큼 불전으로 소급되는 불가의 사유 체계를 보여 준다. 『기재기이』가 수용한 〈희법〉의 흔적은 산화이다. 불세계의 장엄한 산화가 그 원형이 되어 주제를 구현하는 핵심이 된다. 화계의 만화와 그 화원의 중점이 되는 여왕의 산화를 통해 실존 인물들의 문학적 신원 의식을 치루는 몽유 구조이다. 이러한 몽유 구조는 일찍이 〈조신전〉이 선범을 보인 구성 방식이다. 또한 이처럼 작가 자신의 현실적인 외압을 해소하기 위해 이계를 형상화하는 측면에서는 『금오신화』의 영향을 도외시 할 수 없다. 〈안빙몽유록〉의 불교소설적 가치는 가장 현실적인 시각으로 가장 현실적인 문제를 재조명하는 가운데 불가의 사유가 발화되었다는 것이다.

불가의 사유에 대해 왕왕 내세적이고 초월적이라는 측면만을 부각시키는데, 사실 불교는 매우 현실적인 사유처이다. 고뇌하는 현재의 나, 과거에도 있고 미래에도 있는 현재의 나를 지극히 관함으로써 그 실체를 파악하는 것이 불가의 사유관이다. 그래서 현실적인 문제를 가장 중요한 관법으로 여긴다. 이러한 까닭으로 조신이나 노힐부득과 달달박박도 선계가 아닌 현실에서 파생되는 문제와 봉착하고 또 그것들을 초월함으로써 성도의 길로 나갔던 것이다. 기재가 포섭한 것은 바로 이러한 불가의 사유 체계이고, 또 그것을 통해 불교소설적 가치를 획득했다고 생각한다. 기재는 이 같은 구심점을 두어, 참화자의 현실을 직시하고 만화로 형상화하여 그들의 삶이 온당한 것이었음을 증명하는 산화의식을 치렀다.

『기재기이』의 작품들 중 문면에 도가적 색채가 유독 돋보이는 작품은 〈서재야회록〉과 〈최생우진기〉이다. 그러나 이 작품을 두고 유가의 이상적 가치를 우의화한 것으로 이해할 수 있는 것처럼 불가와의 접근을 통해서도 우의화 과정이 밝혀진다. 문면의 서사 전개와 인물들의 형상화에 있어서는 분명 도가의 신선계와 선인들의 형태를 띠지만, 불가적 측면에서도 재해석될 수 있는 근거가 있다. 우선 작품 외형상 드러나는 액자 구성이라든지 산운교직의 문체, 주제적인 측면들이 불교소설적 면모를 드러낸다. 또한 작품 내에서도 진리와 이치 탐문의 과정이 불가의 형이상학적 사유관의 전개와 동떨어져 있지 않다. 무엇보다 작가에게 불교적 성향이 있었다는 점에서 양 작품이 비록 도가적 사유로 발화된 작품이라고는 해도 불가의 세계관 역시 수용한 것으로 추정해 볼 수 있다.

〈서재야회록〉은 외면상 문방사우를 의인화한 전래의 가전 기법을 보이며 노장 사상의 우언을 활용하고 있지만, 내적으로는 당대의 부조리한 시시비비를 뛰어넘는 일환으로 불가의 공사상을 연극적 전개로 진설하고 있다. 이는 어려운 교리를 비근한 예나 우언으로 설했던 〈비유〉의 문학적 차용과도 무관하지 않다. 우선 그 비유를 가전이라는 창작기법을 통해 이룩한다는 점, 다시 연극을 통한 시각적이고도 대사적인 언로물로써 대승 법문을 비유한다는 점이 그것이다. 작품 역시 몽유 구조를 취하고 사건을 전개시키는데, 이러한 공형 플롯은 무엇보다도 〈서재야회록〉이 설하고자 하는 공사상의 발화에 일조하는 구성이라고 하겠다. 기재가 지필연묵의 가계의 행적과 작금에 처한 술회를 통해 드러낸 공사상은, 후래의 〈구운몽〉으로 이어져 성진과 팔선녀의 전기적 행적 끝에 체득하게 되는 공사상과 연계된다.

〈최생우진기〉는 외면상 도가의 신선 체험과 선계 동경을 형상화했지만, 내적으로는 불전의 배경인 용궁 처소를 찾아가는 구도자의 선적(禪的) 구도 구현을 취하고 있어 〈서재야회록〉과 마찬가지로 도불습합적 성격을 띤 작품이다. 이때 용궁 세계는 화두 참구를 위한 선계(禪界) 액자의 성격으로, 이 작품이 선문학(禪文學)을 지향하고 있다는 것을 드러낸다. 선(禪)이라는 대승 법문을 편재시킴으로써 〈방광〉[227]을 훈습한 것으로 이해된다. 〈최생우진기〉의 불교소설적 가치는 최생이 조우하는 진경의 용왕과 삼선이 빚어낸 문답과 한시들이, 불가의 오도의 경지를 나타낸다는 점에서 우선 목도된다. 기재는 작품 속 선적 구도 구현을 입체화시키고 한 편의 선화(禪話)된 작품으로 거듭나게 하는 요소로, 구도행에 있어 관념적인 인물인 증공과 실천행을 앞세운 최생을 내세움으로써 화두적 성격을 집중시킨다. 이처럼 〈최생우진기〉는 선적 사유의 내공을 소설화하였다는 데서 불교소설적 가치가 높다.

주인공의 불가적 구도행은 일찍이 〈조신전〉, 〈백월산양성성도기〉와 〈부설전〉에서 전형이 보인다. 최생과 증공이 보인 구도행의 이견은 노힐부득과 달달박박, 그리고 부설과 영조, 영희가 보인 구도행의 이

227) 김운학은 대승문학과 선문학을 〈방광〉으로 보았다.(김운학, 『불교문학의 이론』, 일지사, 1981, 37면)

견과 연계된다. 선대의 두 작품이 취한 갈등의 요소는 정각에 이르는 구도행의 실천이 출가와 재가에 따른 문제였다. 곧 이것은 관념적인 것이냐 실천적인 것이냐 하는 문제인데 무주상보시의 실천행을 통한 정각이 결미였다. 이러한 사유는 〈최생우진기〉로도 그대로 이어졌는데 다만 실천적 구도행을 하는 인물로 최생이라는 속인이 등장하는 특징을 보인다. 그러나 이 특징도 결국은 선대 작품 속 인물들이 내비쳤던 재가냐 속가냐 하는 갈등을 최생이라는 속인을 통해 환치한 것으로 볼 수 있다.

〈하생기우전〉은 〈최치원〉의 인귀교환설화를 수용함으로써 전기소설적 성격을 가미했다. 그런데 그 안에 내재된 인과율의 세계는 〈김현감호〉가 지닌 불가의 사유관을 습용하고 있다. 세 오빠가 지은 악업을 자신이 대신 죽는 것으로써 집안에 내릴 하늘의 재앙을 막고자 하였던 호녀의 인과응보적 사유는, 〈하생기우전〉의 귀녀에게 그대로 이어진다. 귀녀는 부친이 많은 인명을 살상한 대가로 오빠 다섯과 함께 요절한 인물로 등장한다. 호녀가 김호의 칼에 생명을 맡기고 인과를 벗어나고자 하였던 사건이, 〈하생기우전〉에서는 귀녀의 부친이 직접 선업을 지어 딸을 살리는 사건으로 변개된다. 이는 자업자득의 인과율을 보다 개연성 있게 살리기 위한 기재의 의도에서 이루어진 변형이다. 〈하생기우전〉은 이처럼 연기에 따른 환생담을 형상화하여 주제를 구현했다는 점에서 12분교의 〈인연〉과 관련 있다.

〈하생기우전〉은 특히 전대의 〈만복사저포기〉와 후래의 〈최척전〉을 이어주는 불교소설로서의 가교 역할을 한다. 우선 남녀 주인공의 이합에 부처의 영험함이 개입된다는 것이다. 〈만복사저포기〉의 이합은 배필을 간구하는 양생의 바람을 듣고 만복사 부처의 호위 속에서 이루어진다. 그러나 양생과 귀녀의 만남은, 귀녀가 타국에 환생함으로써 비극적 결말을 맺는다. 이에 반해 〈하생기우전〉은 귀녀를 다시 인간 세계로 환생시켜 하생과의 행복한 결말을 추구하는 변모를 꾀한다. 이들의 만남을 촉발시키는 인물로 등장하는 복자의 역할은 명계에서 환생한 귀녀의 존재성에 실체감을 주는 것이다. 이는 전대와 다른 현실감을 작품에 심고자 하였던 기재의 의도에서 비롯되었다. 그러나 그 두 사람을 연결해 주는 근본적인 사유는 불가의 것이다. 여인이 밝힌 불가의 삼생설은 〈만복사저포기〉에 장치된 부처 영험담의 변형이다. 이러한 부처의 영험한 가피는 〈최척전〉의 척과 옥영에게도 이어져, 그들을 전란과 유랑의 20년 세월 끝에 재회시키는 것으로 장치된다.

『기재기이』는 이처럼 전대와 후래의 작품 사이에 불교소설로서의 교량 역할을 하는 작품이다. 비록 억불정책이 단행되던 시대적 상황에 맞춰 우의적 방편으로 불교소설의 전통을 이은 작품이지만, 그 구성방식과 주제 구현의 12분교 습용, 산운교직의 문체에 있어 불가의 사유 체계를 편재하는 내공을 보이며 불교소설의 전통을 잇고 있다. 『기재기이』는 불전의 원형을 살려 창작 불교소설의 전통을 구현한 작품이라는 점에서 그 소설사적 의의를 지닌다.

6. 결론

본 논문은 『기재기이』의 불교소설적 성격을 타진해 보고 그 연원을 살펴보는 과정을 다루었다. 『기재기이』는 가전기법의 구사와 몽유구조의 계승·발전을 통한 전기문학의 가교작이라는 문학사적 의의를 도출시켰다. 그러나 작가와 작품을 연구하는 데 있어 유가나 도가적 견지에서 그 사상적 배경이 중첩되고 있다는 사실, 그리고 그 문학 양식을 연구함에 있어서도 당 전기문학의 영향 하에 창작된 작품으로 논의가 편중되어 있다는 사실을 지적하였다. 그래서 『기재기이』가 내포하고 있는 불가적 사유 체계의 발현을 살피고, 아울러 불전의 원형을 살린 불교문학적 측면을 살핌으로써 기왕의 논의들을 재고해 보았다.

우선 기재의 사상이 알려진 것처럼 유가나 도가뿐만 아니라 불교적 성향을 띠고 있음을 언급했다. 기재의 불교적 성향은 1500여 수의 한시를 담은 『기재집』을 통해 유추해 볼 수 있었다. 그를 통해 기재가 고려대부터 허다하게 이루어졌던 유생상사(儒生上寺)의 전통을 따라 신륵사, 용문사, 석천사 같은 명찰을 찾아 유숙하였고, 그런 가운데 많은 불승과 교유를 나누었다는 사실을 밝혔다. 또한 불가의 사유 체계를 자연스럽게 수용하여 다수의 한시 작품 속에서 불가적 인식론을 펼쳐 보인 사례를 거론했다. 이러한 불가적 인식론은 『기재기이』의 사상적 모태가 되기에 충분하였다고 생각하며, 중도적 사유, 선적 구도 구현, 연기와 같은 불가적 덕목들의 발화를 추적해 보는 단서로 잡았다.

기재는 상술한 불교적 성향을 기저로 『기재기이』의 불교문학적 면모를 구현하였다. 우선 그 구성 방식 면에서 불전의 "여시아문" 언설 방식을 토대로 한 액자소설적 구조를 충실히 이행하였다. 〈안빙몽유록〉은 안빙의 화계 체험을, 〈서재야회록〉은 무명선비의 정령계 체험을, 〈최생우진기〉는 최생의 선계 체험을, 〈하생기우전〉은 하생의 명계 체험을 액자 구성으로 삼았다. 기재는 자신이 처한 불우한 시대를 반전시킬 수 있는 현실 너머의 이상적인 공간에서 유가적 세계관만으로는 해명되지 않는 세사의 진실을 규명하였다. 화계에서는 기묘사화의 피화자들을 위한 신원 산화의식을, 정령계에서는 사화의 혼란 속에 빠진 세상을 경계하는 공사상의 진설을, 선계에서는 화두 참구를 통한 정각의 깨달음을, 명계에서는 조광조 개인의 문학적 천도재를 통해 액자소설적 성격을 살렸다.

또한『기재기이』는 불전의 전형적인 문체인 산운교직을 이행하였다. 〈안빙몽유록〉은 나머지 세 작품과 달리 다수의 곡조가 등장하고, 그 노랫말이 운문적 요소를 띠고 삽입되어 있는 문체적 특징을 보여준다. 이러한 음악적 요소는 고대가요와 향가의 족적이자 역시 불전의 영향임을 간과할 수 없다. 〈서재야회록〉과 〈최생우진기〉는 도불습합적 성격이 부각된 작품으로, 불교계 가전의 구성상의 특질인 선문답 형태의 산문과 선시적 성격의 운문 구성을 취해 무명선비와 최생이 말끝에 깨닫는 것을 이끈다. 〈하생기우전〉은 산문 서술이 두 주인공의 결연은 물론 관운을 얻지 못한 하생의 불우한 처지, 귀녀의 죽음과 관련한 가문에 얽힌 비극 등을 전반적으로 풀어가는 반면, 운문 서술은 하생과 귀녀의 이합에만 초점을 둔 진행이다. 〈만복사저포기〉나 〈이생규장전〉과 달리 운문 서술에 그들을 둘러싼 외압을 언급하지 않는 것은 주인공들을 둘러싼 부당한 현실적 압력을 줄여 행복한 결구를 허용하기 위한 장치이다.

『기재기이』는 인세 교화의 방편이라는 불전의 주제적인 측면과도 동질성을 갖는다. 기재는 인세 교화를 위해 전래의 꽃이나 문방사우를 의인화한 가전 기법의 차용을 꾀하고, 용궁 설화, 환생담과 인귀교환 설화 등의 낯익은 기법을 통해 주제를 보다 면밀하게 전달하고자 하였다. 이러한 제재들의 연원 역시 불전으로 소급되는데, 이는 불타가 인세 교화를 위해 내세운 방편이다. 기재는 이러한 점을 적극 활용해 자신의 문학적 효용론을 구가하였다. 그 배경 속에는 기재가 침묵할 수 없는 현실적 고뇌가 자리하고 있다. 군왕마저 절의를 저버린 세상을 정법으로 회귀시키고자 하는 기재의 열망이 불가적 제재를 수용한 것이다. 그래서 마침내 문덕으로서 출세간하는 창작계 불교소설을 산고해 낸 것이다.

기재는 각 작품마다 외적 조건으로는 유가와 도가의 사유 체계를 빌고 있지만, 내적으로는 불가의 사유 체계를 은밀히 심어 놓았다. 기재가 불교적 공간을 우의적으로 형상화할 수밖에 없었던 것은 참화의 위기를 모면하고 15년에 걸친 은거기를 맞아야 했던 개인적 상황과 억불정책이 단행되었던 시대적 상황 때문이었다. 그러나 유가적 신념만으로 세사가 공의롭게 조율될 수 있다는 사실을 체득한 기재였다 그래서 『기재기이』에 승은문출의 방편을 써서 불교적 공간을 편재했다. 기재가 승은문출의 방편을 썼던 또 다른 이유는 당시 세간을 떠들썩하게 했던 채수의 비극 때문이기도 하였다. 채수는 기재의 이모부인 김안노의 장인이었으므로, 그의 소설이 발본되어 소각되고 극형까지 운운되다 파직되는 상황을 지켜보며 남의 일 같지 않았을 것이다. 더군다나 기재가 작품 속에 의도한 것이 중종과 위정자들이 함구하고자 하는 기묘사화라는 정치적 현실이었던 것이다. 그래서 기재는 승은문출의 창작을 시도했고 문면에 불가의 사유 체계를 내세우지 않으면서도 내적으로 불교적 공간을 완성하는 문력을 이루었다.

〈안빙몽유록〉의 불교적 공간은 참화자들의 신원의식이 행해지는 산화의 장이다. 그리고 그 산화의 주역은 낙화한 모란이다. 모란의 낙화는 비극적인 삶의 단절이 아니라 천상의 산화공덕을 환기시키며 장엄한 죽음으로 탈바꿈한다. 비록 비바람에 져 땅으로 흩어졌지만 이미 모란은 화계에서 만화의 연희를 열고 기꺼이 즐겁고 기쁜 때를 누렸다. 기재는 산화의식을 통해 조광조와 그 일원의 신원을 풀어주고자 하였으며, 그 근원이 불세계에서 행해지는 희유한 경지의 산화에 의거한다는 사실을 들어 그들에 대한 정당한 역사적 평가를 내리고자 하였다.

〈서재야회록〉의 불교적 공간은 연극적 전개를 따라 공사상이 진설되는 곳에서 목도된다. 기재는 당대를 풍미하는 언로적 시각물로써 연극적 요소를 가미한 창작을 꾀한 것으로 보인다. 그래서 나머지 세 작품에 비해 대사적 기능이 강조되어 있다. 또한 인물의 형상화에 있어 복색과 관을 분장 삼아 불가와 불승, 유가와 유자를 상징하는 이채로움을 선보인다. 이는 불가와 유가의 세계를 상반된 상황으로 전복시킴으로써 공사상의 발화를 용이하게 하는 장치이다. 또한 이 작품은 연극 무대를 차용해 공간 이동이 극도로 절제되어 있어 언로적 시각물로 창작된 것을 살필 수 있다.

〈최생우진기〉는 『벽암록』의 '문수전삼삼' 화두의 기술 방식과 동궤의 것이다. 이는 〈최생우진기〉가 선문학 작품이라는 단서를 잡을 수 있는 방증이다. '문수전삼삼' 화두는 무착이 오대산에 갔다가 꾼 꿈속에서 문수보살을 만나 활연대오 하는 내용이다. 최생이 두타산 진경을 찾아가 진인의 경계인 용왕과 삼선을 만나 오도하는 사건 전개와 무관하지 않다. 몽유 구성과 용궁 설화의 흔적도 동일하다. 또한 문면에서 그 몽유담을 후세에 전하는 인물들이 승려라는 점도 동일하다. 이러한 동궤의 서사는 두 문면이 긴밀한 관계라는 사실을 시사한다.

〈하생기우전〉은 불가의 천도 의례에 따라 사건 전개를 살필 수 있다. 하생이 귀녀를 찾아가 조우하는 시련 의식, 하생과 귀녀의 하룻밤 가연을 통한 대령 의식, 부친의 선업으로 환생하게 되는 귀녀의 관욕

의식, 귀녀가 정해진 기일 안에 환생할 수 있도록 황금자가 영능을 발휘하는 대목의 신중작법의식, 환생한 귀녀가 삼생설을 깨닫는 대목의 상단권공의식, 하생과 귀녀의 40년 여생을 통한 시식과 봉송 의식, 복자를 만났던 40년 전 공간으로 회귀되는 대목의 소대 의식, 연기 사상을 세간에 유포시킨 법 공양 의미의 식당 작법 등이 그것이다.

『기재기이』는 불교적 공간의 형상화를 통해 구현된 작품이지만 그동안 불교소설이라는 측면에서는 논의가 이루어지지 못했다. 그 이유는 작가 의식의 원형을 찾는 작업을 유가나 도가의 사유체계 안에서만 모색했기 때문이다. 그런 까닭에 『기재기이』의 불교소설적 논의는 심도 있게 이루어지지 못했다. 기재가 불교적 색채를 발설하지 못했던 것은 개인적이고도 시대적인 상황이 있었기 때문이다. 『금강경』에 공이란 말을 쓰지 않고도 공사상을 설한 것과 같은 방편으로 기재는 『기재기이』의 내적 불교화를 이루었다. 그 내적 조건을 유추해 보면, 『기재기이』의 소설사적 연원은 『수이전』 소재 〈최치원〉이나 『삼국유사』 소재 〈조신전〉, 〈김현감호〉 등으로 소급된다. 또한 그 원형이 불전으로 소급되어 3장 12분교의 습용을 변개한 사실도 밝혀진다.

〈안빙몽유록〉은 〈조신전〉의 몽유 구조를 충실히 이행하고 있으며 불전의 산화 공덕을 통한 신원 의식을 치른다는 점에서 〈희법〉의 전형이 보인다. 산화 희법을 통해 현실적 고심을 해소한다는 점에서 『금오신화』의 이계적 성격을 전승한 흔적도 남는다. 기재가 지필연묵의 가계 행적과 작금에 처한 술회를 통해 드러낸 〈서재야회록〉의 공사상은 〈비유〉의 습용이며, 후래의 〈구운몽〉이 성진과 팔선녀의 전기적 행적 끝에 체득하게 되는 공사상과 연계된다. 〈최생우진기〉는 선적 사유의 내공을 소설화하였다는 데서 선문학적 가치가 높으며 〈방광〉의 습용이 엿보인다. 주인공의 불가적 구도행은 일찍이 〈조신전〉, 〈백월산양성성도기〉, 〈부설전〉에서 전형을 보인다. 〈하생기우전〉은 인과응보설과 부처의 영험담을 중심으로 하는 전대의 〈만복사저포기〉와 후래의 〈최척전〉 사이의 불교소설적 가교 역할을 한다. 연기를 중심으로 한 〈인연〉의 습용 흔적이 보인다.

주목해 본 것처럼 『기재기이』는 불전의 원형을 살려 창작된 동시에 선대 불교소설의 전통을 잇는 작품이다. 또한 『기재기이』가 내포한 장구한 문학적 전통은 후대의 작품에도 불가분의 영향을 주어 불교소설의 맥을 이었다는 점에서 그 소설사적 의의가 높다고 하겠다.

이상으로 『기재기이』의 불교문학적 면모와 가치에 대해서 살펴보았다. 이는 어디까지나 기재 신광한의 부분적인 불교적 성향에 의탁한 소론에 불과하다. 또한 기재의 불가적 사유를 통한 작품의 내적 고찰도 가설적 단계에 그치고 있음을 부인할 수 없다. 그러나 전기소설사의 노정에서 벗어나 작가와 작품을 새롭게 조명해 보는 단초로서의 의미가 있다고 본다. 『기재기이』의 불교소설성을 검증하는 당대의 작품들과 선후대 작품들 사이의 유기적인 관계를 살피는 보다 내실 있는 조망은 차후의 과제로 남기는 바이다.

답박박도 선계가 아닌 현실에서 파생되는 문제와 봉착하고 또 그것들을 초월함으로써 성도의 길로 나갔던 것이다. 기재가 포섭한 것은 바로 이러한 불가의 사유 체계이고, 또 그것을 통해 불교소설적 가치를 획득했다고 생각한다. 기재는 이 같은 구심점을 두어, 참화자의 현실을 직시하고 맵화로 형상화하여 그들의 삶이 온당한 것이었음을 증명하는 신화의식을 지녔다.

『기재기이』의 작품들 중 문면에 도가적 색채가 유독 돋보이는 작품은 〈서재야회록〉과 〈최생우진기〉이다. 그러나 이 작품을 두고 유가의 이상적 가치를 우의화한 것으로 이해할 수 있는 것처럼 불가와의 접근을 통해서도 우의화 과정이 밝혀진다. 문면의 서사 전개와 인물들의 형상화에 엿보이는 분명 도가의 신선계와 신이들의 형태를 띠지만, 불가적 측면에서도 재해석될 수 있는 근거가 있다. 우선 작품 외형상 드러나는 액자 구성이라든지 선운교직의 문체, 주제적인 측면들이 불교소설적 면모를 드러낸다. 또한 작품 내에서도 진리와 이치 탐문의 과정이 불가의 형이상학적 사유관의 전개와 동떨어져 있지 않다. 무엇보다 작가에게 불교적 성향이 있었다는 점에서 양 작품이 비록 도가적 사유로 발화된 작품이라고는 해도 불가의 세계관 역시 수용한 것으로 추정해 볼 수 있다.

〈하생기우전〉은 외면상 남녀주인공의 이인화한 전대의 전기 서법을 답습하며 도선 사상의 우선을 허용하고 있지만, 내적으로는 당대의 부조리한 지식인의 고뇌를 뛰어넘는 방법으로 남녀의 공시성을 인과적 전개로 실현하고 있다. 이는 인연을 [illegible] 유형으로 설정했던 〈[illegible]〉의 불교적 사유체도 무관하지 않다. 우선 그 내용을 가전이라는 장치기법을 통해 이룩한다는 점, 역시 [illegible] 통한 사간적이고도 내사적

참고문헌

『금강경』

『금오신화』

『기재기이』

『기재집』

『백유경』

『법화경』

『벽암록』

『삼국유사』

『삼세인과경』

『세조실록』

『수이전』

『연산군일기』

『영산재』, 문화공보부 문화재관리청, 1987.

『중종실록』

강소영, 「신광한 한시에 나타난 唐詩風的 특질」, 『동방학』6, 한서대학교 부설 동양고전연구소, 2000.

경일남, 「강창문학의 소설적 전개양상」, 『어문연구』19, 어문연구학회, 1989.

_____, 「고려 불교소설의 형성 전개」, 『한국서사문학사의 연구』, 중앙문화사, 1995.

_____, 「고전소설에 나타난 사찰 공간의 실상과 활용 양상」, 『고전소설의 창작 기법 연구』, 아세아문화사, 2007.

_____, 「불교계 가전의 서술체계」, 『어문연구』18, 어문연구회, 1988.

_____, 「불교계 가전의 시가 수용 양상과 특징」, 『고전소설과 삽입 문예 양식』, 역락, 2002.

_____, 「조신전의 관음행화 구조와 의미」, 『한국 고전소설의 구조와 의미』, 역락,

2002.
권도경, 「16세기 기재기이의 전기소설사적 의의 연구-현실성의 확대와 주체의 의지 강화 양상을 중심으로」, 『한국고전연구』6, 한국고전연구학회, 2000.
김광순, 『한국의인소설 연구』, 새문사, 1987.
김근태, 「조선 초기 소설의 갈래 교섭 양상」, 숭실대학교 박사학위논문, 1997.
김기동, 『국문학의 불교사상연구』, 아세아문화사, 1976.
김승호, 「고려 승전의 서술방식 연구」, 동국대학교 박사학위논문, 1990.
김시습, 『금오신화』, 이재호 역주, 솔, 1998.
김여림, 「하생기우전 연구」, 아주대학교 석사학위논문, 2003.
김영동, 「불교적 세계관의 서사적 수용」, 『불교문학연구입문-산문·민속편』, 동화출판공사, 1991.
김운학, 『불교문학의 이론』, 일지사, 1981.
김일렬, 『고전소설신론』, 새문사, 1994.
김종철, 「고려 전기소설의 발생과 그 행방에 대한 재론」, 『한국서산문학사의 연구』, 중앙문화사, 1995.
김창룡, 「기재 신광한과 문학적 소통-기재기이의 서재야회록을 중심으로」, 『소통과 인문학』14, 한성대학교 인문과학연구원, 2012.
김천혜, 『소설 구조의 이론』, 문학과지성사, 1990.
김현룡, 「가전체 소설의 두 유형」, 『다곡 이수봉선생 회갑기념 고소설연구논총』, 1988.
_____, 「고려가전의 계통적 전개」, 『한국서사문학사의 연구』, 중앙문화사, 1995.
_____, 『한국가전문학의 연구』, 개문사, 1985.
김현화, 「최생우진기의 선소설적 미학」, 『어문연구』57, 어문연구학회.
_____, 『고전소설 공간성의 문예미』, 보고사, 2013.
김호성, 『대승경전과 禪』, 민족사, 2002.
_____, 『책 안의 불교, 책 밖의 불교』, 시공사, 1996.
나카무라 하지메, 「용수의 삶과 사상」, 불교시대사, 1993.
동국대학교 불교문화대학 불교교재 편찬위원회, 『불교사상의 이해』, 불교시대사, 1997.
문범두, 「안빙몽유록 주제고」, 『어문학』80, 한국어문학회, 2003.
_____, 「최생우진기의 구조와 의미」, 『어문학』72, 한국어문학회, 2001.
문화공보부 문화재관리국 편, 『영산재』, 1987.
박성의, 『한국문학 배경연구』, 선명문화사, 1972.

박철희, 『문학개론』, 형설출판사, 1997(개정신판).
박태상, 「하생기우전의 미적 가치와 성격」, 『조선조 애정소설 연구』, 태학사, 1996.
박희병, 「한국고전소설의 발생 및 발전단계를 둘러싼 몇몇 문제에 대하여」, 『관악어문연구』17, 서울대 국어국문학회, 1992.
_____, 『한국전기소설의 미학』, 돌베개, 1997.
법륜, 『금강경 이야기』, 정토출판사, 1995.
불학연구소 편저, 『간화선看話禪』, 조계종 출판사, 2005.
사재동, 「한국소설의 형성문제」, 『한국고소설연구』, 이우출판사, 1983.
_____, 『불교계 국문소설의 연구』, 중앙문화사, 1994.
사진실, 『한국연극사 연구』, 태학사, 1997.
서대석, 「몽유록의 장르적 성격과 문학적 의의」, 『한국학논집』3, 한국학연구소, 1975.
석지현, 『선시』, 현암사, 1975.
설중환, 「조선초기 전기소설의 개념과 형성」, 『한국서사문학사의 연구』, 중앙문화사, 1995.
_____, 『금오신화연구』, 민족문화연구총서 15, 고려대 민족문화연구소, 1983.
성현경, 「우리 옛소설사 기술상의 문제점들」, 『한국서사문학사의 연구』, 중앙문화사, 1995.
소인호, 『한국전기문학연구』, 국학자료원, 1998.
소재영, 「기재 신광한론-문학적 재평가를 위하여」, 『숭실어문』6, 숭실어문연구회, 1989.
_____, 「기재기이 연구」(부록 : 고려대 만송문고본과 한글 필사본 「안빙몽유록」 수록, 고려대 민족문화연구소, 1990.
_____, 「신광한의 기재기이」(자료 해제), 『숭실어문』3, 숭실대 국어국문학과, 1986.
_____, 「신광한의 최생우진기고」, 『숭실어문』5, 숭실대학교 숭실어문연구회, 1988.
_____, 『기재기이 연구』, 고려대 민족문화연구소, 1990.
송병열, 「기재기이의 의인체적 성격」, 『한국한문학연구』20집, 한국한문학회, 1997.
신광한, 『기재기이』, 박헌순 역주, 범우사, 1990.
_____, 『기재집』, 標點影印 한국문집총간 22, 민족문화추진회, 1997.
신범순, 「은자의 정원에 나타난 상징과 꿈의 의미-안빙몽유록을 중심으로」, 『한국문화』26, 서울대학교한국문화연구소, 2000.
신상성·유한근 공저, 『한국문학의 공간구조』, 형설출판사, 1986.
신상필, 「기재기이의 성격과 위상」, 『민족문학사연구』24, 민족문학사학회 민족문화연구소, 2004.
_____, 「서재야회록의 구조와 의미」, 『국어국문학』133, 국어국문학회, 2003.
신재홍, 「초기 한문소설집의 전기성에 관한 반성적 고찰」, 『관악어문연구』 14, 서울대학교 국어국문학회, 1989.
_____, 『한국몽유소설연구』, 계명문화사, 1994.
신태수, 「귀신등장소설의 본질과 그 변모과정」, 『어문학』76, 한국어문학회, 2002.
_____, 「기재기이의 환상성과 교환 가능성의 수용 방향」, 『고소설연구』17, 한국고소설학회, 2004.
신해진, 『조선중기 몽유록의 연구』, 박이정, 1998.
안병설, 「고려가전의 형성과 그 성격」, 『북악한학』1, 국민대 부설 한국학연구소한문학연구실, 1978.
안창수, 「하생기우전의 문제 해결 방식과 작가의식」, 『한민족어문학』49, 한민족어문학회, 2006.
양언석, 『몽유록소설의 서술유형연구』, 국학자료원, 1996.
양희철, 『삼국유사 향가연구』, 태학사, 1997.
엄기영, 「기재기이와 작자 신광한의 자기인식-안빙몽유록과 서재야회록을 대상으로」, 『고소설연구』32, 월인, 2011.
_____, 「기재기이의 창작방법 연구」, 고려대학교 박사학위논문, 2007.
오현숙, 「기재 신광한의 시세계 연구」, 단국대학교 석사학위논문, 1992.
우쾌재 외, 『고소설 연구사』, 월인, 2002.
원오, 『벽암록』(백련선서간행회 역해), 장경각, 1993.
___, 『벽암록』(안동림 역주), 현암사, 1999.
___, 『벽암록』(조오현 역해), 불교시대사, 1999.
유기옥, 「기재기이의 소설사적 의의」, 『논문집』(인문사회과학편), 전주우석대학, 1992.
_____, 「신광한의 기재기이 연구」, 전북대학교 박사학위논문, 1990.
_____, 「신광한의 辭賦연구」, 『한국언어문학』45, 한국언어문학회, 2000.
_____, 「안빙몽유록의 형성배경과 문학사적 위치」, 『국어문학』27, 전북국어문학회, 1989.
_____, 「최생우진기의 구조와 의미」, 『한국언어문학』27, 한국언어문학회, 1989.

유정일, 「기재기이의 전기소설적 특징에 관한 연구」, 동국대학교 박사학위논문, 2002.
______, 「서재야회록의 구조와 의미」, 『국어국문학』133, 국어국문학회, 2003.
______, 「안빙몽유록 연구 : 서사구조의 특성과 주제를 중심으로」, 『청대학술논집』2, 청주대학교학술연구소, 2004.
______, 「최생우진기 연구 : 전기적 인물의 특징과 작가의식을 중심으로」, 『어문학』83, 한국어문학회, 2004.
______, 『기재기이 연구』, 경인문화사, 2005.
윤명구 외, 『문학개론』, 현대문학, 1988.
윤채근, 「기재기이 : 우의의 소설미」, 『한국한문학연구』24, 한국한문학회, 1999.
______, 「기재기이의 창작배경과 그 소설적 의미-수사적 만연성을 중심으로」, 『고전문학연구』29, 월인, 2006.
______, 『기재 신광한의 한시 연구』, 『어문논집』36, 고려대학교, 1997.
______, 『소설적 주체, 그 탄생과 전변-한국전기소설사』, 월인, 1999.
이검국·최환, 『신라수이전 집교와 역주』, 영남대학교 출판부, 1998.
이경규, 『신광한의 기재기이 연구』, 한남대학교 박사학위논문, 1999.
이덕일, 『사화로 보는 조선 역사』, 석필, 1998.
이두현, 『한국연극사』, 학구사, 1987.
이상섭, 『문학 연구의 방법』, 탐구당, 1972.
이상성, 『정암 조광조의 도학사상』, 심산, 2003.
이영화, 「조선초기 불교의례의 성격」, 한국정신문화연구원 석사학위논문, 1992.
이월영, 「만복사저포기와 하생기우전의 비교연구」, 『국어국문학』120, 국어국문학회, 1997.
______, 「불가적 꿈형상 유형의 서사문학적 전개」, 『한국언어문학』27, 한국언어문학회, 1989.
이재선, 『한국단편소설연구』, 일조각, 1975.
이재수, 『한국소설연구』, 형설출판사, 1973.
이종은, 『한국의 도교문학』, 태학사, 1999.
이지영, 「금오신화와 기재기이의 비교연구-공간구조를 중심으로-」, 서울대학교 석사학위논문, 1996.
이태화, 〈서재야회록〉에 대한 분석심리학적 접근」, 『한국고전연구』통권13, 한국고전연구학회, 2006.
이희재, 「조선 중종대 왕실의 불교의례-기신재를 중심으로」, 『불교문화연구』3, 한국불교문화학회, 2004.
인권한, 『한국불교문학연구』, 고려대학교 출판부, 1999.
일연, 『삼국유사』(이재호 역), 나랏말씀2, 솔, 1997.
임영택, 「라말여초의 전기문학」, 『한국한문학연구』5, 한국한문학회, 1981.
임채명, 「기재 신광한 한시 연구」, 단국대학교 대학원 박사학위논문, 2004.
_____, 「기재 신광한 우거기 시의 연구」, 『한문학논집』 20, 근역한문학회, 1997.
_____, 「기재시에 있어 장자의 문학적 형상화 연구」, 『한문학논집』17, 근역한문학회, 1999.
장덕순, 『한국문학사』, 동화문화사, 1977.
_____, 『한국설화문학연구』, 서울대학교 출판부, 1981.
정규복, 「한국 고전문학에 나타난 偈의 역할」, 『어문논집』24·25 합집, 고려대학교 국어국문학연구회, 1985.
_____, 「한중비교문학의 문제점」, 『어문학』12, 한국어문학회, 1965.
정규식, 「하생기우전과 육체의 서사적 재현」, 『한국문학논총』53, 한국문학회, 2009.
정대림, 『한국 고전문학비평의 이해』, 태학사, 1991.
정민, 『초월의 상상』, 휴머니스트, 2002.
정상균, 「신광한 기재기이 연구」, 『국어교육』105, 한국국어교육연구회, 2001.
_____, 『한국중세서사문학사』, 아세아출판사, 1999.
정용수, 「조선조 한문소설」, 『고소설의 사적 전개와 문학적 지향』, 보고사, 2000.
정운채, 「하생기우전의 구조적 특성과 서동요의 흔적들」, 『한국시가연구』2, 한국시가학회, 1997.
정재현, 「기재 신광한 연구」, 단국대학교 석사학위논문, 1992.
정주동, 『매월당 김시습연구』, 신아사, 1965.
조남현, 『소설원론』, 고려원, 1982.
조동일, 「한국 중세문학에서 근대문학으로의 이행기의 두 단계」, 『한국서사문학사의 연구』, 중앙문화사, 1995.
조수학, 「전문학 연구-한국의 탁전과 가전을 중심으로-」, 계명대학교 박사학위논문, 1986.
조항범 외, 『불교문학연구입문』(율문·언어편), 동화출판공사, 1991.
지준모, 「전기소설의 효시는 신라에 있다」, 『어문학』32, 한국어문학회, 1975.
차용주, 「몽유록과 몽자류소설의 同異에 대한 고찰」, 청주여사대 논문집3, 1974.
_____, 『몽유록계 구조의 분석적 연구』, 창학사, 1981.

채연식, 「하생기우전의 구조와 전기소설로서의 미적 가치」, 『동국어문학』10·11합집, 동국대학교 사범대학 국어교육과, 1999.
최기숙, 『처녀귀신-조선시대 여인의 한과 복수』, 문학동네, 2010.
최삼룡, 「조선전기소설의 도교사상」, 『경산 사재동박사 화갑기념논총』, 중앙문화사, 1995.
최승범, 「안빙몽유록에 대하여」, 『국어국문학』24, 전북대 국어국문학회, 1984.
최재우, 「기재기이의 장르적 특성과 형상화 의미」, 연세대학교 박사학위논문, 2007.
______, 「하생기우전의 결핍-충족 구조와 그 의미」, 『민족문학사연구』15, 민족문학사연구소, 1999.
______, 『기재기이의 특성과 의미』, 박이정, 2008.
최정여, 「산대도감극 성립의 제문제」, 『한국학논집』1, 계명대 한국학연구소, 1973.
홍기삼, 『불교문학연구』, 집문당, 1997.
홍윤식, 『영산재』, 빛깔 있는 책들 117, 대원사, 1991.
황인규, 『고려말·조선전기 불교계와 고승 연구』, 혜안, 2005.
황패강, 「부설전연구」, 『신라불교설화연구』, 일지사, 1975.
______, 『삼국유사 향가연구』, 태학사, 1997.

찾아보기

ㄱ

ㅇ

ㅊ

ㅌ

ㅍ

ㅎ

김현화 金鉉花

대전 출생
충남대학교 문학석사·문학박사
현재 충남대학교 공과대학 공학교육혁신센터 초빙교수

1999년 동화 「천도복숭아」로 『문학세계』 신인상
2000년 동화 「미술관 호랑나비」로 '눈높이아동문학상'
2002년 동화 「소금별 공주」로 국어문화운동본부 주최 '올해의 문장상'
2007년 청소년소설 「리남행 비행기」로 푸른문학상 '미래의 작가상'

주요 논저로는 「최생우진기의 선소설적 미학」, 「고전소설에 나타난 노제(路祭)의 문학적 의미」, 「고전소설에 나타난 꽃의 문예적 조명」, 「최척전의 노정 공간 연구」, 「만복사저포기의 환상 구현방식과 문학적 의미」, 『고전소설 공간성의 문예미』 등이 있다. 창작집으로는 단편동화집 『별』, 장편동화 「뻐꾸기 둥지 아이들」, 「동시 짓는 오일구씨」, 「구물두꽃 애기씨」, 청소년소설 「리남행 비행기」, 「조생의 사랑」 등이 있다.

kumbori@hanmail.net

한국서사문학연구총서 24

기재기이의 창작 미학

2014년 11월 28일 초판 1쇄 펴냄

저　자 김현화
발행인 김흥국
발행처 도서출판 보고사

등록 1990년 12월 13일 제6-0429호
주소 서울특별시 성북구 보문동7가 11번지 2층
전화 922-5120~1(편집), 922-2246(영업)
팩스 922-6990
메일 kanapub3@naver.com
http://www.bogosabooks.co.kr

ISBN 979-11-5516-311-5 93810

정가 18,000원

이 도서의 국립중앙도서관 출판예정도서목록(CIP)은 서지정보유통지원시스템 홈페이지(http://seoji.nl.go.kr)와 국가자료공동목록시스템(http://www.nl.go.kr/kolisnet)에서 이용하실 수 있습니다.(CIP제어번호 : CIP2014031943)